U0538493

巫女珞

·珞珞如石·

幻晨夜——著

巫者，能借天地之力，能通鬼神精靈……

在華夏遠古時期有家為巫史，人們運用巫力生活的傳說……

目次

第一章　颱風天上班很容易穿越

01

一個碩大的石室內，牆上鑲嵌著發出螢光的寶石。每個都有雙手合抱這麼大，石道左右隔著數丈排列著火盆，烈火熊熊燃燒著。托賴火光與這螢光寶石，把石室照得有如白晝。

有一群披著麻布黑袍的人正疾行傳送物件，至石室盡頭的祭壇中。

這祭壇位在潭水中央，與石岸間有個紅木搭成的拱橋，壇身用黝黑的墨玉製成，四面雕刻精緻。

祭壇上擺滿各種祭品珍寶，而潭水幽深，似乎再往前一點，就會墜入無盡的深淵。

一切擺設妥當，三位衣飾華貴看不出男女的黑袍人，拔眾而出往祭壇走去。

他們臉上均覆蓋一種特殊材質的覆面，似是絲織但又閃著金屬的光芒。

他們站定在祭壇前，三人高舉了手上的三把刀……

距此石室百里之外的山中……

清泉流瀑松風蟲鳴間，也有三個白髮蒼蒼，長者模樣的男女站在一個巨石上。

今夜月光皎潔異常，那巨石沐月而現……

石身受清風流水雕琢，山水刻紋天緣受化的附在石身上，台上擺放著鮮花素果。

茶服長者身形最為挺拔，眉目清奇，氣宇豁然，雖然滿頭白髮，卻面目光潔看不出老態。他手持一靈印，這靈印表面霧金五靈環繞，中間綴刻著奇木異卉山水百獸，更細看有極小的符紋隱在其中。

灰衣長者看來文質俊逸，儒風學博，眉秀目雅，似乎比持印長老年紀稍長。他手持一把琴，琴身兩端刻著星曜陣紋，琴身中央以寶石綴著北斗七星，琴身隱隱閃著柔白銀光。

鵝黃布服的女長者身形最為嬌小，眉目慈溫又精靈爍爍。手持一面明鏡，鏡背雕著天地刻紋，鏡邊刻著細小的符紋，鏡身漫著淡淡黃光。

三人面容看來不過四十多歲，他們望向星空，似乎在等待什麼？

有數十男女立定在不遠處，皆是衣著樸素，看顏色各是這三長者的徒兒。

這時一個門人來報：「師傅，他們開始了！」三長老聞言互相點了點頭。

幾乎是同一個時間，兩方祭起各自手上的法器。

天地倏然變色！

只見兩道龍捲風從各自據點拔地倚天生成，又互相拉扯牽引，兩方望著遠去的兩道龍捲風，已有門人追逐而去。

兩道龍捲風距離越來越近，靠得越近越是摧枯拉朽、周圍群獸奔逃，風道過處巨木傾倒！

力量牽動了雷雲，一時間雷奔雲譎，暴風疾雨！

忽然一道巨雷在雙風間劈下，雙風消失，一切倏地寂靜下來……

02

祝依珞迅速地關好電源，鎖上門時嘴裡忍不住抱怨：「明明就是颱風天還要上班！風那麼大，基層員工命不值錢啊？」也虧得她這天生的強力後勤人員天性，加上宛如蟑螂般的適應力，否則這公司估計沒她都得散！前輩們都先走了，收尾工作全丟給她這嫩包，還留下她負責關門！

她為這社畜人生嘆了口氣，出了公司大樓門口差點就被一陣狂風颳走。

她用盡全身力氣騎上她的小綿羊，抵禦著狂風雨彈龜速前進。街上除了偶爾有趕著回家的人，只剩呼嘯的狂風……

艱難的行進到兩鎮交接的大橋，天空竟然開始雷鳴閃電！依珞感到一陣心驚膽顫，加快了點速度。

忽然一道巨雷劈下！隨著巨雷消逝，一道旋風無中生有的在空中凝聚，直衝橋上的祝依珞而來！

「！！！」都還來不及呼救，依珞身不由己的連同小綿羊被旋風捲入，在兩三個路人的驚呼聲中，消失於狂風呼嘯的夜空裡……

她似乎聞到了陣陣的青草與花香。

祝依珞掀開沉重的眼皮：「奇怪，我在哪？我怎麼了？」

「咦？等等！我記得我好像……？」

祝依珞猛地睜開雙眼撐起身體，訝異的環顧四周。

只見四周青草香花遍布，溪水潺潺，夜風輕拂，皓月皎潔卻異常巨大，彷彿觸手可及。

「哇！這個景象我只在專業攝影師的照片裡看過！這是傳說中陰陽的交界處嗎？我不是死了吧？我記得剛剛……」捏了自己臉頰一把……「哎呀！會痛⁉是因為剛死沒多久的關係嗎？」

忽然遠方樹林夜鳥驚飛，好像有什麼朝她的方向飛快靠近！

依珞心中大感不妙，努力想要站起來，發現不僅用不上力，各關節肌肉還隱隱作痛。

好不容易終於站起身來，左右環顧，望見數尺外有個樹洞，直覺告訴她必須盡快找個地方藏起來，忍著全身的酸痛，便開始顫巍巍的往那大樹走去。

一條鎖鏈倏地從身邊刷然而過，鏈端順勢回勾就要纏上依珞。

忽然另一個閃光飛至重擊鏈端！鎖鏈一時失力頹然回捲，回捲時還失控的勾破了依珞背後的衣服。

「好痛！」依珞慘叫一聲，轉眼望去，那閃光落下，是個折斷了的箭矢。

依珞驚慌的左右張望，兩邊各有一人影疾衝而來！

「幹嘛？什麼情況!?殺氣這麼重！剛剛是針對我？」生存本能驅使下，依珞連滾帶爬的躲進樹洞，才剛躲好身後就響起叮叮噹噹交戰的聲音。

實在好奇，依珞偷眼望去……打扮得好像電影裡刺客一樣的黑衣人，臉上帶著詭異面具，耍弄著一條赤紅鎖鏈，那鎖鏈在他手裡像活著似的！另一個穿著茶色獵戶裝束的少年，他持著一把大弓，同時射出數道光影，叮叮噹噹的與黑衣人的鎖鏈激戰著。

「為什麼這麼像拍戲場景？還打得這麼精彩！」依珞秉持著看熱鬧鄉民的天性，盯得目不轉睛，就差一桶爆米花了。

忽然更多的腳步聲由遠而近，兩方的身後各湧出了數十個人，那些人瞄到了依珞，竟不約而同往她躲藏處衝了過來！

她一臉震驚，後悔著太愛吃瓜錯過逃命的黃金時機。

「我最近得罪過誰嗎!?救命啊！」依珞心中吶喊。

像順應她的吶喊般，一道白影流光般的朝自己方向疾射而來，速度比在場任何人都快！白影衝到依珞身邊環繞一圈，眼花撩亂中依稀是個女人的身形。

她朝依珞的手臂一攬，兩人瞬間遠離了戰場。離去前，依珞還看到滿場錯愕的眼神。

依珞被白影牽著手飛快前行，左彎右拐，速度快到她來不及看清身邊景物，彷彿飄在草上似的，但跟在這白影後也總算看清……這的確是個女人！

「被魔神仔牽著走是不是就是這種情況啊？那……那她是⁉」依珞腦海忽然蹦出這句！

飛奔片刻後，白衣女忽然站定。依珞受她巧妙地施力，神奇的竟然沒撞上她。

她嘗試從剛剛疾奔後的頭昏腦脹緩下來，深呼吸幾下後問道：「剛……剛剛那些人是？」

話才說到一半，依珞的注意力就被聳立眼前的一棵巨柏吸引。樹頂消失在視線的盡頭，葉影蓊鬱生命力十足。柏木根莖處高有數尺，拱起形成了一個洞穴，洞口前奇花異草遍布。

藉著皎月，依珞發現洞口右上方有個圖騰，看著心裡竟不自覺湧起一股熟悉的感覺。

不遠的草叢樹影處忽然有東西動作，依珞嚇得瑟縮在白衣女身後。定睛一看，才發現是五、六個泥土做的土偶，與小孩一般大小，穿梭在田間耕種作物。更遠處有數個比成年男子還高壯的土偶走來走去，貌似在巡邏。

這奇異的景象看得依珞瞠目結舌！

白衣女淺笑：「這些耕俑是我的雜役，不用怕，這是我的洞府，外人到不了的，請進。」她牽引著依珞前行。

依珞被眼前這一切驚得思緒紊亂……土偶會動合理嗎？剛剛自己不是被颱風捲走？為什麼會遇到那群人？這白衣女是不是想吸自己魂魄的魔神仔？

「但她剛剛好像救了我？」懷著忐忑不安的心情，依珞仍是跟隨她的腳步進了洞府。

整個洞穴明亮整潔，奇花異卉自然生長，垂掛在牆上錯落有致。數十個光柱像是地燈似的，均勻配置在洞內各處。幾個像吸頂燈似的圓盤鑲嵌在牆上，卻沒看到電線之類的。

但憑藉著這些燈光，洞內漫著溫暖的氛圍。

「不是靠著電力發光的嗎？」她心中湧起疑惑，為了確認又多看了兩眼。真的沒看到電線之類的，是藏得太好了？不過這地方看來又不像經過裝潢。

白衣女領著依珞到一個白玉石桌前招呼坐下，轉身往不遠處的洞內小石瀑，用木壺汲了些山泉，回到石桌也坐了下來。

「姑娘怕是嚇壞了吧？等我沖個好茶給姑娘壓壓驚。」白衣女說完手捻著月光抓了一把，那光竟然幻化成火焰。她將火焰彈入了烹茶的柴薪中，柴薪燃起漫出一股暖香。

她的動作如此自然，依珞卻看得目瞪口呆！是說，她已經死了？死後的世界不就該是這樣嗎？

「不好意思，但請問妳是……？剛剛那些人又是……？這裡是哪裡啊……？」依珞思緒紊亂，語無倫次的問了一堆問題。

白衣女聽到依珞的話微微一笑：「我是璿曜洞天洞主女希瑾，請用。」女希瑾將剛沖好的茶推到依珞面前。

依珞看著那個浮空緩緩飄到自己手裡的玉杯……

不是啊！她到底該不該驚慌點啊？就算死後的世界裡這是正常操作，她現在也無法接受啊！

依珞顫抖著伸手捧杯，努力維持表面平靜，暗地裡平息內心的波濤洶湧。

瑾笑而不語盯著她瞧。

輸人不輸陣，我絕不能露出驚慌沒見過世面的囧樣！

依珞仰首飲盡，暗忖：「反正情況也不會更糟了吧？」頓時一股清香瀰漫在口齒中，先上衝至天靈，又順著向下溫暖了依珞的胸腹……無法形容的舒適感蔓延至全身，她頓時更清醒了些。

恢復思考的依珞才注意到：「女希瑾？好怪的名字，看她的樣子也不是外國人啊？」她開始細心打量這個白衣女。女希瑾看來年紀不過二十五歲左右，及腰如絲緞的長髮烏黑柔亮，凝脂般吹彈可破的肌膚、穠纖合度的身形、精緻的五官、靈動的清澈大眼、鵝蛋臉！

即便是在原本的世界，這也是會令望者屏息的仙氣御姐。

「要是其中有幾樣長在我身上，我就可以從路人甲班畢業了……」依珞思緒忽然跳棚，痛苦的閉上眼雙手握拳！

她又自我安慰道：「沒錯！我不會遇到惡魔或魔神仔的，畢竟我都已經是路人甲了啊！連個發票都沒中過幾次，再讓我遇到惡魔或魔神仔，也太沒天理了吧！」

再張開眼才發現女希瑾還是定定看著她笑而不語。依珞臉紅了紅，有種剛剛想得太大聲被她聽到了的感覺。「剛剛謝謝瑾……小姐救了我，我是祝依珞，剛剛那些人是誰啊？」受不了這個高人笑，她趕快轉移話題。

女希瑾手支著下巴，微帶笑意地看著她：「姑娘，其實我目前也還不清楚，只是稍早之前感到巨大的力量撕裂了空間，離我這又近，趕到時就看到妳遭遇危險，只好先將妳救回來。」

「那……我還活著？」這不會就是傳說中的穿越吧？

女希瑾笑看發著抖的依珞，又斟了一杯溫茶給她：「妳若還在呼吸，自然就是活著啊。」等依珞飲下後才又道：「此事極不尋常，不過時間已晚，什麼事都等明天再說，今晚先好好休息吧。」

她說完瞥見依珞衣服破損處的後背，忽然失去了笑容……

03

在祝依珞清醒的草原上，雙方人馬還在纏鬥，三個持刀的覆面巫師加入了黑衣人陣容。

這三刀巫速度比常人都快！

只見他們手上的刀顏色各異，對手都還來不及看清，刀影過後身上就多了數道傷痕。被這三把刀劃過的傷口血流不止，且極其詭異的在滴落到地面前就消失無蹤，簡直像是被看不見的東西吸取似的！他們所過之處瞬間就倒了一地的人。

而印琴鏡三長老也終於趕到，加入持弓少年那一方。三長老迅速擺開陣勢，並催動手中的印琴鏡神器。

覆面三刀巫見狀也祭起各自的三刀，只見刀尖處漫出如煙霧般的紅光，黑衣人倏地全數後退。

這如雲霧般的紅光疾射向印琴鏡三長老，紅光掃過處又是一片人影傾倒，他們像被什麼物事重擊般爬不起身。

三長老蓄力已及，由印琴鏡中央漫出一股白光，白芒與紅光交擊，一股強大的波動反震！雙方人馬都被衝擊倒地，有些力微者甚至被拋飛數尺之遠。

持刀三巫各嘔出了一口怵目驚心的血，顫抖的跪倒在地，印琴鏡三長老卻出乎意料的穩穩站立。

持弓少年此時作勢要追擊，帶頭的鎖鏈黑衣人似乎早有準備，見勢頭不好，迅速上前攙扶三巫，發出一聲響笛，部屬嚴密得如狂風般就要撤去。

持弓少年終於射出蓄力的一箭！

鎖鏈黑衣人倉促回擊，尖銳的脆響中伴隨一聲悶哼，鎖鏈斷裂！但他們也終於成功消失在黑暗中。

危機解除，三長老此時才顫抖著頹然倒地，原來在剛剛的衝撞中已經吃了大虧。門人各自湧上，扶持著自己的師傅，幫他們坐好調息。

持弓少年領著眾人組起陣法守護，另一個黃衫少女與一個灰衣少年也幫手照護受傷的同伴們。所幸成功擊退刀巫們後，原本流血不止的同伴們此刻已然止血。

從深夜直至天際露白，三長老才結束調息由各自門人攙扶而起。拿靈印的長者向攙扶著自己的長弓少年說道：「紹兒你也受傷了，別再守著，自己也休息一下。」

長弓少年扶著持印老者回答：「師傅，紹兒只是輕傷，不用擔心，只是……本想營救受召者，卻忽然出現一個白衣女子，將受召者帶走，此人速度之快，連我也未能反應！」

這少年體態勻稱，肌肉結實，俊朗風逸，雙目炯然有靈。背上背著剛剛使過的神木弓，弓身刻著開明獸圖騰，雙臂穿戴繫著丹繩的皮護臂，年紀不過二十左右，回答問題條理清晰。最讓人印象深刻的是他左臂上有個茶色的開明獸胎記，弓身上的雕刻與其是一模一樣。

「紹兒，白衣女是何來歷，我之後再試著用幻空鏡追查看看，總之慶幸不是被他們得手了。」拿明鏡的女長者安慰著。

拿琴的長者說道：「也是，這次我們損傷頗重，先將傷者救護，再好好計畫下一波行動。」

「是，二師傅、三師傅。」少年答道。

將輕重傷的同伴分類排定好後，眾人相互攙扶照應，此時從身後傳來清脆婉轉的呼喚聲。

「紀大哥！紀辰紹大哥！」長弓少年聞言回首，只見一個少女從人群中竄出。

少女看來才十五六歲左右，纖細嬌小，鍾靈毓秀且眉目如畫。她用一個青鳥型晶墜斜紮著一頭柔亮長辮，粉嫩的臉染著紅霞，這個少女給人的感覺像顆蜜桃似的。與眾不同的是，這少女肩上站著一個手掌般大小通體潔白的長尾鳥兒。除了那如柳絮般的長尾外，型態跟畫眉鳥差不多。

她笑著凝視少年：「多謝紀大哥，不然澄兒剛剛就慘了……」

紀辰紹伸出溫暖的大手，撫了撫澄兒的頭：「澄兒乖，還好妳沒事，以後可要小心些。」隨即露出陽光般燦爛溫柔的笑容。

這時印琴鏡長老們在不遠處商議定了，召集以紀辰紹為首的十二個少年少女圍成圓環。澄兒自動擠進這堆人群中，眾人見狀似是習慣了，也不阻止。

「紹兒，我們商議過後，需你們留守此處查詢線索，對手多半會再回來，你們先早做準備，務必阻止他們得到受召者，我們先帶受傷的弟子回去休養，安頓妥當之後會再過來支援你們。」

「是，紹兒明白。」紀辰紹向持印的長老回道。

「師傅，澄兒也想幫忙。」澄兒扯著鏡使長老的衣角撒嬌道。

持鏡長老眉頭微皺斥道：「澄兒，不准胡鬧！」

「真的！您看好多夥伴都受傷了，我的玄潔還會偵查，一定能幫上忙的！」澄兒求道。

持鏡長老思索片刻，輕嘆一口氣：「澄兒，你若想跟著師兄姐們，可別給他們添麻煩。」

她又轉身對個身形纖細高挑，也是身著黃衫的少女說道：「明湘，好好照顧你的師弟妹，萬事小心。」

黃衫女明湘向持鏡長老抱拳道：「是，師傅。」

她看來跟紀辰紹年齡相仿，相貌端正，眉宇間透出一股英氣，雙目細長有神。及腰的長髮結成馬尾，用一個黃晶玉夾固住，腰間繫著黑檜雕鹿雙劍鞘，不似澄兒的粉嫩嬌俏，但英氣爽朗。

她就是剛剛照料受傷同伴的黃衫少女，看她與黑衣人的對峙與事後料理，行動處事不在辰紹之下，還更多了點聰穎靈慧。

持琴的長老這時也對一個麻布灰衣少年喚道：「尚軒，你帶著師弟妹們也小心行事，與辰紹互相協助。」

麻布灰衣少年排眾而出對持琴長老深揖：「徒兒知道。」

不同於辰紹，這灰衣少年渾身散發一股文人特有的靈息氣質。相貌端正秀氣文雅，雙目溫和有神，雖比辰紹矮了半個頭，仍身形挺拔。沒看到他的武器，但他的左耳上佩戴著精緻的長方形耳飾，細看耳飾上還雕著一隻朧疏。

師傅們再叮嚀了幾句後，領著受傷較重的弟子們離去。而其中最開心的莫過於澄兒了，她本就不想與辰紹分開。

「紀大哥，玄潔剛剛在東側高處發現了個洞窟，我們可在那紮營，方便休息與監視。」澄兒指了指停在她左肩上的白鳥，又指向東方被樹蔭遮蔽的一高處。

「好，大家收拾一下，我們紮營後輪流休息，對方一定會返回找尋線索，我們得先做好準備。」眾人應諾，各自俐落的動作。辰紹與澄兒對視一笑，天邊此時露出曙光。

深淵石室內氣氛更顯鬱悶。

在盡頭祭壇處，黑袍人排列整齊的集合在祭壇的拱橋前。數十個黑衣人跪在空曠處，上身赤裸，有幾個頭戴面具的人揮舞著鞭子往他們身上招呼！

隨著鞭子落下，有些跪著的受不住慘叫起來，排在最中央前方的那個黑衣人，卻是咬著牙哼都不哼一聲，只見這人身前擺著數節斷裂的赤紅鎖鏈鞭。

另一頭幽暗的潭水處，隱約有個人影斜坐在那，一把優雅魅惑卻充滿魔力的磁性聲音飄來：「夠了。」一揮鞭人的手停了下來並退到一旁。

祭壇前的黑袍人厲聲道：「任務失手，還使三巫負傷，你們可知道後果⁉」

中央赤身的黑衣人混雜著鮮血的汗水，從強忍痛苦的結實身軀落下。

他咬牙抬起被汗水浸溽的臉，仍是不發一語，只是用那堅毅的眼神，望向潭水處的人影。細看下，他的後背側腹處有塊青色龍型圖騰，但已被血與汗遮蓋大半。

持鞭人見狀又舉鞭往他身上招呼！

後方同伴不忍疾呼：「請少主寬恕，我們本早有防備烈山族會插手阻攔，可任務失敗，卻是因為忽然出現一個來歷不明的白衣女，此人速度之快實在出人意料！」

暗處那個斜坐的人，身形微微一震，沉默片刻，那帶有魔力一般的磁性聲音再度響起：「烈山族峪垠門的行動還在計算內不足為懼，但務必在五星祭前追回人牲。」說完從黑暗處伸出手朝眾人一揮，那手琢玉修長，如同聲音一般也帶有一股魅惑人心的魅力，眾人欠身退去。

第二章　睿昊爺爺

01

「孩子，自然而然來的事情都是美好的，妳只需好好做人，其他的上天自有安排……」父親常對自己說的話飄在耳邊，那張樸實的笑臉，暈染著晨光映在腦海裡。依珞睜開雙眼從沉眠中甦醒，父親的臉消失在透窗而入的晨光中……

這是璿曜洞天的一個石室。

「真的不是夢啊……」她望著四周無奈的接受事實。

她夢到父親在她受傷跌倒、想放棄一切時，總對她說起的一句話，而這句話也拯救了她社畜的人生無數次。可是現在的情況如何能隨遇而安？

翻起身，休息了一晚感到有精神多了，依珞就著引入室內流動的清澈山泉洗漱。昨晚女希瑾安排依珞停當，還給了她一套乾淨的衣服換洗，在換衣服時卻一直盯著她的後背看。到底在看什麼？自己的背後也只不過有塊出生時就有的胎記罷了。

依珞四處晃悠覓食，在餓到快要趴下前，終於在一個臨向懸崖的露台看到瑾。

她踏著雲霧由遠而近，手上捧著散發異香的鮮美花卉，在到達露台時一躍而下。

深吸了一口氣，依珞有種開始習慣了的即視感……畢竟人家都那麼自然了，她能大驚小怪得起來嗎？

此時肚子不爭氣的開始咕嚕咕嚕叫，依珞尷尬的笑了兩聲。

瑾微笑：「就猜到姑娘餓了，等我一下。」她將花卉放入一只白玉盤中，拿了把墨玉刀比劃半晌，最後在上面撒上看來像蜂蜜的蜜漿，動作行雲流水一氣呵成，最後招呼依珞坐下。

她瞇著眼笑說：「快吃吧，吃完我帶妳去個地方。」

依珞心中升起一股暖流，看著輕啜著茶的瑾，這個外表御姐的白衣女，供吃供住本事又大，待人卻又如此細膩溫柔。

依珞趕忙夾取一撮異卉放入口中。一股清香帶著酸甜清脆，含著某種能量併發在每次咀嚼，漣漪般的放射至四肢百骸。

她清空白玉盤時，饑餓感也消失得無影無蹤，還有種充滿能量，每科考試都能得一百分的錯覺呢！情況也沒想像中糟嘛！至少現在有得吃有得住，還有個仙女御姊照顧自己……這樣想著的她笑瞇著眼恢復了些許元氣！

餐畢，瑾領著依珞前往剛剛的露台……她將頭飾取下纖手一比，一個眉月型的漂浮物出現在眼前。

「祂是我的好夥伴，聖夜。」瑾回頭微微一笑。

夥伴？這形容真怪……依珞忍不住在心底疑惑，不過能把頭飾像變魔術般變成一個漂浮物，這裡實在也沒什麼值得驚訝的事物了。

聖夜看起來像是金屬，卻閃耀著七彩的光芒。上窄下寬，有些看不懂的符紋刻在其間，而中央處雕著跟洞口一樣的圖騰。

瑾輕盈的躍上聖夜後又拿出一個竹管，向虛空一抖，一隻比她還大兩倍的藍腹鳥赫然出現在眼前。

「這是我的幽靛，借妳乘坐吧。」她笑著說完纖手一勾，依珞的身體隨即輕飄飄飛上鳥背。

趕緊抓好不知何時出現的韁繩，依珞感到自己的適應力又增加了。

準備妥當，瑾駕著聖夜飛出了露台，幽靛跟隨其後。

依珞在山嵐飄飛的群翠間穿梭，遠處飛雲流瀑伴著彩虹，各種沒見過的奇禽異獸自在生活。這邊的鳥兒似乎都不怕人，隨意地在身畔翱翔。耳邊呼嘯的風聲吹去了疑惑與不安，她頓時拋掉所有煩惱，專注地想把這一刻記憶下來。飛了好一會，瑾漸漸下落停在一片白樺森林中。

等幽靛停當，依珞拍了拍牠的脖頸表示感謝，開始對自己的適應力驕傲起來！

但幽靛卻瞟了依珞一眼，便將頭轉向另一邊坐下，擺明漠視……

小人物就是這樣不受待見啊……珞淚眼……

專注力收回眼前，此處陽光從枝椏與葉隙間灑落，山嵐環繞周身，光站在樹前就覺得被種溫暖平和包圍，依珞不自覺呆立。

瑾笑瞥一眼便牽著依珞在巨木間穿梭，直到一處山泉湧現的樹洞前，一隻比人還高大數倍的巨鳥佇立在神木枝上。只見牠全身的羽毛紅黑紫靛相間，紅羽處像火焰般紅豔，黑羽處如深夜般漆黑，鳥尾如孔雀的尾巴七彩斑斕，頭頂有兩撮青羽，像角一樣豎立，外型上跟貓頭鷹十分相像。

「睿昊爺爺，瑾來看您了！祝姑娘，這是我睿昊爺爺。」瑾異常熱絡。沒了之前的高人笑，此時的她像個小孩一樣。

這個叫睿昊的貓頭鷹慵懶抬起一邊的眼皮，接著彎出了笑意：「小小瑾，久久不來，怎麼今天這麼有空？我正想著妳呢！」

嚇！他他他！！！他會說人話⁉依珞的適應力此時又再次受到衝擊！所幸她呆愣的表情把波濤洶湧的內心隱藏的很好……應該吧……

瑾親切地牽著她的手拉近與睿昊爺爺的距離：「祝姑娘別怕，睿昊爺爺知道很多事，我今天帶妳來就是想搞清楚這些疑惑的。」

她將之前發生的事情說了一遍，只見睿昊爺爺瞇著眼睛沉吟片刻後，忽然半睜開眼，那雙眼是清澈美麗的金色，雖然蒼老，但就像兩顆純淨的碧璽一樣。

「昨天的事我也有感應到，能做到撕裂空間的，除非是大能者，不然就是借助神器，且絕非一人能辦到。」

「大能者？」珞歪頭問道。

睿昊爺爺搖頭晃腦起來：「沒錯，大能者是擁有特殊能力，甚至不用借助神器就能發揮力量的那種人，依照修為深淺不同，甚至能與神器本身匹敵。」像個老說書人一樣。

「那麼神器又是？」依珞追問。

「神器生於太古時期，一說是受天地靈氣幻化而成，又一說是由魂靈器使練就，祂們各有靈識，大多是祂們選擇使者，而非人去選擇使用祂們，且依照使者的資質，發揮的力量程度也不同。」

祂頓了頓：「但我已好久沒見過能真正使用神器的人了……唯有……」

瑾忽然打斷了祂：「爺爺！我當時看到一方的人有烈山族的紋飾，但另一方就沒看到有任何的圖騰。」瑾邊說邊莫名其妙地紅了臉，睿昊爺爺則似笑非笑地瞥了她一眼。依珞則好奇地看著他們，只是覺得瑾臉紅得很奇怪……

「魂靈器使？」依珞對這個名詞特別好奇。

睿昊爺爺笑了起來，整個站立的岩盤都隨之顫抖起來：「呵呵！孩子，妳眼前就有現成的一個魂靈器使啊。」祂將眼神飄向一旁的瑾。

依珞眼神滿是期待地盯著她，瑾也不負所望接著說：「不過所有的魂靈器，都會隨著主人的逝去而消失，若神器是出自魂靈器使，這點就相當不合理了，所以大多數人還是取信第一種說法。」

依珞回憶起瑾那閃著七彩光芒的眉月型聖夜。多好啊？看起來又漂亮，又能飛，真想自己也能有一個！依珞眼中射出光芒。

睿昊爺爺這時又把眼睛閉起來：「孩子，如果妳想回到原本的地方，一是請召喚者再次反轉步驟，二是得到大能者的相助。」

說到大能者三個字，依珞忍不住把目光飄向瑾：大能者！就是指妳這樣的人吧？

但瑾卻像在思索著什麼而渾然未覺。

祂又像個老說書人一般搖頭晃腦續道：「烈山族敢明示自己的身分倒不足為懼，該小心的是不知來路的那一方，若想得到消息，或許可從烈山族開始，但最好隱瞞住妳的身分，免得節外生枝。」

「可我想他們可能早有人看到我了，或許瞞不住……」想起那天的鎖鏈黑衣人，依珞縮了縮脖子。

「祝姑娘別怕，這個可再想辦法，我還要跟爺爺問些事，請先回到幽靛旁等我。」瑾微一彈手，一陣風捲住了她，依珞又輕飄飄飛起，她認命地閉上眼，身不由己地往幽靛停等處飄去。

還真不會撞到東西耶！如果可以，真想學學這個懶人福音！

幽靛半抬眼皮瞥了一眼飄近的依珞，就見怪不怪地窩回去休息了。

她靠著牠坐下。盤算著怎麼請瑾這個大能者幫她？或是怎麼讓那些召喚者送自己回去？還有那些人為什麼要召喚她？烈山族是誰？黑衣人又是誰？她怎麼可能對付得了那些人呢？

沒多久，瑾笑意盈盈地歸來。

依珞忐忑不安正想著該如何說服瑾幫她回家，瑾倒是先開口了：「祝姑娘，我決定了，我要收妳為徒！」依珞睜大了眼睛不敢相信。

「可……不是啊！其實我是想請妳幫……」她說到一半，看到瑾又露出招牌的高人笑。

依珞乖覺地回了聲：「當然好，感激不盡……」識時務者為俊傑！何況我這個小女子？

瑾甜甜一笑：「很好，回去就拜師吧！」

在珞被瑾救走的平原，一批人似乎在翻找什麼，近前一看，赫然就是那批黑衣人！

忽然其中一人動作一滯，發出訊號招集眾人，他用手指著一個方向，眾人隨即往那追去。臨去前為首的黑衣人抖開腰間纏繞的赤紅鎖鏈鞭，眼神淩厲地望向遠方樹蔭遮蔽處，隨即撇頭離去。

順著他的目光所在，距離平原數丈外的丘陵上，幾個人影隱在樹叢中，觀望著這批黑衣人。

「紀大哥，我們還不追嗎？」清脆婉轉的聲音，源自於一個蜜桃似的女孩。

紀辰紹狡詐一笑回應：「幸好我們先一步在外圍設好機關了，就跟他們玩玩遊戲！我們追著他們的足跡，遠遠吊著他們，讓他們進得去出不來！」

這一批少年少女同時躁動了起來，每個都摩拳擦掌躍躍欲試。

一個如同開了掛似的大老要收自己為徒教技能……

當然一百個願意呀！更何況她現在還得面臨未知的敵人呢。可是這麼厲害的瑾不是大能者嗎？

珞在瑾的藥草田中晃悠……

還以為拜師會是什麼難事，原來只是去瑾的田裡尋找五色花，再把摘好的花做成花束獻給瑾。

瑾在受花後將一個白色絲帶纏繞在我的左腕上，纏繞時嘴裡還吟唱著什麼，雖然半句都聽不懂，但音調十分好聽。絲帶繫上後就像被吸收似的消失了。就這樣？這麼簡單就完成拜師儀式啦？

事後談起收徒的理由，竟是因為自己背上的胎記。

瑾說，我背上這胎記與璿曜洞天的圖騰異常相似，而那不僅是女希族的圖騰，也是山門的圖騰，如果身上有這個印記必有淵源。

瑾看我不信還掀開衣領，胸脯上赫然印著那個屬於她的印記……好讓人害羞的位置喔！

雖然胎記在背上，但我總有幾次通過照片看過，想不到竟是跟洞口圖騰相似？自己還曾覺得它礙眼，穿比基尼時總因它遭到異樣眼光，今日卻因它得福，我感謝到就差沒朝它膜拜！

依珞也是那時才知道，原來女希是瑾的族姓，瑾是她的名，女希族雖現已式微，但因有十大分支的山門護衛，又總是離群避世，所以少有人來犯。

問她璿曜洞天是什麼門派，她倒是大方承認：「就是巫派。」

「等等！巫派？我以為妳是神或仙那類的！」

看到依珞震驚的表情，瑾噗哧一笑，說居心不良的人稱自己是神道仙道也沒用，反而用正道之名，戕害世間，她璿曜洞天就是巫系，清新爽朗到讓依路覺得自己的震驚很可笑。

瑾接著解釋：巫者是溝通天地神靈的媒介，也受天地精華而生存，所謂的神道仙道就是名稱好聽罷了，順天應時隨其自然都是正道。就能力上而言，天地人三界均衡，人從來就不比天界地界差，三界沒有誰比較尊貴，誰比較低賤的道理。

總之大部分的巫覡使用法術只是方便生活，脫離這個理由而使用巫力，還不知分寸節制的，通常會越走越偏最終墮入邪道。

——而召喚她來的，可能就是那樣的傢伙！

「妳如今正式入門，以後就更名為女希珞，要守著女希族與璿曜洞天的規矩。」

聽著瑾溫和而嚴肅的話語，我在心中暗暗發誓：「老爸老媽，在這我只好先對不起你們了，等回去我一定會假裝沒這件事……」

02

如此又過了月餘……兩方人在瑾離去的林中互相鬥法。

此處的植栽與山路都有一種規律，似乎早有人設下陣法，這陣法與森林融合得如此巧妙，若不是眾人在此糾纏數月，還沒那麼容易發現……紀辰紹心中不禁疑惑，難道是那個白衣女設下的？

加上辰紹一眾設下的陷落機關更大大拖慢黑衣人破陣的進度！

有天忽然出現一隻通身漆黑紅喙紫腹的猛禽。此鳥凶狠的抓傷了玄潔，幸好辰紹射箭逼退了此鳥，澄兒才能趁機救回。

但玄潔重傷，也就無法再偵查……

為首的鎖鏈黑衣人舉手讓紅喙紫腹鳥停靠，只見這紫腹鳥氣勢凶猛，脖子上還纏著鎖鏈咒縛，牠的尾巴像蜜蜂一樣竟是個尖刺，腳上綁著信件之類的東西。

黑衣首領看完臉色沉重，也回了一皮卷，此鳥隨即遠去。

辰紹知道長久的纏鬥已激怒對方，也從懷中掏出金丹木葉片，他往虛空一擲，葉片就迅捷地往一個方向飛去。

幾天後是一個抑鬱的陰天，三刀巫領著一群部眾與原先的黑衣人會合。

其中一個身型最為嬌小的黑袍巫聽完鎖鍊黑衣人的敘述，查看了四周情況後，隨即祭起手中的墨身紅紋寶刀。寶刀刀身細長，通體墨黑且刻著紅色的符紋，並閃著詭異的暗紅色流光。

持刀的手穿戴著五指金鎖連環戒，中指處有個金龍形圖騰，龍額處有顆紅色寶石。那手纖細好看，肌膚晶瑩剔透，竟是個女人的手！

刀身霎那間紅光四射，四射的紅光似乎碰觸到無形的牆壁而星花四濺，空間傳來陣陣讓人傾倒的波動！

片刻後紅光消去，紅刀巫對眾人說：「此地遍布著奇異的禁制，我們還得一一破除。」這聲音雖比不上洞穴中，那個神祕人的聲音魅惑，但也清脆婉轉，讓人更想見見她面具下的真容。

「烈山族峪埌門的人還在附近，我們還得小心行事。」鎖鏈黑衣人道。

另一個黑袍法師冷不防的啐聲，陰惻惻的聲音像根利箭般刺向鎖鍊黑衣人：「姜奕翔，上次為了你的無能，我們三個同時負傷，這麼久追查不到受召者，現在又要我們出動幫你，真不懂少主為何這麼器重你？」

這黑袍法師手握刀柄，刀柄有個狼首的雕刻，通體黑底綠紋，綠紋流動著詭異的綠光。握柄的手有些削瘦，大拇指處戴著一開口狼首戒，狼嘴處雕著一個特大的綠色寶石，發出瑩瑩綠光。

腰纏鎖鏈的黑衣人姜奕翔聞言，面具後的神色羞慚，緩緩低下了頭。

「斟伏，你剛沒聽龍刀巫祝姿瓏說的嗎？此處遍布禁制，幸虧印琴鏡三使也重傷未至，但若只有你一個，應付得來嗎？」身形最高的那個黑袍法師反譏，聲音宏亮震耳。

「姚君堂！莫說我應付不來，怕是你使盡全力也討不得半點好處吧？」手持綠紋刀的黑袍巫斟伏狠狠地瞪了最後一個黑袍法師。

但這個被喚作姚君堂的黑袍巫雙手環胸，絲毫不懼。

他精實的雙臂上穿戴著鮮紅裂嘴咆嘯的虎形圖騰護臂，中指皆配著黑金虎形戒，虎口刁著金黃色的寶石。掛在腰間的寶刀刻著金虎紋，刀身同樣通體墨黑，是這三把刀中形體最大的。

龍刀巫祝姿瓏勸和：「姚大哥，斟大哥，大家都少說一句吧！完成少主交辦的任務最重要。」見兩刀巫勉強靜默下來，祝姿瓏扯了扯鎖鏈黑衣人姜奕翔的手腕：「姜大哥，你來帶路吧！」

眾人終於依照痕跡開始破陣……

遠處紀辰紹一眾專注地看著鏡使昆淨宜手中的鏡面，印持姚宇逸沉默了片刻，微微點頭後鏡面影像漸漸消失。

姚宇逸雙眼閃出精光說道：「之前透過幻空鏡查探過這陣行，竟與祖師傳下的有異曲同工之處，你們聽我之命布陣，對方要破我們就多設幾個陷阱！」

他嘴角勾起微笑，雖是個白髮蒼蒼的老者，竟如辰紹般透出一股調皮俊逸之氣。

「幸好他們還不知道我們早他們一步先到了。」鏡使昆淨宜微笑。

姚宇逸說道：「這次行事務必小心，對方三巫齊聚，我們這方卻少了二師弟后柷弦。」眾人點頭應諾。隨後他望著遠方的金刀巫姚君堂，眼神射出複雜的神色。

03

修行數月，珞終於能使用巫力做些簡單的事情了。雖然只是每天重複著必做的打雜行程，捻光點火煮飯，使用雲霧織衣，召喚雨水灌溉作物，凝結泥土製成器皿，製作土俑打掃屋裡內外，最最重要的就是為洞天裡所有的燈補足能量。

相當意外的是瑾說點燈術跟捻光點火是截然不同的法術。點燈術是只能從陽光截取能量，正確名稱是聚光術，凝聚後將它儲存在任意容器裡，據說技術更高之後，還有各種不同變化與功能，其本質是生之力，並能燒除邪祟。而捻光術是不拘日光月光，但只能點火。

問瑾兩者之間為何有這樣的差別？她又露出招牌高人笑回道：「兩者之不同源於本質。」

喔……好吧！為什麼講話喜歡這樣高來高去的啦？

這天，珞在距洞天不遠的湧泉湖畔等瑾。澄清的湖水順著水道流經洞天，洞內使用的水就是源自於此。珞邊等待瑾，邊滿臉賢妻笑的施法架起晒衣繩。

瑾一如往常笑意盈盈地從遠處飄來，珞已是老僧入定般的看著……想想自己會如此迅速習慣這不合常理的世界，除了自己宛如小強般的適應力外，都是因為瑾如此自然而然的行徑吧！

這期的任務是要學會洞天的化型術，瑾說一魚、二獸、三鳥是洞天必學化型。

說完瑾縱身一躍，在碰觸到水的瞬間，後耳至脖間出現魚腮，片片魚鱗隨著波光閃耀，雙腿幻化成魚尾，一氣呵成，如往常般自然卻又不合常理！

她重回水面向珞招手，催促珞唸著她教的口訣大膽跳下。

「……」不跳行不行？

看著瑾那堅定又笑而不語的神情，珞深吸一口氣認命地向前一躍！水花如遭受深水炸彈襲擊般四射，說好的鰓呢⁉說好的變身呢⁉她手忙腳亂地在水裡掙扎！隨後意識漸漸模糊……

當珞再次醒來，身旁的瑾雲淡風輕地解說：「口訣須配合呼吸才能增加成功機率喔，再來一次吧。」

等等！為什麼不馬上救我？還要等我嗆暈？還不給我秀秀！還馬上叫人家再來一次！妳這壞人！

瑾又露出高人笑，輕拋一句：「今天一定要學會唷！」

「……」趁瑾轉身時，珞哀怨地瞟了她一眼。

雖然在數十次嘗試後終於勉強學會人魚化型和獸類化型，但被瑾評論外型怪異……

珞還發現一件奇怪的事：「為什麼僅有水中是保留半人狀態呢？」

瑾說：「本來是為了守護聖山的通道，必須人魚化形才能辦到，但現在用不到了，延續傳統只是為了以備不時之需。至於會飛的鳥形，以妳目前的程度實在太難，日後再說吧。」

總之學習的日子很快樂，讓珞不禁忘記危險，更沒注意到自己竟能如此自然的習慣使用巫力生活！

第三章 異樣的溫柔

01

纏鬥又過了月餘，雙方對這邊地形布置都漸漸熟悉了起來，這對想要破陣的黑衣方來說是更加有利！雖然印持一方一直在增加禁制陷阱，但設置陷阱的速度已比不上對方破陣的速度。

「怎麼會覺得對方彷彿能掌握己方的行動一樣？」姚宇逸開始在心中出現這樣的疑惑。雙方都知道完全破陣的時候近了，感到焦急的反而變成了印持一方！透過鏡使昆淨宜的指引，他們知道只剩下最後的三大陣眼未破。

這天黑衣人一方聚集在一起商議，忽然全數一同進入樹蔭深處，不一會又出林，只見三巫各自領了人往三陣眼疾行。辰紹一方人數不夠，只好由印持鏡使各領一路往其中兩陣眼去。

越來越接近陣眼，刀巫眾們卻忽然失去了蹤影。雖然畏懼紅喙紫腹鳥，迫不得已下，澄兒仍是放出玄潔偵查。然而玄潔一上空就慌亂鳴叫，澄兒見狀大叫：「小心！」

話音才剛落，一道金光如巨雷般轟向印持姚宇逸！饒是姚宇逸反應奇快，但仍被逼退數尺後才勉強擋下。

巨雷氣勢力道之強，眾人只剩閃避的餘地，定眼一看原來是金刀巫姚君堂。反應最快的辰紹已架起弓箭瞄準他，但望著姚君堂卻皺眉咬牙，神情猶豫似是拿不定主意攻擊。

另一道綠影趁眾人驚愕，似鬼魅般速度飛快的衝向印持！

正是那綠刀巫斟伏！

眼看那把綠刀就要刺穿印持，辰紹放棄射擊姚君堂，硬是用長弓架開斟伏，斟伏也不反抗，借力順勢後退。綠影在人群中飛竄，眾人眼花撩亂，等他立定，澄兒已表情痛苦地被他掐住咽喉。

一切發生得太突然，姚宇逸被金刀巫壓制，澄兒被擒成為人質岌岌可危，不見的紅刀巫與鎖鏈男怕是去找鏡使昆淨宜了？

「就是你們這批人在搗亂，阻礙我們的大業！」綠刀巫斟伏邊說邊加重手上力道，澄兒瞬間陷入昏迷，雙手無力地垂下。眾人投鼠忌器，皆不敢上前。

「想要這小丫頭活命，還不快束手就擒？」斟伏衝著膠著中的姚宇逸吼道，忽然掌上聚力，似是就要掐斷澄兒的脖子！

姚宇逸見狀大喝：「住手！」隨後硬是逼開了金刀巫姚君堂，但體內受到衝擊，也嘔出一口血，辰紹趕忙上前攙扶。

姚宇逸緩了緩，用憐憫地眼神望向刀巫：「放開她！斟伏，你們竟然墮落至此，姚君堂，你把家門訓示丟到哪去了⁉」說話的口氣儼然跟刀巫們是舊識，而且跟姚君堂似乎關係匪淺。

姚君堂在姚宇逸責問下面色也是一沉，他就是自重，才選擇舉刀攻擊印持。

斟伏卻是理所當然：「成大事者不拘小節，本來這些事情跟你們無關，你們卻總是阻攔我們的大業，如此愚昧更是罪該萬死！」

「哼！什麼大業，不過就是被權力慾望迷惑罷了！」姚宇逸嘆道。

斟伏啐了一聲：「我也不求你們這種蠢人理解，廢話少說，把你的靈印交出來！」

「姚宇逸，把你的靈印交出來速速退去，我還可保你們不死。」姚君堂沉聲道，他直呼對方全名，似是擺明劃清關係，斟伏卻陰狠地瞪了他一眼。

姚宇逸仰天深深嘆了一口氣：「家門不幸，我堂堂烈山族印持，竟出了你這逆子！」

他正準備將手中的靈印交出，卻忽然發現滿天布滿了幾乎透明的白絲。這白絲何時出現的？眾人竟全然未覺！或許這是個轉機？姚宇逸腦海迅速飛轉而默不作聲，假裝傷重拖延交出靈印的速度。

刀巫們直到白絲接觸到身體才反應過來！一道白影同時從陣眼後疾速飛竄而出，如旋風般捲向斟伏。

斟伏本想反抗，卻發現身體動彈不得。本來牢牢控制在手上的澄兒已然消失，再定睛一看她已被扔在辰紹懷裡。白影飛竄在眾人之間，視線幾乎無法追蹤，一眨眼後終見白影立定在陣眼石台上，裙尾落下，赫然就是當天劫走受召者的白衣女。

女希瑾語氣平和，那神態卻讓人不寒而慄：「這邊是我家，你們這些外人帶著惡意而來，處處破壞我的禁制，全都給我乖乖離開！」

原來近日瑾察覺陣法異變早有戒備，若不是見姚宇逸等人落入陷阱，她還未必會這麼早出手。

女希瑾感到刀巫們身上的力量不同一般，知道困不了他們多久，便召出自己的聖夜，催動後與陣眼的力量共鳴。眾人感到一股力量從腳下的土地湧上，似乎隨時要爆發，頗有要把眾人全轟出這片區域的態勢。

此時異變忽至！一道赤紅鎖練忽然擊碎她剛落腳的岩台，女希瑾卻先一步躍離岩石險險避過，但陣眼之力也無法再催動。

姜奕翔與紅刀巫趕到，沒被陣眼白絲困住的他們對女希瑾發出猛烈的攻擊，憑瑾的速度身法再快，此刻也只能先閃避自保。

「他們如此快速到來，難道鏡使一眾出了什麼事？」姚宇逸驚疑。

紅刀巫祝姿瓏趁眾人牽制瑾的同時，迅速祭起龍刀，一道紅光劈向陣眼，陣眼出現裂痕，似乎再不多時就要碎裂。

瑾心中暗驚那把紅刀的厲害！她環繞姚宇逸一眾灑出一種粉末似的東西。

「跟我來！」她低聲招呼，姚宇逸一眾頓感身上的束縛消失，忙跟了上去。

瑾引著眾人來到一條小徑，壓後催動聖夜。瞬間地上浮現數個圖騰，圖騰處重力加強，兩旁樹木草叢像活起來般聚攏，將刀巫們團團圍住！陣法瞬間困住大多追擊者，唯姜奕翔憑藉身法驚險閃過。

刀巫們被阻擋在重力禁制中，眼見瑾領著姚宇逸一眾越跑越遠，姜奕翔果斷追了上去！

辰紹對這個纏鬥已久的對手毫不客氣，一箭射去，姜奕翔抽鞭格擋，如此數次，幾個轉角後姚宇逸一眾終於順利遁去。

姜奕翔察覺到周圍樹木花草竟隨著他的移動而移動，功聚雙目，遠處有個巨木聳立，他趁還沒失去方向感前當機立斷，勾住前方還沒聚攏的樹木直行出陣！

02

又是個打雜的早晨，但珞一起床就噴嚏連連。在洞天裡晃了晃沒看到瑾，或許又是騰雲駕霧去哪了吧？她走出洞口正要澆灌藥草作物，瑾做出的耕俑們也在照常除草巡邏，但珞總覺得胸口有股揮之不去的陰翳。

忽然洞天西南方傳來巨大異響！頓時紅光一閃，瞬間消沒……

「如果洞天出現異樣，這是我為妳準備的腰包，妳務必帶上從天池逃脫，去爺爺那等我。」珞想起最近瑾常對自己的叮嚀，趕忙衝進房間抄起瑾準備好的腰包。

又傳來數聲巨響，才剛把腰包纏緊，她就聽到外面傳來土俑們與兵器交擊的聲音。快步衝出洞天，珞便見一個黑衣人正與耕俑交戰，他犀利冷峻的眼光掃來！

「媽呀！是那個鎖鏈男！」不敢遲疑，珞往天池的方向奔逃，憑藉對地勢的熟悉，她將鎖鏈男甩在身後，可對方速度飛快、銜尾緊追。

終於到達天池，她毫不猶豫地跳入水中，雙腿碰到水的瞬間竟然沒有變成魚尾!?

情況緊急又慌亂的狀態下，她果然又失敗了！但竟然不感覺氣悶？原來老天保佑，幸好鰓變出來了！

正在慶幸，一道鎖鍊卻纏上珞的腰！黑衣人入水後朝珞游來，隨著距離接近鎖鏈也越纏越緊。她想到池中有處水流湧急，或許有機會在那逃脫，珞拚死往水道處游去！

才剛到水流附近，一股吸力牽引著珞身不由己，等她意識到不妙時已經身陷水流中。水道中水流似利刃一般，珞感到自己像是生魚片般要被片片割開凌遲！

正咬牙硬撐大感吃不消時，自己卻被一個溫暖的懷抱包住……

「咦!?這鎖鏈男竟然在保護我？」才正在慶幸壓力稍減，珞忽然感到胸口遭受強大的衝擊，迎面衝來一股溫熱的鮮紅，她終於還是失去了意識……

第四章　華麗的男主角套路

01

再次睜開眼已是滿天落日餘暉，模糊的環顧四周，自己躺在溪流淺灘上，記起自己逃難過程的珞猛然坐起，胸前頓時傳來一陣悶痛！

「對了，我好像被什麼撞到失去了意識……」珞撫著胸口。視線往下，一條鎖鏈仍環在腰上數圈，順著鎖鏈望去，一隻手仍緊緊捉著鎖鏈。珞嚇得原地跳起！定神一看才發現那隻手的主人仍在昏厥狀態，不僅衣衫襤褸，面具破碎，身邊還有大攤的血跡。

珞回想水道那段的記憶：「對了，那時他……他好像保護了我？」她受不了利刃水流，這傢伙用身體保護了自己？然後兩人似乎撞上岩石之類的，接下來連自己都失去意識了。

看他遍體鱗傷，尤其頭部最嚴重的傷口仍在緩緩淌血。

珞頓覺有些不忍：「不救他的話……會不會就這樣死了？」而且這人還是個疑似保護了她的救命恩人！

記得瑾曾經說過聚光術有生之力。

看著流淌中的大攤血跡，珞嘗試著凝聚餘暉的日光在指尖，昏迷的鎖鏈男成了免費人體實驗標的。但越是著急越是失靈，眼見太陽將要下山……沒有陽光的話，聚光術就無法使用了！

珞急得滿頭大汗。

「最後一次了！」珞秉除了所有雜念，心中只唸著聚光訣，終於將最後一絲餘暉成功凝聚在指尖上。這時她連呼吸都放輕了，專注盯著指尖上的餘暉，緩緩將光放在姜奕翔胸口……

奇妙的事情發生了，光被胸膛吸了進去！

片刻後流血的頭部傷口終於止血，身上細小的傷口也漸漸癒合。

珞雙目放光：「哇哇哇！我成功了！原來聚光術的生之力是指這樣的功能啊？我好厲害！」

來這後她首次有了走上人生巔峰的感覺！

開心沒持續多久，太陽完全沒入山後，四周溫度瞬間下滑。她忍不住打了哆嗦：「怎麼辦？至少要遠離河堤邊，把這傢伙搬到安全的地方我就快溜。」珞四周環顧，十公尺外的高處似乎有個樹洞。她把鎖鏈男揹起往高處走，短短十幾公尺，背個這麼大塊頭的人，走得她雙腳打顫。

「這傢伙比想像還重啊！」珞淚眼：「都怪自己太善良了！」到了後才看清雖有個小樹洞，但遮蔽物不足，若遇上山雨夜露，隔天必定「溼身」！

「必須織個屋頂出來……」這種低溫若真的「溼身」明天恐怕只有一具屍體了吧？珞嘗試著用雲霧織法，把原料改為樹葉，試了數次後總算開始織作。截了月光點起柴火，忙活了好一陣，終於屋頂織好，火也燒旺了，但時間也不知過去多久了。

「總算都好啦！」珞拍了拍手中的塵土正要離開，卻聽到身後窸窣聲響。她宛如恐怖片遇鬼時地緩緩回頭，只見鎖鏈男正右手扶額左手撐起身體。

「他醒啦！怎麼辦？我該立刻開溜嗎？他身負重傷還沒好全，應該追不上我吧？都怪自己太善良，幹嘛自找麻煩救他？」珞胡思亂想的同時，對方已經抬起頭來……他睜開雙眼正好與珞對上。

一陣沉默，珞忽然怪叫一聲轉身要逃，一隻手卻更快抓在她腕上！

「你……你想幹嘛？我好歹也救了你，不然你早悲劇了！放開我！我是你的救命恩人！」珞甩著被抓著的手大吼大叫壯膽。

「妳……妳救了我？妳是我的救命恩人？那……我是誰？我為什麼會在這？悲劇又是什麼？」姜奕翔扶著頭上的傷口，用那雙深邃迷惘的雙眼，無辜又虛弱的望著珞。

珞張大嘴：「蛤？」什麼情況⁉這不就是偶像劇裡主角車禍後失憶的橋段嗎？

02

珞表情嚴肅地瞪著眼前的鎖鏈男，對方用惴惴不安又無辜的表情回應。

她腦內思緒翻騰：「這種情況能把他丟下嗎？不管了！他可是黑衣人帶頭的耶！誰知道他是不是裝的？睿昊爺爺特別交代要小心他們，而且我還要趕去跟瑾會合，要是追兵來了怎麼辦？」

想忽視這雙可憐兮兮的眼神……但看著眼前身上大傷小傷，又衣衫襤褸的姜奕翔，珞忽然覺得想丟下他的自己才是壞人。這時兩人的肚子不約而同地咕嚕直叫，兩人臉都紅了起來。

請他一餐之後就算兩不相欠吧！

打定主意後，珞乾咳了一聲：「你在這等我吧，我去找吃的。」說完站起身往河邊走去。

「嗯……」倒著的姜奕翔，雙眼映著閃爍的火光凝視著她，眼神說了更多沒說出口的話。

「喂！別這樣看我好嗎？我不會現在丟下你的啦！」珞在心中吶喊，趕緊別過頭，忽略這盯得她愧疚感陡升的傢伙。

無壓力下順利化形抓了幾條魚回來，發現姜奕翔又陷入了昏睡，珞自顧自料理，完成後想叫醒姜奕翔。戳了他幾下，他卻動都不動，火光閃爍照映他的胸膛，珞這時才看清，好大一片青紫啊！

那時水流挾著他們衝向巨石，是他抱著珞用後背去硬接，所以珞只受了輕傷，但他卻……

「為什麼你會這樣救我？」珞認真凝視著姜奕翔，忽然又發現他身上布滿無數新舊大小的傷痕，這傢伙到底過著怎樣的生活啊？

「但是……這傢伙長得還真好看……」他長長的睫毛微微跳動，臉龐如刀削般俐落，高挺的鼻梁，寬闊的胸膛，緊實的腹肌，勻稱的身形……妥妥的偶像劇男主標配啊！

「等等！」她忽然驚醒，皺眉：「我到底在想什麼啊？他是那群黑衣人首領耶！我開始在同情他？這傢伙保護我一定有目的！要走就趁現在吧！」珞下定決心轉身要走，姜奕翔卻忽然呻吟起來……

這臉色不對勁！

她又坐回他的身邊，一探手才發現他全身滾燙。

「這傢伙怎麼這樣麻煩？」沒有日光了，無法再使用聚光術，只好土法煉鋼，幫他敷額頭擦身體……

「我竟然從打雜小妹轉職成看護……」珞無語凝噎。

他高挺的鼻梁因高燒微微皺起，忍耐著痛苦的皓齒輕咬，珞擦著擦著竟有種自己在占人家便宜的錯覺！

擦到後背時，赫然發現他側腹有塊青龍紋身。

「哇！好美！」這栩栩如生的紋身引得珞凝神細看，卻發現青龍紋身下又有塊赤紅胎記，她皺眉思索：「這青龍紋身好像想蓋住什麼的樣子？」

忽然驚覺這樣的姿勢讓自己好像意圖不軌的色女……她趕緊搖頭保持清醒，眼光不小心掃到腰間繫著的腰包：「對了，瑾給我的腰包我還沒拆開呢！」

剛剛嚇得她把腰包的事全忘光了，要是讓瑾知道一定又會被笑傻。

說是腰包，不過也就是兩個手掌大小的布袋，表面烙著璿曜洞天的圖騰，還精心做了個束口。

珞探頭往袋裡一看，震驚地發現裡面竟然深不見底，數樣物件像漂浮在宇宙中一樣。

她瞪大眼：「這……這是次元空間袋啊？瑾，妳可以再玩得更大點！」

珞看準幾樣東西探手一撈，撈出了一個皮帶手弩、薄絲護衣，一雙羽型腳環，都刻著璿曜洞天的圖騰，並一貫的白潔顏色。

珞迅速裝備上，薄絲護衣一上身就迅速收緊，寒冷隨之消退。她在心中讚嘆，不愧是瑾的東西啊！腳環之前玩過一次，它可以使身體輕盈，那時她跳上竄下玩得不亦樂乎。

看著這些刻著圖騰的裝備，珞想起了在璿曜洞天的種種回憶，握著裝備的指尖傳來陣陣溫度。

「有點擔心了……瑾沒事吧？璿曜洞天呢？」珞垂頭喪氣地坐下來，不知不覺中自己竟已如此依賴她……

「妳還好吧？」姜奕翔側頭虛弱地出聲，他不知何時醒了過來。

火光印著姜奕翔的劍眉星眸，眼裡寫滿了關心與溫柔，被這個眼神注視，珞瞬間被溫暖的感覺包圍，也是首次相信他是真的失去記憶了。剛遇見他時，那冷峻的眼神跟現在完全是兩回事！

感受到除了瑾以外的溫暖，竟然是來自這個鎖鏈男啊？

她眼眶盈滿淚水，微笑著搖了搖頭想回答什麼，卻發現話像是梗在喉嚨裡似的，只好低下頭綁著手弩。離開璿曜洞天後，才發現原來自己一直都這麼不安啊？

珞正發著呆，下方草叢卻傳來劇烈搖動的聲音，她聽到聲音正轉頭望去，一道寒光已射向珞的脖頸！

姜奕翔動作卻更快，他不知何時已衝到珞身前，用手夾住這個滲著綠光的尖針暗器。但劇烈的動作牽動姜奕翔的傷口，只見他冷汗直冒，全身忍耐著疼痛顫抖著。

「姜奕翔！」一道飽含憤恨的聲音，從草叢黑暗處爆出。

只見一個手握綠紋巫刀，全身衣衫襤褸，傷痕累累的人蹣跚走出，不就是斟伏嗎？此刻的他連臉上的覆面也碎裂，狼狽不堪。

姜奕翔神色凝重地瞪著他，這個不認識的人為什麼讓他有股厭惡的感覺？

斟伏的面孔因憤怒而扭曲，他舉步上前，姜奕翔下意識擲出剛接到的暗器，斟伏悶哼一聲隨即摀著右胸倒下。珞這時才反應過來，捉準時機背起姜奕翔逃走。

奔跑了不知道多久，珞發現遠處有個大岩洞，迅速往那個方向前進。

背上的人傳來滾燙的溫度，珞知道陷入昏迷的姜奕翔狀況真的不妙！

事實上自己的狀況也好不到哪去……

體力巫力都嚴重透支的她連站著都很勉強，剛到達岩洞馬上就竄了進去。

「不管了！這時候誰來我都動不了了！聽天由命吧！」

珞衝到一個角落後，隨即失去意識倒下，沒注意到有兩個人影從另一邊的岩石後走出。

跟隨記號趕來的金刀巫姚君堂，看起來狀況也如綠刀巫斟伏般狼狽，但即便衣衫襤褸，他還是勉力支撐。找到倒在草叢裡的斟伏，才剛把人攙扶起來，就聽他斷斷續續道出被姜奕翔反手攻擊的事情。

斟伏指向不遠處遺落的鎖鏈：「他身邊跟著一個沒見過的女人，我本想迷倒那女人再做處置，姜奕翔卻出手阻攔反擊逃跑！這件事需盡快呈報少主！」

姚君堂聽著眉頭緊鎖，斟伏雖然人品說話都不討人喜歡，卻從不說謊，但姜奕翔也有絕對不會背叛的理由。

「斟伏，你先緩緩，瓏妹也失散了，我們得先會合才行阿。」斟伏聞言震驚地停下一切動作！

姚君堂續道：「那個白衣女實在厲害，想不到我們一併入了她的圈套，不僅被衝散還負傷如此，唉……不知瓏妹情況如何了……」

即使身負重傷，斟伏還是硬撐起身祭起手中的綠刀，身旁的姚君堂本想阻止，但看到他那嚴峻堅定的表情，也知道勸阻無用。綠刀受祭後漫出數百如螢火蟲般的小光點向四方飄散，片刻後全數匯集到一個與珞逃跑完全相反的方向。

兩人跟隨著光點去尋……很顯然的，紅刀巫祝姿瓏在綠刀巫斟伏心中的地位遠高於一切，他已把姜珞兩人遠拋在腦後，而兩人也在不知不覺中逃過一劫。

03

瑾窩在樹頭高處合衣似乎在沉睡。下方印持姚宇逸在打坐調息，他雙手間臥著受傷的玄潔，旁邊跟隨一些輕重傷的弟子們。這時鏡使昆淨宜才領著明湘等人匆匆趕至。

「師兄？」昆淨宜衝到姚宇逸身邊輕喚，後者緩緩睜眼。

「師妹你們來啦？」聽得出氣虛，看來還未能從剛才的受襲中回轉過來。

「師兄，都怪我們中計被引開，差點就全軍覆沒……」昆淨宜羞愧地垂下頭。

「別說妳了，我何嘗不是，所幸有那位姑娘相助。」姚宇逸將目光射向樹頂的瑾。

鏡使順著目光望去：「師兄，她不就是……」話才說到一半姚宇逸就舉手止住，他點點頭，瑾的雙眼這時也不動聲色地睜開。

「可是紹兒與澄兒他們也被震了出去，我們須得盡快找到他們。」姚宇逸擔憂道。

當時情況危急，女希瑾催動的小陣法暫時擋住刀巫們，但他們恢復行動後迅速破壞擋路的禁制陣型，而己方卻有數個傷兵。勉強撐到最後的陣眼石磐，敵方形成合圍之勢，看似絕境卻也是壁壘分明。

瑾當然沒客氣，這次蓄力已及，發出的衝擊波將刀巫一眾全轟了出去！陣法衝擊力道之強橫，刀巫們竟完全無法防禦！可是抱著澄兒逃跑的辰紹被斟伏抓住受到牽連，一併被衝擊波轟了出去。

姚宇逸擔憂的是紹澄兩人，瑾思索的卻是那個鎖鏈男竟然不是尾隨他們，而是選擇破開圍陣……也只有她知道，他是往瑨曜洞天的方向而去。連續催動陣法，自己也巫力告竭。所幸之前早有囑咐，徒兒雖然傻但運勢很強，相信可以順利脫逃吧？

恢復得差不多了……

瑾起身，對著下方的峪垠門道：「感謝各位今日的幫助，不過我這地方不喜歡外人，還請各位盡快撤出。」隨即手捻葉隙間落下的陽光，陽光凝結成一隻白鳥。

「請各位跟隨我的敕侯，即可安全撤出。」講完也不等回答，轉身飄然離去。

眾弟子瞪視著離去的瑾，皆覺得此人太不近人情而隱隱生怒。姚宇逸安撫了眾人後即跟隨白鳥撤出。他途中似乎在思索什麼，眾人不知大師傅心思，一路皆不敢言語。

鏡使終忍不住發問：「師兄，怎麼了嗎？」

「師妹，你不覺得這女子使用的法術與陣式，跟師傅以前曾說過的一個巫族太相像了嗎？」

昆淨宜皺眉道：「我也有這樣的感覺，但天下術法出於同源，之後分支越來越繁雜，雖各成一家，相像倒也不足為奇。」

「能使用類似術法的人我們也見過太多，但這姑娘的陣法連三刀巫都無法防禦。」

印持頓了頓又道：「還記得師傅說過的嗎？在太古時期，有四位能開天闢地的大能者，所有的術法均出自於此，經過數代的傳承變化，最原始的術法雖已失落，師傅花了畢生精力蒐集還原，發現其中一支太古術法有個最特殊的共同點，就是能從陽光裡擷取力量使用。」

「我還記得，那些陣法也是艱澀難懂啊……師兄是說她可能是太古巫族之一？」

姚宇逸沉默片刻又嘆了口氣：「可惜我們這代資質有限，連神器的力量尚且無法完全導用，以後的情況怕會超出我們的能力所及。」

語畢兩人均陷入沉默深思。太古巫族行事異於常人，正邪無定且術法詭譎多變，性格更是奇祕乖僻，受召者若是在太古巫族手中，還真禍福難料！

鏡使沉吟了一會又問道：「師兄，這女子只有一人，那麼受召者呢？照道理該在她的身邊才是？」

印持叉開話題：「目前先找到紹兒他們再說，我想他們應該會留下記號。」他用眼神示意，鏡使瞬間領會，一路上兩人再無說話，隨著瑾的白鳥前行。

終於出了陣，白鳥也自然消失了。

此時天邊已魚肚白，出了陣後，姚宇逸舉起食指聚力，唸唸有詞中指尖現出一道金色的細線。

「紹兒就在那，我們走吧。」

第五章　傳說中的緣分

01

斟伏與姚君堂追著瑩火綠光直到一個懸崖瀑布邊……

當斟伏看到光點往不見底的懸崖飛下時，心已涼了半截。

「斟伏你冷靜點，我們現在氣力盡失，沒有工具是下不去的！」姚君堂沉聲對全身顫抖的斟伏勸道。誰知這句話像個開關，斟伏聞言竟開始徒手攀爬！

姚君堂一把拉住他，斟伏忽然一拳回擊，前者也一掌架開，雙方開始你來我往的交起手來。兩人正在酣鬥，遠處天空一朵彩火炸開，星火落下形成一個龍形圖騰，同姜奕翔背上的紋身竟如出一轍。

姚君堂見狀制止道：「斟伏別鬧！那是少主的訊號，我們得盡速趕去！」

斟伏聞言僵硬著身體，雙目圓睜，眼神中閃著不甘、悲傷、痛悔，種種情感天人交戰……既知該往彩火處會合，又想繼續追尋紅刀巫。掙扎片刻，他背過身顫抖地說：「你走吧……我一定要下去！不找到瓏妹我絕不走！」

姚君堂瞪著他的背影還想要勸，良久後終於還是嘆了一口氣，轉身往青龍彩火處行去。

瑾飛快地在林間穿梭……

「這傻徒兒是怎麼了？離約定的路線這麼遠？」她牽著手中的白絲帶，白絲帶連結著珞的氣息，往前無限延伸，發現她竟然不是往睿昊爺爺森林的方向。

遠處忽然一朵彩火炸開，龍形籠罩在天空中。

她瞪了一眼心中暗忖：「哼！這些外人竟敢侵門踏戶！找到傻徒兒後，我璿曜洞天必有回報！」

忽然，側邊異樣的螢光吸引了她的注意，遠處一個黑影倒在地上，身邊有許多螢光綠點環繞。

瑾觀察了一會，確定對方動也不動才走上前去。

倒在地上的人黑袍覆面碎裂，露出與瑾不相上下的姣好面容，穠纖合度的身材，吹彈可破的白皙肌膚，雖然布上些許細小的傷痕，但美麗依舊且毫無防備。

即便昏迷，她那雙纖細瑩玉的手仍緊握著一把紅光流動的刀。

瑾驅散環繞的綠光點，光點不久後卻又聚攏……凝視著昏迷中的紅刀巫，瑾嘴角勾起一抹透出邪氣的微笑。

她從懷中掏出數張米白色的絲片，對著上面畫出咒紋，將絲片貼在紅刀巫額處片刻摘下，使術驅使絲片隨風飄散至各處，光點追隨著絲片的方向飛去。這時瑾發現有顆最特別的光點，她迅速捏住了那顆螢光，饒有興致地看了一會，塞進一個貝殼中扣住。

隨後本想抽走那把閃著流動紅光的龍刀，碰觸時卻像遭到電擊般，驚得瑾急抽回了手。望著因碰觸而被灼燒的痕跡，瑾皺眉：「果然有點門道。」

她抽出一匹繡著咒紋的黑絲布纏住龍刀，輕觸了觸，確定再沒了剛剛的異樣，才收納進了腰間的寶袋。又拿出一條鮮紅色的繩子捆住祝姿瓏的手腕，將一個綴著黑玉的項圈套上紅刀巫纖細的脖頸，背上後向遠處疾行而去。

「好香……好餓喔……」珞眼睛都還沒睜開，就嗅到陣陣烤肉的香氣。猛地睜開眼睛，卻被火光刺得又瞇了起來，等視線恢復，總算看清香味的來源。

一個茶色獵戶裝束的少年，正轉動著手上的數條烤魚。他身邊一個穿著黃衫的少女跟珞視線交會，隨即扯了扯少年的衣角，伸出纖手指向珞。

獵戶少年凌厲的眼神射向珞，卻發現她雙眼發直盯著自己手上的烤魚，嘴邊的口水都淌了一半，完全忽視烤魚以外的事物。紀辰紹，拿著烤魚湊到珞面前，左晃右晃笑問：「想吃嗎？」

珞似乎是餓壞了拼命點頭，眼光卻離不開他手中的烤魚，看得辰紹暗暗覺得好笑。

他又將烤魚晃了晃，假意湊近珞嘴邊問道：「妳是誰？跟這人有什麼關係？」他將手指向倒在身旁的姜奕翔。

餓到發慌的珞氣不打一處來怒懟：「我是他的救命恩人！」

講完話的同時清醒了幾分。她睜大雙眼環顧四周，姜奕翔似乎還在昏迷中，自己跟姜奕翔雙手竟都被綁在身後！她總算警覺到自己身陷危機！

紀辰紹忽然皺眉：「我好像見過妳？」

珞最初到這個世界時，唯有姜紀兩人離她最近，但他們兩人都將精神灌注在對戰上，所以雖有倉皇一瞥，但看得不真切，加上衣服裝飾改變，時間又過得久了，所以紀辰紹一時間想不起來。

不過他倒是第一眼就認出了交手數次的鎖鏈男姜奕翔，遂毫不客氣地將兩人綑綁起來。

「誰會認識你這種故意烤魚又晃來晃去引誘人又不給人吃的傢伙啦！」珞餓向膽邊生唸了一長串還不用換氣。

她豁出去了！事實上她也忘了曾遇過的紀辰紹。

珞這麼耿直，讓辰紹不禁啞然失笑：「妳說妳是他的救命恩人是怎麼回事？老實說我就把烤魚給妳。」說著又晃了晃烤魚。

「我就在河邊撿到他，看他滿身是傷就把他救起來啦！」她的眼中閃著淚光、飢餓、期待與憤怒，說不完的精采。

「妳們進入這個山洞時我一直在暗處觀察妳們，妳救了他何必如此倉皇？妳還隱瞞了什麼？」紀辰紹毫不掩飾他質疑的眼神，說時還故意把烤魚湊近她鼻前晃動。

珞已經餓得眼冒金星了，這傢伙是惡魔吧？

「那是因為忽然有個怪人來攻擊我們！我只得趕緊帶著他逃啊！」珞可憐巴巴都快哭出來了。

辰紹不露聲色平靜地問：「怪人？什麼樣子的？」會攻擊這鎖鏈男的很可能是自己這方的人啊！

「就一個拿著綠刀，眼神凶惡如毒蛇，好像欠了他什麼似的！而且害我來不及吃自己已經燒好的魚！」珞怒目相對，順便抱怨那個害她肚子餓到現在的綠刀巫，說完對綠刀巫的怨念又增添了幾分。

但她說完就後悔了，她餓到連判斷力都下降了，要是這兩個人是綠刀那邊的人怎麼辦？

珞心虛地瞟了辰紹一眼。這傢伙卻完全沒注意到自己，似乎在思索著什麼。

對了，這兩個人裝束不像鎖鏈男那批的，所以應該不是？

紀辰紹心底思索，除了挾持澄兒的那傢伙外，這附近還能有誰持綠刀眼神像毒蛇？可是鎖鏈男明明是對方的人，這女人神情古怪卻不像在說謊，她的服飾跟鎖鍊男的確完全不同，這其中到底出了什麼問題？

「妳騙我的吧？沒魚吃了！」紀辰紹忽然當著珞的面狠狠咬了手上的烤魚一大口！

不要啊！珞的心在吶喊淌血！

「是真的啊！那個怪人亂攻擊我們，還好有他……」珞眼神飄向姜奕翔：「他擊倒那個拿綠刀的，我就趁機帶他逃走。」珞越說越小聲，她已經餓到沒力氣說話了，第一次發現說話是這麼費力的事情……

忽然她手上一鬆，這傢伙竟解開了自己的束縛，而且還遞來了一條完好又香噴噴的烤魚。

辰紹露出陽光般燦爛的笑容：「好吧！魚給妳。」

珞沒注意到其中藏著的狡詰，正在讚嘆這人其實也挺好的。

她宛如啃栗子的松鼠一般，飛快地嗑完一整條魚，紀澄兩人都忍不住直盯著她。

等珞快嗑完第二條時，紀辰紹忽然說道：「既然這人跟妳無關，姑娘吃完請自便吧！只是這人我得帶走。」

聞言珞瞬間定格！

遲疑片刻她才斷斷續續地問道：「為……為什麼啊？他現在身受重傷，狀況不太好耶！」

對了！他們沒幫鎖鏈男鬆綁耶！填飽肚子的珞總算恢復思考能力。

「你們……認識這傢伙？」手上剩下的魚忽然啃不下去了。

「沒錯，而且還是仇人！」辰紹眼神犀利地盯著珞。

珞有點焦急：「仇人？那……你們想對他做什麼啊？」腦海裡不受控制的浮現姜奕翔抱著她，替她受水道凌遲與巨岩衝擊之苦的那幕。

「我們要釐清一些事情，看情況……殺了他也不無可能囉！」辰紹瞇起眼睛壞笑，澄兒則疑惑地瞟了他一眼。

殺了他⁉珞急了：「他失憶了！你問不出個什麼的啦！」

辰紹故作輕蔑姿態：「誰知道他是不是裝的？不妨告訴妳，我們烈山族峪垠派有獨門祕法，用刑之後無人不從。」

用刑⁉烈山族峪垠派⁉什麼嘛！誰說烈山族不用擔心的？說起這種事還這麼輕鬆，看來也不是什麼好東西！

珞沉默片刻後嘗試跟他講理：「你看到他腦門上的傷了沒？我在河邊撿到他時傷口都還在流血，頭部與胸口的傷最嚴重，我猜是撞到什麼造成的，問他是誰他自己都不知道，只聽那個綠刀怪人叫他姜奕翔，這是我親身經歷。」

紀辰紹瞟了珞一眼，雙手後枕翹起二郎腿壞笑道：「妳若是擔心他，大可以跟來，但這人我勢必要帶走，頂多我對他用刑時請妳迴避囉。」

珞倏然站起，怒瞪著紀辰紹卻又拿這傢伙沒辦法，氣得渾身發抖。殺氣之大連澄兒都戒備起來，但紀辰紹還是不怕死似地維持原姿勢。

只見珞一咬牙忽然衝向紀辰紹，澄兒倒抽一口氣，紀辰紹卻仍一動不動。但她也不是衝向紀辰紹，而是衝向他眼前最後一條烤魚！

兩人愣在當場，這女人是餓死鬼投胎的嗎？

搶到魚的珞朝兩人哼了一聲，轉身走向還在昏迷的姜奕翔旁坐下，將魚棍插在地上。兩人這才意識到，這女人是幫還在昏迷的姜奕翔搶的魚。

單純的澄兒有感於珞對一個陌生人的善心，扔了個水壺給珞：「給妳。」

珞接下的同時，對她好感度也瞬間飆升，這才注意到這女孩怎麼講話的聲音如此沙啞？脖子上還有著紫中帶綠的手痕，怵目驚心！

紀辰紹則姿勢不變的補道：「別鬆綁，不然我馬上殺了他。」

珞瞪了他一眼，這時姜奕翔也呻吟著醒轉，她趕忙湊近查看。這傢伙怕是百年難得一見的練武奇才吧？看他受那麼重的傷，又經歷多番波折，還以為他狀況大不妙，現在不僅退燒還清醒了？

一睜眼印入眼簾的就是珞，姜奕翔雙眼閃出星夜般的光芒，俊逸的嘴角挽起一抹溫暖的彎度，看得珞也湧起複雜的心情。

這傢伙真這麼相信她啊？深吸一口氣收斂心神，將他的頭稍稍抬起將水慢慢餵入。

辰紹細細觀察這一切。他們的確不像一路的，但這女的又有種說不出的古怪感，所幸這女的嫩得很，繼續觀察下去，一定會有答案。

02

金刀巫姚君堂趕到彩火處，遠遠看到身著黑衣的守衛們，數十人井然有序的分立四周。中央處有披掛著青色天蠶紗斗篷的挺拔人影卓立。

那個渾身上下散發奇異魅力的人逆著光，看不清面容。

金刀巫走近，緩緩單膝下跪，盡量以平靜的語氣掩蓋不安的情緒：「少主……」

這逆光的人微微點頭，伸出那隻琢玉修長的手示意姚君堂起身。

金刀巫卻渾然不動，深吸了一口氣後道：「少主，我們強攻陣法禁制，即使受到烈山族峪垠派的阻擾，仍是漸有斬獲，可惜在最後遭遇了初時截走受召者的白衣女，那女人使用古怪的陣法，部隊遭遇巨大的衝擊四散……」峪垠派大師傅是他的父親，但他此時為了刻意劃清界線，僅以門派稱呼。

看不見的壓力陡升，周圍空氣沉重起來。

他停頓了一會艱難的吐出：「紅刀巫祝姿瓏不知所蹤，斟伏已前去尋找。」

說到紅刀巫失蹤時，這個充滿魔力的人明顯愣了一下，但溫柔又磁性的話語飄來：「不怪你們，我們早知會有人阻擾，也虧得你們如此努力到現在。」聲音使人恍如沉浸在溫暖馨香的水中。

姚君堂眼中對這充滿魔力的人射出了複雜且炙熱的情感，但隨即收斂，還有件重要的事情要報告。

「少主，斟伏還有事呈稟。」他頓了頓：「姜奕翔不知為何攻擊了他，還帶著一個陌生女人逃走。」說到姜奕翔逃走，這神祕人斗篷下的雙手不自覺地緊了緊，姚君堂當然沒漏掉這個反應。

沉默了一會，那魔力的聲音再度傳來：「這次由我親自處理……」他舉手示意。

眾人垂首雙揖，姚君堂眼神望向斗篷內的他，對這個當世無雙的神人，他是絕對的死心塌地！

「那個……請問你們是要往哪裡去啊？」珞沒好氣地問走在前方，貌似悠閒的辰紹。

「就說了，姑娘不開心隨時可以走，我的目標是把這個人帶回去。」他邊說邊故意推了姜奕翔一把，還狡詰地瞥了珞一眼。

「姑娘不用擔心我，快走吧，免得捲入麻煩。」雙手仍被綑綁在身後的姜奕翔，眼中帶著歉意回望。大病初癒的他連說話的聲音都如此虛弱……

聽到這種話，我怎麼可能丟下你自己走呢？珞氣呼呼地緊跟在後方。

姜奕翔雖然失憶，但從對方如此凶狠的態度看來，也知道麻煩不小，而且他也察覺到辰紹似乎想利用自己引得珞同行。

「咦？雖說你是撞到腦袋而失憶，但才隔多久你卻沒什麼傷口？這還真是奇怪？」辰紹流氓似地翻開姜奕翔破爛的衣服，看到他滿身的舊傷痕時不禁一怔，但隨即收斂他的驚訝。

目光最後停留在他頭上才結痂的傷口，忽然又眼神犀利地掃向珞，後者有些心虛地移開目光。

其實同行這段時間後，她總算想起這傢伙就是當晚的使弓男。

原來這傢伙是這種人啊！珞默不作聲，決定裝傻到底。但這傢伙仍眼神犀利地盯著她，害她不自在起來，所幸這時澄兒劇烈地咳嗽起來，她表情痛苦撫著脖子上的印痕。

「澄兒妳怎麼了？」辰紹馬上扶住澄兒，緊張兮兮地掏出一壺白色藥膏，輕柔地替澄兒敷著。

這副溫柔大哥哥的模樣是怎麼回事？跟剛剛的凶神惡煞完全兩副面孔！

什麼嘛！差別待遇！若實力允許，珞真想上前抽他幾耳光！

敷過藥的澄兒仍然咳嗽不止，身不由己倒下，嚴重到似乎快要喘不過氣了！

珞移動身體湊近澄兒……

這妹妹看來真的很痛苦啊，對了！她之前還好心遞水給我，跟她身邊的臭流氓完全不同。沒錯，恩怨要分明，雖然這男的很討人厭！但這小女孩是無辜的嘛，但有什麼方法可以幫她呢？

辰紹瞪著她戒備道：「妳想幹嘛？」

珞毫不畏懼地回瞪：「我只是想幫忙啊！」並抓準機會回懟：「你要是有本事，她還會這麼嚴重嗎？」

辰紹一時語塞，他對無法救助澄兒的確自責，可是本門的萬靈藥也沒用，難道這女人會比較神奇？

珞細看澄兒的傷口，忍不住摀住嘴，發現那些傷口紫黑淤青中還泛著綠光，竟然比之前顏色更深！此時澄兒不僅陷入昏迷，還開始發起燒來，看起來不只是皮肉傷，不會是中毒了吧？

珞思索著次元空間袋裡有什麼可以派上用場的……記得瑾說過有個解毒的萬靈藥，腦海裡浮現一個綠壺的身影，她起身離開幾步，背過身開始掏她的次元袋。

辰紹不解那女人為什麼要掏一個空袋子？事實上，在珞昏迷時，他是查過兩人裝備的，他不解為何有人會在腰間繫著空袋子，所以沒去理睬。

但片刻後，珞喜孜孜地捧著一壺物事回來時，他原地震驚！

「試試看這個吧！」

珞難得有機會顯擺，將藥低調又高傲地遞給辰紹，而後者呆愣的表情讓她很滿意。

但這傢伙迅速恢復冷靜：「妳先用。」語氣之鄙夷。

珞沒好氣地瞪了他一眼，將藥一口喝下，等了片刻確定無虞後，辰紹才將藥接過施在澄兒身上。

施完藥後，澄兒的確停止咳嗽，但也同時沉睡了過去。

辰紹望了望高掛天空的豔陽：「得找個地方休息才行。」不然讓澄兒虛弱的身體曝晒，恐怕只會更糟糕。他將澄兒負在背上之後，推了姜奕翔一把：「走啊！」

珞看在眼裡忍不住哼了一聲，氣鼓鼓地跟在後方。

辰紹瞥了她一眼，思索剛剛的一切，這女人……果然很怪！

神祕人一伙沿路救治遭陣法衝擊受傷的同伴，一面依照姚君堂的指引找到剛剛的懸崖，但趕到時發現斟伏已失去了蹤影。眾人忙傳備繩索工具，抵達崖底時，他卻已失去蹤影。四周有斟伏留下的記號，奇怪的是記號分了五個方向。

那個神祕人盯著記號：「這不是烈山族的手法，對手不簡單啊，難怪自己人數次栽在她手上。」

他思索了一下後發配眾人：「這次切勿輕舉妄動，若有發現異樣馬上通報。」說完從袖裡抽出金絲，將之繫到部眾首領們的手上。

金絲才剛繫上就隱沒消失，原來也是咒物。他僅將數個精銳與金刀巫留住，指派任務後，待眾人遠去，卻往五個記號以外的另一個方向前行。

這舉動引得金刀巫不解：「少主？」

只見這神祕人對金刀巫一笑，並伸出自己的左手食指，食指上牽引著一道暗紅色的絲線。

金刀巫瞬間領悟，這線……是繫在姜奕翔身上的吧？

紅刀巫祝姿瓏悠悠轉醒……才剛睜開她那美麗清澈的雙眼，就發現自己被置於一個石台上，衣衫襤褸且渾身無力。她伸出手想支起身體，但卻發現雙手遭到綑綁。

「這麼細的繩子卻掙不斷？」

她驚恐地四處張望，印入眼簾的是一個巧笑倩兮的陌生女子，斜倚在石邊直盯著她。

兩人互相對視，祝姿瓏才注意到對方一身的白衣！她不知所措的神色，一絲不漏地盡收女希瑾的眼底。想起璿曜洞天陣法被破，她們被逼遠離家園，這反應對瑾而言是遠遠不夠的。

「你們好大的膽子啊！當我璿曜洞天沒人嗎？這陣子盡找我麻煩？」瑾依然是微笑著，但那透出的惡意如寒刀般刺進祝姿瓏的心底。

祝姿瓏暗自聚力，發現所有的力量都被頸上的黑玉項鍊吸走，不僅全身痠軟無法動彈，連最重要的龍琗刀都不見了。她倔強地回盯著瑾，似是知道在劫難逃，緊閉著雙唇一聲不吭。

瑾見狀哼了一聲，將紅刀拿出來在她面前晃悠。此刻的紅刀上纏著數道咒縛絲布，失去了祂本來的流光。

祝姿瓏震驚地瞪大美麗的雙眼！這是不可能的事！怎麼會有人能拿到她的紅紋龍琗刀⁉

藏不住的驚恐換來瑾甜甜的一笑，彷彿在說這還差不多。但瑾隨即回過頭不再搭理她，人家還得準備迎接貴客呢！

祝姿瓏細看她手中捏著一個發著綠色螢光的小點，渾身如墮冰窖……

第六章　無雙神人

01

紀辰紹站在山丘高處伸出了食指，唸訣聚力，隨即指間出現金色的絲線，與姚宇逸的施術一模一樣。他又唸了口訣，絲線聚成一顆小球，彈手將小球印在了樹上，瞬間現出與他手臂上一樣的圖騰。

隨後下了丘陵回到大樹下，擔憂地看著還在昏迷中的澄兒，對正在採山菜的珞問道：「妳那藥到底是什麼？有沒有用啊？」

服了藥之後的澄兒雖然不再咳嗽，但卻昏迷不醒啊！不會是哪來的江湖郎中吧？

一整天沒吃什麼東西，忙得滿身是汗卻只摘到幾片山菜，珞此刻心情壞透了！

想到今晚可能又得餓肚子的她更沒好氣地回道：「那是我師傅調的仙藥，比你那破爛玩意好一千萬倍的好東西！」嘴上很硬，其實心底也在發虛，該不會真的沒用吧？那臉就丟大了！

四人在一棵大樹下休息，這一耽擱又是黃昏。雖然紀辰紹刻意選擇遮蔽物多的路走，但天生直覺敏銳的他隱隱感到不安，似乎有危險正在慢慢靠近。

四周環顧，卻看不出任何異樣。

這時都市俗的珞一個不注意踩了個坑，從小丘上跌了下來，正預計性的慘叫時，卻沒像預計中的撞得鼻青臉腫。

身下的地這麼柔軟啊？珞正在驚奇，反手一摸，不得了！這溫溫軟軟的不是草地啊！

回頭一看，姜奕翔不知何時竄到她身下，成了她的人肉墊。

「妳沒事吧？有沒有摔到？」他自己都還沒緩過來，就問珞有沒有受傷。

珞聞言凝視著他，隨即想起自己還壓著他呢！趕忙翻身下來，把雙手仍綁縛著的他扶起。

這個人是天生就待人如此？還是對她特別照顧？他保護她彷彿出於本能般……正在發愣，卻感到一股視線，她猛然回首，那個討人厭的傢伙正用一臉不屑的表情盯著這邊！

珞也不甘示弱地回瞪了他一眼。無奈轉身把姜奕翔身上的塵土拍乾淨，然後讓他靠著自己走回樹下。

兩人才剛走回，澄兒就悠悠轉醒：「紀大哥？」聲音沒之前沙啞，燒也退了，脖間的手痕也淡了。

「澄兒！」辰紹趕忙將澄兒扶起，溫柔殷勤地將水遞上。

珞藏不住臉上的得意盯著辰紹，心中吶喊：「我家的師傅太神奇了！」

辰紹看著她那得意的表情，咬了咬牙：「欸……謝了。」

謝得這麼爽快？顯得自己有點小家子氣了！珞不禁有點慚愧……

辰紹看了看珞手上那幾片山菜，嘆了口氣：「請珞姑娘幫我看著澄兒，我去看看能獵到什麼。」

見珞點頭如搗蒜地表示答應後，他粗暴地拉著姜奕翔：「你跟我來！」

看著紀辰紹把姜奕翔栓在樹上，又威脅自己不准鬆開後，珞剛剛才萌生的些許好感瞬間枯萎……

片刻，紀辰紹拎著四、五隻山鳥回來，走到一半發現姜奕翔皺眉望向遠方一處發呆。他順著望去，也是一股惡寒襲來，可是眼前除了樹林，明明什麼也沒有啊。

「你們幹嘛啊？」珞發現動作一致定格的他們，停下幫澄兒搧涼的手，忍不住奇怪地問。

「沒什麼……」辰紹壓下那莫名的惡寒，牽著姜奕翔走回。

把山鳥料理了，眾人正在大嗑，忽然剛剛他們注視的那處，眾鳥驚飛！

從樹林裡竄出一個披著青色斗篷奔逃的人，他向這處疾衝而來，後方還追著一群人——赫然就是跟他們玩了幾個月貓捉老鼠的黑衣人！

紀辰紹最快反應過來，抓起他的神木弓抱起澄兒躍上樹梢隱匿。都市俗的珞，眼見來人越來越近，慌得不知如何是好。

「快幫我解開！」姜奕翔朝辰紹喊道。紀辰紹皺眉後仍發了一箭射斷了束縛。

這恐怖的準頭！

但珞還來不及驚嘆，姜奕翔就摟著珞跳上另一端樹梢，身手俐落迅速得還勝辰紹一籌。

來人已到近處，姜奕翔看得心頭一震，這斗篷身影為何如此熟悉？

他本能地躍下赤手空拳格擋追捕者，他自己都疑惑，為什麼身體自發性地下來救人？

珞朝著紀辰紹急喊：「你快幫幫他啊！」

紀辰紹本拉滿的弓卻漸漸緩下，他還保持著他的冷靜。

「趁機會搞清楚狀況吧……這傢伙真的在攻擊黑衣人？他是為了什麼跟自己的陣營鬧翻？他喪失記憶是真的？這個逃跑的人跟他們又有什麼關係？」這些問題迅速的在辰紹腦海閃過。

對方人多，自己又赤手空拳，姜奕翔漸漸落了下風，打到最後他僅憑絕佳的身法驚險閃避。

珞將手弩對準戰場，又猶豫了起來：「要是不小心射到他怎麼辦？」

這時一把刀險險削過姜奕翔的額頭，珞震驚下不自覺手一緊觸動手弩機關，數道銀針射向纏鬥的眾人！「啊！會射到他的！」珞在心中驚喊。

銀針卻忽然像是有了生命似的，盡是刺向姜奕翔以外的黑衣人！針無虛發，雖沒命中要害，但被射中處都是一陣麻痺，對方震驚得停下所有動作，每個人目光同時集中在珞的身上。

震驚之餘，珞盯著手弩，腦海裡冒出一句廣告詞：「璿曜出品，必是精品！」

身披斗篷的陌生人更是意味深長地凝視著珞。

紀辰紹第二個恢復冷靜，拉滿了長弓射出一箭，那箭飛到一半忽然散開，黑衣人們皆急忙閃避，躍出數尺後終於退去。

珞一下樹就怒推紀辰紹一把：「喂！你剛幹嘛不幫他⁉」完全忽視他神乎其技的箭術。

「我怎麼知道這些人會真的攻擊他？而且他們本來就是一夥的啊。」紀辰紹滿臉不在乎，還雙手一攤。

珞張著嘴一時間想不出如何回懟，因為她很清楚這傢伙說得沒錯。

姜奕翔聞言也是一怔：「姑娘不用為我爭辯，或許他說得是真的，我看到這些人時的確有種熟悉感。」他說完垂下眼簾又深思起來，而一旁的斗篷人靜靜地看著這一切。

澄兒扯了扯辰紹的衣角，後者將頭轉向斗篷人，眼神凌厲問道：「你是誰？這些人幹嘛追著你？」

神祕人緩緩脫下自己的斗篷，眾人霎時睜大眼睛皆忘記了呼吸……

從沒見過這樣俊美的人！

那及腰的黑髮如瀑布般直洩而下，發出綢緞般的光澤，竟無一絲糾結；那安在劍眉下的清澈雙眸，恍如雨後的天空般清澈，似是能將天地間的事物吸納進去。

天神雕刻出來的無瑕五官鑲嵌在如刀削般俐落的面龐上，靈息從微彎的雙唇間透出。身形偉岸且穠纖合度，散發出來的氣度如五嶽群山，眾生皆在其前折服，天人亦無法與之比擬！

他身上的裝束更是與常人不同，只見他身著青底金絲繡墨蘭天蠶紗，披掛亦同。但最讓人注意的是他耳垂上配戴的耳飾，三環相扣，用墨蘭金絲圍繞，圖騰龍形耳墜看來栩栩如生。黃昏的陽光灑在他身上竟蘊出了五彩斑斕，而那五彩斑斕的光影又染得這個世間無雙的人兒如此夢幻。

他淺淺一笑：「多謝各位相助。」溫暖光輝的氛圍壟罩了眾人。

片刻後紀辰紹最快清醒過來，轉頭一看兩女，兩女竟然都瞪大眼看呆了！

他忍不住皺眉小聲提醒：「喂！口水啊！」並用手肘撞了下珞。

珞被他一撞恢復了清醒，趕忙吸起滴下了的口水，回瞪了他一眼。

「你還沒回答我的問題！」紀辰紹語氣沒剛剛凶狠了。

「我是夏帝屺，各位叫我屺就行了。」他微笑回答，那俊美無雙的模樣讓眾人又是看得發起呆來。

從頭到尾沒說話的姜奕翔，望著這如天界降臨般的神人，心底湧起了莫名的情感。

黑衣部眾追尋記號，遠遠看到綠刀巫斟伏呆立在一個石台前。

「斟大人？」其中一個領頭的黑衣人疑惑問道。

滿身傷的斟伏瞥了他一眼，回過頭又像是夢囈一般：「不見了！為什麼？」

黑衣人面面相覷，領頭的那個黑衣人硬著頭皮又喚了一次：「斟大人，屬下奉少主之命而來。」

斟伏的喜怒無常他們是見慣了的，可也沒像現在這樣詭異過……

「不見了！為什麼？」這次斟伏撇過頭，直勾勾地盯著他。

「斟大人，請冷靜，我們是來助您救尋祝大人的……」邊說話邊指示手下警戒。

斟伏忽然暴起，雙手緊抓領頭黑衣人的雙肩搖晃：「不見了！到底是誰幹的！」

黑衣人看著癲狂的斟伏，當機立斷將其反手敲暈。眾人看著倒地的斟伏又再望向領頭者。

「等斟大人清醒後再做打算，現在先招集同伴回報少主要緊。」領頭者皺眉下令。

02

這個夏帝屺長相帥氣，說話又有趣，而且一點架子都沒有，平易近人到神奇！他邊啃著烤好的山鳥邊說著自己的經歷。聽著他說的神奇故事，別說珞與澄兒，連紀姜兩人都不禁聽得入迷。

「原來四處遊歷這麼危險！」珞驚嘆。

「可是可以經歷好多事物，澄兒也想去看看能長出五色花的丹木是什麼樣子。」澄兒雙頰通紅興奮道。

「有好也有不好的地方，四處遊歷可以遇到很多有趣的事物，也是為了生活。」他開朗地說道。

「但像我的父親常常在外地忙碌，我從小到大就見他沒幾次……」夏帝屺垂下那美麗的雙眸略帶哀傷地說道，情緒很快感染了兩女。

紀辰紹無奈地盯著這神人，但也找不出他的破綻。一個四處遊歷交易買賣的遊人身負重寶，被人追殺似乎很合理……

「你身上到底有什麼寶物啊？我們救了你，你不會連給我們看一眼也不肯吧？」說著，辰紹邊笑邊伸出了一隻手。

珞盯著他心想：「你的樣子根本不像只為了看一眼吧？」鄙視寫在臉上。

這夏帝屺倒是很大方：「紀兄弟開口，夏某當然答應。」說完他從懷裡抽出一個表面刻紋優美的紅檜木盒，緩緩打開……眾人將臉湊近木盒。

「？」

只見舖滿青色絲綢的木盒裡裝著一個比手掌稍大，外表灰白的石頭。

「什麼啊？這盒子看來比這石頭還值錢！」辰紹不加思索地直白嫌棄。

澄兒也同樣帶著不解的眼神望向夏帝屺，但珞卻直盯著這石頭皺起眉頭。

「珞妹妹可是看出了什麼？」夏帝屺敏銳查覺到珞的異常，微笑發問。

「啊！好奇怪的石頭，閃著五彩光芒還會變換耶！這是怎麼辦到的啊？」珞無防備地直言，說完才察覺眾人異樣的目光。

紀辰紹駁言：「我看就是塊普通的石頭！」

澄兒表示+1：「澄兒也沒看到什麼光……」

三人眼神同時投向夏帝屺要個說法，後者微笑看著眾人：「珞妹妹天賦異稟，這塊石頭的確有些來歷。」珞面露得意之色瞟向紀辰紹，後者哼了一聲。
「太古時期，有四大部族的統領者人皇伏羲、藥神神農、火使燧人，還有擅長練器的女媧，各部落統治者本來皆為擁有特殊大能的巫王。」
「咦？等等！你是說他們是巫王？」珞忍不住發問，別欺負她讀書少，三皇五帝她還是有拜過的！
但此話一出，眾人反而疑惑地盯著她，她被盯得彆扭起來。
「嘿！竟然還有人不知道這四大巫王，妳到底是哪來的嫩包啊？」辰紹趁機虧了她一把，澄兒在旁也忍不住點了點頭。
「我只是一直跟著師傅待在山裡修行，哪會知道這些？」珞被懟得雙頰羞紅回瞪了一眼。
但辰紹的話卻引得屺深深地看了珞一眼，他垂下有著修長睫毛的眼眸，拿著盒子將整個身子挪向珞：「此四部族首領巫王聲名遠播，昔日巫王已逝，部族承襲了巫王的力量仍舊強大。」
「女媧族雖式微，但擅長煉製各種不同的神器天賦卓越……」
隨著夏帝屺靠近，珞聞到他身上有股醉人的香氣。
辰紹皺眉問：「你是說這石頭出自女媧族嗎？」
夏帝屺忽然狡詰一笑：「其實不是。」眾人瞪大眼望著他，臉上都寫著：「那你剛剛說那堆是為什麼？」
但他接著說道：「據說我出生時就抱著這塊石頭，有個雲遊四海的巫師說此石有天命，而且只有因緣際會的命定之人，能看出此石與眾不同之處。」
命定？眾人瞟了珞一眼，這傢伙能有什麼命定？珞忽然感到被集體針對！

辰紹又疑惑地問：「所以這個巫師是女媧族的？」

夏帝屺這次終於點了點頭：「她的衣飾上確有女媧族圖騰，當時還為精煉此石停留過一段時間，離開時也落下批命。」他又朝珞挪近了些。

靠！這夏帝屺不僅說話的聲音好聽，味道好聞，整個人都像散發著魔力一般！珞在他身旁，心臟竟不受控制狂跳起來，逐漸無法思考……所幸一隻手將珞及時拉開！

回頭一看，拉開她的正是姜奕翔，珞忽然有股得救了的感覺，感謝地望向他，卻發現他眼神複雜地盯著夏帝屺。紀辰紹默然觀察著這一切，澄兒只忽然感到氣氛怪怪的。

「失禮了，我沒有惡意，只是想讓珞妹妹看得更仔細些。」夏帝屺微微一笑將木盒收納好。

「我沒事啦！大家怎麼了？」珞哈哈大笑緩和氣氛。

姜奕翔垂頭不語。夏帝屺剛剛是在施展一種法術，自己對這種情況非常熟悉，可是夏帝屺看起來又像什麼都沒做，其他人都沒發覺嗎？

夏帝屺問：「姜兄弟原來是珞妹妹的情人嗎？」

珞滿臉通紅雙手猛搖：「我們不是那種關係啦！」

「珞姑娘是我的救命恩人，她在河邊撿到我。」姜奕翔也傻臉微紅地撇向另一邊，思維被這句話打斷。

夏帝屺盯著姜奕翔頭上的傷痕沉吟片刻：「說起來姜兄弟是第一個衝出來救我的呢。」

「那沒什麼……」其實姜奕翔自己也不懂為何會出手救他，彷彿本能般地就出手了。

「我們夏家向來是有恩必報。」夏帝屺從他那青底天蠶絲衣中掏出另一個木盒……

珞開始懷疑這傢伙是不是也有個次元袋藏在懷裡？

這盒子比剛剛的還豔紅些，但質料卻沒剛剛的好。盒蓋打開，裡面躺著一條做工精緻，看來就是精品的黑體赤紋鎖鏈鞭。

「這條赤蛟閻炎鞭，也是我機緣得到的寶物，此鞭每個鎖鏈用千年熔岩的礦物融鑄成蛟龍形，用九頭蛟龍筋做骨，環環相扣，雖非出自女媧族，也是集中數百匠人與巫覡融合巫力鑄成，不僅能當鞭使用，還會自動化作護衣。」

夏帝屺站了起來，示意眾人走閃得遠些，隨後揮起赤蛟，那一鞭揮下捲起了沙塵，還竄出一道火焰，伴著颼颼的破空聲很是駭人，更神奇的是此鞭像會伸縮一般，擊打處竟可超過鞭身兩倍之遠。

他收起赤蛟鞭，連同盒子交給姜奕翔：「我對武器不擅長，如今我就將它送給姜兄弟了。」姜奕翔都還沒決定要不要收，紀辰紹忽然橫出手接過：「謝啦！我是他的監管人，我代替他先收著。」紀姜兩人對戰數次，熟悉他的厲害，這條赤蛟鞭比之前擊碎的更精緻不凡，雖然姜奕翔現在沒有惡意，但如果有天恢復記憶使用此鞭攻擊，後果將無法想像。

怎麼也不能讓他拿到這赤蛟閻炎鞭！

珞怒瞪了他一眼，但因自己心中也對持鞭的姜奕翔有陰影，實在說不出阻止的話，只好愧疚地望向後者。他反倒是一臉輕鬆，回報了一個釋然的微笑。

「不過此地不宜久留，為避免生變，明早我們盡早動身離開，大家快休息吧！」辰紹邊把木盒負在背上，邊指示道。

「稍等，其實夏某還有件事想求各位……」眾人停下了動作。

「為避免再遇上賊人，還希望各位能助我安全返歸，若能達成我另有謝禮，定不會讓各位失望。」夏帝屺說完直視著辰紹。

「呵！我們還有要事，你可能得自己想辦法囉！明早大家就各奔東西吧！」這傢伙處處透著詭異，紀辰紹又不傻，爽快拒絕，這當然又惹來珞的一個白眼。

夏帝屺意料之外並沒有爭辯，只是點了點頭，默默坐到一旁的大石上休息。

珞與澄兒都生出了些許同情……

深夜眾人已沉睡，樹梢高處的紀辰紹盯著臥睡的夏帝屺，那沒消失的不安感環繞四周。

赤蛟閻炎鞭？黑衣人追殺？珍寶溢彩琮？

「看來你不是普通貨色啊！」直覺敏銳的他下了這個結論。

03

斟伏漸漸清醒，看著黑衣部眾圍繞著自己，他猛然坐起，但傳來的劇痛讓他咬牙撫胸。

「斟大人，您的傷很重！」為首的黑衣人趕忙制止。

天微微露出曙光，他驚問：「我昏迷多久了？」

「已過了一晚。」聽到這個答案，斟伏強撐起身四處搜尋張望。

「你們有沒有看到什麼？我的尋蹤役！」他猛地對攙扶著自己的黑衣首領問道。

「您昏迷時，屬下沒發現任何異樣……」答案令他失望。

「斟大人！」一個在外圍的黑衣人發現了一個綠光點。
斟伏望向黑衣人手指向處，正是他那時發出搜尋紅刀巫的螢光。
光點孤單地飄在空中，似乎是刻意引人注目。
「跟我來！」斟伏壓低了聲音，像怕把這光點震碎。
眾人追蹤著光點來到一個小山谷。這地方煙霧繚繞，幾乎目不視物，也越來越難追蹤。
眾人在濃霧中皆感覺舉步難行，彷彿遇到無形的牆面般，唯有斟伏不受阻擾的緊追，等他回過神來才發現黑衣人都消失了！
看樣子自己進入了某人設下的空間，但尋蹤役就在前方，他一咬牙還是追了下去！
雲霧忽然散去，眼前是一個瀑布，周圍奇花異草，芬芳撲鼻，但斟伏無心觀看。
尋蹤役輕飄飄飛入一隻皓腕玉白的纖手中……瑾左手捏著斟伏的尋蹤役，右手拿著祝姿瓏已受封印的紅紋龍琗刀刻意晃悠，靠坐在水瀑的石台上悠然一笑。
斟伏見狀如墮冰窖，半晌說不出一句話，盯著瑾手中的紅紋龍刀，過了好久他才顫抖的問道：
「她呢？」
瑾捏碎了尋蹤役，笑容不變，纖手往下一指。斟伏順眼望去，離瑾數尺外的水面漣漪陣陣，水面下祝姿瓏雙手像抵著一道無形的牆一般，驚恐望向斟伏。
斟伏見此情景，不加思索地跳入水中，游向祝姿瓏處，卻發現水底根本沒有祝姿瓏的身影，一起身卻又看到祝姿瓏在水下求救……
失敗數次，他猛然抽出綠刀斬向坐在石台上的瑾！瑾卻是早有防備，速度更快地一躍下水。

她下水的瞬間祝姿瓏就開始痛苦掙扎起來！斟伏衝到祝姿瓏處，猛扒著水面，卻怎麼都碰不到祝姿瓏。

「住手！放過她！」斟伏見狀趕忙求饒。

瑾嘴角掛著笑容輕聲吟唱著歌謠，並不起身，任水下的祝姿瓏仍舊痛苦掙扎。她看著斟伏心急如焚的模樣直到滿意，才慢悠悠上岸。

祝姿瓏終於恢復平靜，但看來也被折磨得虛弱不堪了。

斟伏恨恨地問：「妳是誰？到底想幹嘛？」看著祝姿瓏被這樣折磨，他心如刀割。

「你們這些人侵門踏戶，毀了我家，對我舞刀弄槍，現在還來問我？」瑾瞇起了水靈的大眼，渾身卻散出一股不寒而慄的殺氣。

「好好交代清楚，不然……」瑾將纖足往水裡撥了幾下，祝姿瓏又痛苦掙扎起來！

「住手！妳想知道什麼我都說，別傷害她！」

聽到這句話，瑾終於滿意地微微一笑。

早晨，珞一行人先後起身準備出發。

夏帝屺卻不知多久前就坐在一旁等待，擺明跟定了！紀辰紹因此悶悶不樂。

「你幹嘛臉那麼臭？」正在擦臉上水珠的珞忍不住問。

辰紹回懟：「妳還有生存本能嗎？能活到現在真是奇蹟！」莫名其妙就被懟了，珞正想發作，這傢伙卻轉身離去擺明漠視。

姜奕翔看著氣呼呼的珞，趕忙寬慰：「其實我也有同感。」珞瞪大眼，什麼時候你跟這猴子變成同盟了？

看這號表情，姜奕翔趕忙壓低聲音解釋：「珞姑娘，我覺得那位夏兄弟有問題，我相信紀兄弟也是這樣想的。」

你稱姓紀的是兄弟？他對你像個虐待狂耶！

「蛤？我只覺得他好看到不像人，見識又廣，會有什麼問題？」聽見不是針對自己，珞終於冷靜下來，壓低自己聲音回應。

「珞姑娘，妳是我的救命恩人，希望妳聽進我這句話，盡量遠離那個人。」珞真切地感受到姜奕翔眼中的誠懇憂慮。

「我知道了。」珞認真點點頭，忽然又啊了一聲！

邊從次元袋中掏出一套靛色衣服邊說：「這給你換上吧，你身上的衣服都破破爛爛的。」

他看了看身上衣不蔽體的襤褸布條，紅著臉接過：「多謝珞姑娘。」

轉身至石後更衣，當他走出來時，換上新衣的他看上去更添了幾分帥氣。

珞忍不住評語：「你很適合深色的衣服啊！」

他紅了紅臉：「珞姑娘的東西與眾不同，我一直以為會太小，想不到換上竟如此合身。」

珞聞言笑著說：「你別老是叫我珞姑娘，其實你救我的次數也不少耶，叫我珞就好啦，師傅也都這樣叫我。」

姜奕翔愣了一會，片刻後才以細微的音調叫出她的名字：「珞……」俊臉又是一紅。

怎麼這麼容易臉紅啊？

「你年紀比我大，我叫你姜大哥？」珞被姜奕翔的臉紅感染，自己也臉紅起來。

見他微笑點了點頭，珞也開心地笑著說：「我們當好朋友吧？以後互相救來救去？」

姜奕翔聽了又微笑點頭，兩人相視一笑，周圍彷彿冒出七彩泡泡一般。

「你們可以不要一大早就噁心人嗎？」辰紹滿臉鄙夷地飄過落下這句。

珞終於爆發了！

「誰讓你偷聽⁉」她滿臉通紅的隨手抓起物事就扔，但這傢伙身法與姜奕翔比肩，全都扔了個寂寞！扔到沒東西可扔，直接追打起來，澄兒在旁勸架卻收效甚微。

姜奕翔看著這一幕忍不住笑開，記憶卻忽然衝入腦海！好像很久以前也見過這景象，追逐的眾人身影幻化成不同的陌生形象，但畫面沉重又恐怖……他心頭一驚，影像忽地消失！

他忘了什麼？又將要想起什麼？

查覺到自己異樣的恐懼，姜奕翔愣在當場，沒注意到遠處夏帝屺的凝視。

黑衣眾還困在迷霧中不敢輕舉妄動，正慌亂之際，霧忽然迅速散去，斟伏背負著祝姿瓏從散去的迷霧中走來。

「斟大人！您順利救到祝大人了？」為首的黑衣人驚呼！

斟伏卻用令人害怕的沉默回應，將祝姿瓏的身體輕放到旁邊的石台上後，他就邊上坐了下來，彷彿全身力氣都被抽乾似的。

眾人見狀不敢言語……

躺在石台上的祝姿瓏雖然沒外傷，呼吸均勻穩定，但雙眼空洞彷彿失去靈魂一般。為首的黑衣人查覺到異樣驚問：「斟大人，祝大人這是怎麼了？」

「沒什麼……瓏妹只是受到驚嚇……很快就會好的……」他伸手細撫祝姿瓏的臉頰，將她的雙眼闔上，閉上眼的祝姿瓏像睡著般依然美麗。

「少主知道這邊的事？」他轉向黑衣眾首領問道。

「是，所以少主派我們來助您營救祝大人的。」這句話回過多次，黑衣首領雖感到奇怪，仍恭敬應答。

斟伏望向地面說道：「好，通報少主，已找到瓏妹，我們現在趕去支援他們，受召者已在這附近。」

首領黑衣人應了聲：「是！」

斟伏默然望向來時路，重霧還覆蓋著那裡。除斟伏外，眾人皆自顧自忙碌，似乎都看不到霧中的瑾。

她直直盯著斟伏，右手持著已被咒封的紅紋龍琗刀，左手持著一個畫滿咒紋的皮袋。皮袋裡彷彿裝了什麼活物在掙扎，細聽下竟傳出祝姿瓏的哭喊聲！

斟伏別過頭去，痛苦地閉上眼。

瑾看著皮袋，又看向乖巧聽話的斟伏，嫣然一笑。

第七章　嗜血肉的土螻

01

夏帝屺這次出乎意料地安靜，他與姜奕翔走在最前頭，幫眾人劈開草叢開路。幾人早上本來準備妥當就要道別，但他直言不想落單，只求跟著辰紹到村莊聚落之類的就自己另想辦法。合情合理！紀辰紹想不出拒絕的理由，而且天生俠義個性的他也不好就真把夏帝屺丟下，只好無奈答應。為免意外，他讓夏姜兩人走在前頭方便監視。

其實這已經偏離他原本想去的據點，本意就是不想讓這個夏帝屺知道門派的聚集地多添變數。

「隨便找個村落把他丟下，好繼續進行自己的任務。」辰紹心中盤算著。

但一路上夏帝屺倒是怡然自得，貼心的照顧著兩個虛弱的女孩，走這種山路，也沒半句埋怨，反而囑咐眾人小心走好，注意哪裡有坑，找到野果清水也安排給眾人。

連辰紹也不得不承認，這傢伙比自己心細體貼好幾倍！珞與澄兒受著他的幫助心底都有點感謝，開始因為自己刻意的疏遠感到愧疚……

走著走著已是黃昏，遠遠地看到了炊煙。

「終於到村落了！可以甩掉這個麻煩鬼了！」紀辰紹開心地想著。

眾人加快速度趕往村莊，卻聽到一聲獸吼由附近的森林中傳出，嚇得停住了腳步。

辰紹沒遲疑多久，迅速下令：「快進村。」

說是村落，也不過就幾十間房屋匯集，而屋子利用土與岩石巧妙的連結，形成居所。迅速遊走搜查村子後，他們發現每個門戶都異常地封死，家禽都還在圈中，但人都不知道哪去了。

「紀大哥……」澄兒害怕得捉緊辰紹的衣角，他輕拍了拍她的手。

姜奕翔本能地護在珞的身前，珞盯著他的背影發現自己已漸漸習慣於他的保護。

「那邊似乎可以進去。」夏帝屺指著一個門破了一角的屋子。

眾人迅速移動，姜奕翔一腳踹開屋門，衝進屋內才發現有對老夫婦瑟縮在角落。

「別怕，我們不是壞人……」屺舉手示意，瞬間平靜安逸的氣氛瀰漫在室內，老夫婦總算停止發抖。

這時又傳來幾聲獸吼，這次更近了！

「快！快關上門！牠們快來了」老爺爺顫抖地催促著。辰紹迅速將門關好，還堵上了破洞處，靠在門上從縫隙觀察屋外狀況，姜屺兩人也各自找了空隙貼牆觀察。

老婆婆顫抖著將剩餘的破布覆蓋在女孩們身上：「躲好，別讓牠們看到了。」

「謝謝婆婆。」兩女向婆婆道謝。

才剛講完這句，地面就傳來震動，接著是轟隆隆似乎野獸奔跑的聲音，由遠而近，速度快得驚人！

三個男人睜大眼睛，連呼吸都放輕了。只見數十隻跟牛一樣大的野獸群湧而至！

這些野獸灰棕毛色參雜，外型看起來跟山羊相似，但落地的四腳不是蹄而是四爪，頭上長了四隻角，下頷的獠牙上翻而神態凶狠。群獸在村內環繞四處破壞，找到活物就吞，但這似乎遠遠不夠！

最後有一隻比小獸還大數倍的獸王慢悠悠踱步而來，牠的身型幾乎與屋舍比肩，頭上的角跟獸群不同處在於全是黑中帶紫，身上數處傷痕顯示不知經過多少戰鬥。

眾人正在屏息，等待獸群離去。其中一間岩屋忽然傳來嬰兒的哭聲，這隻獸王眼神凌厲地瞟向發聲處，怒吼一聲舉起前腳就要踹去。

辰紹見狀囑咐：「你們躲好！」舉弓正要上前……一道青影卻已破門而出，輕點了數處房頂，飛身到獸王的眼前！

夏帝屺動作迅速竟不下女希瑾！

他從袖裡抽出一把白金細長錐刺入獸王右眼，獸王吃痛瞬間亂蹦，而他也同時被甩飛！

獸王蹦跳時踏碎不少岩屋，也踏死了不少同伴。數個村人逃出破損的岩屋，成為獸群的目標，一時間亂成一團。

辰紹幾個踩踏，飛身於半空中拉弓射箭，離弓的箭瞬間化出數支，射中了正在攻擊村人的山羊獸！中箭的交接處，瞬間併發貌似火焰的靈威，中箭的山羊獸在靈威裡掙扎，不久便死去。

姜奕翔隨後也飛身而出，赤手空拳打退了幾隻沒被箭射中的餘獸。

獸王用爪撥掉刺在眼中的長錐一聲長吼，向遠處奔逃而去！獸群尾隨其後，瞬間退得乾乾淨淨。

眾人氣喘吁吁還沒從剛剛的驚險緩下來。姜奕翔率先四處搜尋被甩飛的夏帝屺，眾人這時也才如夢初醒般開始動作。

夏帝屺這時從一岩台碎石間爬起來：「大家都沒事吧？」他咬著牙忍痛走近，走路時一拐一拐的，似乎腿受了傷，身上還有多處細小傷口正在流血，但一開口竟是問眾人好不好。姜奕翔受本能驅使衝上前去扶住他，在黃昏的餘暉中，望著夏帝屺的眾人忽然覺得這畫面好神聖……

「這是紹兒留下的記號沒錯。」姚宇逸對著樹上的深紅色開明獸印記說道。

身邊的明湘看著地上雜亂的腳印補道：「他們似乎遭遇了什麼麻煩。」

「但他成功擊退對方了，妳看……」姚宇逸指著另一個方向的腳印。

「咦？多了這些腳印竟不是同一組的？」明湘驚訝道，一路追蹤，怎麼忽然多了這麼多人同行？

昆淨宜望著身後疲累的弟子們：「師兄，我們接下來該怎麼做？」

姚宇逸順著目光望去，了解她的意思，思索了一會道：「紹兒機靈，他知道我們被白衣女的陣法衝擊四散，我們必定不會停留在陣法內，這是往我烈山族的方向，路上有一個約定好的聚集處，現在必定是要趕往那。若趕到那就可以好好休息，我們整理一下就啟程！」

眾人應諾。

斟伏領著眾人趕路，遠遠就看到似乎很疲累的印持一眾：「峪垠派竟然還在？他們又想做什麼？竟然跟我們同一個方向？」

他們伏低觀察，一個身影悄然出現在斟伏身後，她輕喚：「斟大人。」

斟伏飛身反手一刀，那身影反應也快，挽起了兩朵劍花抵擋，隨即飛身後退。

凝神細看，但背著光看不清面容，只見她一身黃衫，斟伏停止攻擊：「是妳？」

女人說道：「斟大人，姚大人傳少主令，捕截印持鏡使一眾，不得有誤。」

「哼！對方有兩位神器使，我方只剩一巫，如何辦到？」

「他們正要前往的地點，姚大人已做好布置，請斟大人見機而動，這是姚大人要我轉交的信件，告辭。」黃衫女扔出一皮卷，隨即飛身入林，失去蹤影。

斟伏漠然地看著黃衫女消失的方向，又回望昏迷中的祝姿瓏，嘆了一息後打開皮卷。

02

已經是夜晚，村人們圍繞在屋外，爭相探望今天救了他們的英雄。

夏帝屺躺在老夫婦鋪好的草蓆，村醫調了些藥草正在敷上，他露出誠摯笑容向熱心的村醫道謝。

經過這次事件，連辰紹都忍不住對他改觀，態度友善不少。兩女也放下心防跟他親近，幫他遞茶遞藥殷勤的不得了。姜奕翔坐在人看不到的牆邊，望著地面不知在思索什麼。

一把洪鐘似的聲音呼道：「好了好了！別打擾恩人休息，都回去吧！要看明天再看！」循聲望去，一個頭綁紅巾手持棍棒，看上去四五十歲間的粗獷男人，對圍觀吵雜的村人呼喝。

村人埋怨著漸漸散去，只剩七八個捨不得走的仍徘徊附近。

「村長也來啦？」正在煮飯的老婆婆說道。

「我是黃土村的村長，當然要來答謝村子的恩人，這是我剛宰好的。」說著把一隻肥雞放在灶上，讓老夫婦趕緊料理。說話聲音好大！是個鋼鐵直男吧？珞忍不住在心底下了評語，不過她喜歡這個村子，人都好熱情善良又純樸。

「村長，今天那些是什麼？」紀辰紹抓準時機發問。

鋼鐵直男村長到夏帝屺的蓆邊一屁股坐下，長嘆了一聲：「還說呢！最近這幾個月這些東西越來越常出現，附近的村子聽說也遭遇這些東西襲擊，這些東西不只把牲畜都吃了，連人都不放過，村人現在都不敢上山砍柴打獵了。」眾人眼光頓時聚集在村長身上。

「最近才出現的？」辰紹皺眉。

「聽走貨的說前幾個月總看到一些身披黑袍的人出沒，也不知是哪個部族的，之後這附近出現的怪東西就越來越多。」村長一掌拍在蓆上，紹澄兩人則往姜奕翔那邊一望。

「他們身上難道沒有任何圖騰嗎？」夏帝屺問道。

鋼鐵直男村長搖了搖頭：「倒是都沒聽人說起，只聽說他們都帶著奇怪的覆面，身上刺滿奇怪的紋身，我們村巫說那是巫覡專有的紋身，但我自己是沒見過。」

紀辰紹陷入沉思：「巫覡專有的紋身？那麼不是跟我們交手的黑衣人了？」

村長此時又續道：「我們這倒還好，聽說十里外的烏木村被吃光了，只剩下三五個村民逃到其他村子，但後來那邊也遭受到了攻擊。」講到這他面露憂色，似是擔心不知何時這邊也會有同樣遭遇。

「今天那個是山妖嗎？」辰紹皺眉雙手環胸問。

這時煮好稀粥的老爺爺端著碗過來：「那個啊……我聽我爺爺說過，那叫土螻。老太婆，燒雞要是好了就端來啊。」

「土螻？」澄兒第一次聽到這名字。

「是啊……」老爺爺顫巍巍地又要走去灶前拿其他的碗。

辰紹眼明手快拉住他，把他轉回桌前，笑著壓他坐下：「老爺爺啊！土螻是哪種山妖啊？我們專門打妖怪的，您說，我們幫您。」

「啊？啊！喔！你們要幫我們打土螻啊？好啊！好……呃……」老爺爺思索起來，過了片刻害怕地形容著：「我記得我小時候聽我爺爺說土螻是一種很像山羊的野獸，只是山羊長兩角，牠們長四角，呃……還有，牠們長著四隻爪子，不是蹄啊！那爪子能把人的皮肉輕易撕開！」

這時老婆婆端著雞走來，補充道：「我娘說那東西只在深山中晃悠，見到人偶爾食之，不知怎麼就變多了！像這樣下山攻擊村落，我這把年紀了也是頭一次見。」

「這個數量真是前所未見啊！」老爺爺也補了一句。

眾人靜默下來。

辰紹思索著，這個村老弱婦孺多，壯年少，不幫他們現在就處理好此事，滅村只是早晚的事……性格俠義的他瞟了屺姜兩人，兩者會意。

「當仁不讓。」夏帝屺微笑答應。姜奕翔則面無表情地點頭。

辰紹坐到夏帝屺身旁，用手勾著他的肩道：「不過你有傷，若不治好，怕你幫忙不成反而累贅，可他們又隨時會回來……」

「欸！妳還有沒有什麼神奇的藥啊？」他忽然點名珞。

你自己不是也有藥？珞皺了皺眉，但基於不好拒絕的氣氛，還是伸手探進了她的次元空間袋：「我找找看好了……」

眾人皆覺得奇怪，這個巴掌大的小袋子是能裝什麼？又需要掏弄這麼久嗎？

夏帝屺這時注意到次元空間袋上的圖騰，陷入自己的思索。

「嘿！找到啦！」珞掏出一個彩貝，坐到床沿正想打開。

「多謝珞妹妹，但村人已幫我上好了藥。」夏帝屺這時開口阻止。

那你又不早說？

「不過我之前受到衝撞，總覺得胸口悶，可能傷到內裡了，珞妹妹可有治內傷的藥？」溫柔的語調，夏帝屺講話就是讓人覺得舒服。

「我找找……」珞又打開袋子找藥。這時身旁的人都看清了，袋子裡真的空空如也，但片刻後珞又掏出另一個黑貝，眾人看完皆默不作聲。

「師傅說過這專治內傷。」她掏出兩顆黑藥丸交給夏帝屺。

其實紀辰紹自己真的有藥，但就是想趁機搞清楚珞的袋子是怎麼回事，而且珞的藥的確比本門的有效！他不服氣地承認。

「珞妹妹的袋子真奇特，很多部族門派都會在使用之物上烙上自己的圖騰，妳這袋子上的圖騰我遊歷至今從未見過。」夏帝屺接過藥丸時，順便加了這句話。

「哈哈，我師傅喜歡清靜，只在山裡活動，個性又古怪，只收我一個徒兒，所以沒人知道也是正常。」珞趕忙打哈哈隨便想個理由搪塞，但瑾個性古怪，是珞真心覺得的！

沒人注意到夏帝屺對圖騰的關注比次元空間袋更多，但辰紹聞言，這才多看了那圖騰一眼。

對！這女人到底哪個部族的？這圖騰有點眼熟？回憶著每個見過的圖騰……他忽然雙眼圓睜想起解救澄兒，幫烈山眾逃脫的白衣女，那白衣上淡淡的紋飾！

同門？師傅？白衣女！圖騰！一個遜到爆的嫩包!!連結起來……紀辰紹的震驚沒持續多久隨即掩去，但瞪著珞的眼神實在無法及時收回。

「你幹嘛？我欠你錢嗎？」轉頭一看到辰紹奇怪的目光，珞忍不住又懟了上去。

「妳跟之前欠我錢的人的確很像！」他機靈地回道。

「你！」誰欠你錢了!?本人雖然社畜，但一直是借有還的信徒。珞一下被氣到，伸手指向他。

但辰紹又使出那招傷害不大汙辱性極強的漠視，轉身坐到餐桌前：「還等什麼？大家快來吃啊！明天還有更多事要幹呢！」留下珞原地生悶氣。

難怪覺得眼熟！那天月光下，他忙著擊退姜奕翔，對她只是匆匆一瞥，又隔數月，這女人又長得很路人甲，不怪他記不得……

總觀現在的局面，自己帶著虛弱的澄兒，要保護村民擊退土螻獸群，順便保護這個遜炮嫩包女，另一邊是跟自己不分軒輊，不知何時會反手一槍的姜奕翔、處處透著怪異的夏帝屺、跟幽魂般揮之不去的黑衣人。

師傅……徒兒忽然好想您啊！辰紹望向窗外忍住想哭的衝動……

第八章　憧憬與約定

01

深夜時分印持一眾終於到達他們之前備好的歇地，只見遠處的木屋亮著火光。

「紹兒已經到啦？」印持想到經歷這麼多事，總算能與愛徒重逢而加快了腳步。

到達時小屋雖空蕩蕩的，但亮著的火光使眾人鬆懈下來。休息的休息，準備餐點的準備餐點，梳洗的梳洗。鏡使在遠處招呼分配事宜，印持開始四處尋找辰紹。

紹兒呢？不是剛好去打獵了吧？印持左顧右盼，肩膀上的玄潔也四處張望，想找到她的主人。

「父親……」從一個陰暗的角落飄出聲響。

姚宇逸原本慈愛微笑的面容凍上了層寒霜！

猛然回頭的瞬間，一把刀也無聲刺入他的手臂，他被刀勢壓制到角落，被刺到的傷處，血液正被什麼吸吮，使他迅速地流失力量。懷中的靈印漫出淡淡靈光，但隨著流失的力量，漸漸黯淡下去。

終於層層枷鎖套到了他的身上，墨黑色刻著咒紋的枷鎖吸走他的力氣，他無聲倒下，黑衣眾隨即上前壓制。

情況突然，印持竟連反抗都辦不到！他看著遠處的綠紋狼嘯刀巫斟伏穿梭其間，鏡使也遭到同樣的咒縛倒下，其他門人因防備不及，一一被擒獲。

這時身著黃衫，腰配雙劍的明湘走向倒下的鏡使，用一個繡滿咒紋的褐色皮布包裹住幻空鏡，並與鏡使說了些什麼。鏡使望向這邊，眼神充滿歉意，隨後無力地低下了頭。

明湘隨即緩緩向姚宇逸走來。
「明湘！怎麼是妳⁉」他勉強擠出這句話。
「大師傅，」直視姚宇逸的明湘神色哀傷：「因為我也相信。」語氣卻這麼堅定。
姚宇逸苦笑閉上雙眼，如同鏡使一般垂下了頭。
對！在破陣時，他就該想到為何鏡使會被引走還久久不至？回來時卻又毫髮無傷？為何自己從未懷疑過門人的忠誠？他忘了曾經朝夕相處的孩子們，已到了會自己做決定的年紀。
明湘用同樣的咒紋皮布收下煥天印。
「將他們各自關押束縛！」姚君堂背著身下令，黑衣人應諾動作。
此時斟伏幽幽走來，沒有成功的喜悅。
姚君堂瞥了一眼遠處倒著的祝姿瓏，皺眉問：「瓏妹這是怎麼了？」
「只是受驚嚇過度……」斟伏垂首神情陰鬱。
「幸好三神器使已收了兩個，只剩最後的一個太昊琴使，那也不是問題了，我們的大業終於要成。」姚君堂仰望星空，言語中滿滿的喜悅，沒察覺斟伏的異樣。
「嗯……」斟伏心不在焉答著，腦海裡浮現的是祝姿瓏在水牢裡掙扎的痛苦模樣。
他盯著仰望星空的姚君堂背影，握刀的手緊了緊……用你的命換少主的命……那女人願意嗎？
「回報少主，這邊成功了。」姚君堂忽地回身走向黑衣眾下令。
身邊還有這麼多人！斟伏咬了咬牙，握刀的手鬆了下來，同時也鬆了一口氣。
「姚大人，那個如何處置？」一黑衣人指向盤旋空中的玄潔。

姚君堂望向天空：「為免生出變數，放出欽原，勢必截殺！」說完轉身離去。
黑衣人隨即放出紅喙紫腹尖尾的欽原，兩鳥追逐迅速沒入林中……
一大早整個村子就動了起來，在辰紹的安排下村人們布置防衛工事，井井有條，姜奕翔當然也加入幫忙。屋前的夏帝屺帶著讚賞的眼神看著這一切，沐浴在晨光中，換上村人粗布灰衣的他仍是那樣美麗。
「你覺得怎麼樣了？」珞問，遞上一杯茶。
屺微笑回答：「珞妹妹的藥很有效，我胸口的悶痛已經好多了。」
珞笑回：「你好好休息，等等點心好了再叫你。」說完就要回到廚房幫婆婆澄兒製作餐點。
「等等，珞妹妹，有件事我想問妳。」他抓住了她的手。
「什麼事啊？」珞臉一紅趕緊抽回。
「妹妹昨天的袋子是不是也出自女媧族造出的乾坤袋？」他定定地看著珞。
珞搖搖頭，她沒多想就回道：「我的東西都是師傅給的，並沒聽過是出自女媧族呢。」
「其實我也有一個。」夏帝屺從懷裡抽出一個更舊的皮袋，看得出來用了很久。
珞張大嘴直盯著，心想：「你果然也有一個次元空間袋！」但細看後發現皮袋上面烙著的圖騰與自己的不太一樣。
屺微笑著說：「這是我父親有一次回家時送給我的。」他眼中射出複雜的感情，珞不自覺坐下來聆聽。

「他很少回家，我從小到大只見過他幾次，手指頭都數得出來……」他眼中漫出薄霧，宛如雨後的青山，美麗又哀傷。

「所以他給我的東西，我都視若珍寶。」他將乾坤袋抱緊在胸前。

「為了追尋他的足跡，我長大了也四處遊走，認識了很多朋友，現在又認識你們，我很開心。」他露齒笑開，講這句話的他像個純真的孩子，情緒很快感染了珞。

「認識你們我也很開心啊！我來……我在山裡修行也沒交過什麼朋友。」我來這後沒認識的朋友，臨時被珞改掉了。

「不過你父親也太不負責任了吧？丟下小孩老婆到底是在幹嘛？」珞忍不住皺眉批評。

「不！他很偉大，在我心中他是個重大義，為百萬民生奔走的英雄。」屺望向遠方，露出刀削般的優美側臉。

珞呆呆盯著，捨不得移開目光。

「神州經常水患，凶獸惡蟲出沒，他四處奔走救助生命，治理水患，很多人自願追隨他，幫助他……」他專注地注視前方，好像看到那個畫面一般。

「在妳原本生長的地方可能無法想像，在這深山中還有凶獸出沒吃人，可是這種事在各地都正在發生，人們過著辛苦的生活，朝不保夕。」夏帝屺的眼神冷了下來，並站了起來，扶著石牆：「他畢生努力，水患雖然削減，卻仍常復發，凶獸也是除之不盡……我知道他的難處，也知道天下人民的痛苦……」沐浴在晨光中的他，又蘊出了五彩斑斕。

他忽然俯身湊近珞：「所以我下定決心，要成為像他一樣偉大的人，像他一樣幫助很多人。」

那雙深邃清澈的眼眸射出堅定的光芒！

「等到我真的成為像他那樣的人時，我想跟他一起好好吃頓飯，一家人的飯。」說時，夏帝屺露出編貝般的牙齒瞇眼笑開。

俊美無雙！！！珞一下子又看呆了……

抗議！顏質犯規！也太帥了吧⁉帥得不像人，又如此善良正直！這世界上真沒公平這回事！不過這也是傳說中，天下所有男孩對自己父親盲目的崇拜吧？但珞當然不可能直接吐槽。

「我覺得你一定可以的！昨天你為了守護村民，奮不顧身衝出去擊退土螻王，那真的很不容易。」想到自己當時嚇得瑟瑟發抖，珞就覺得有些慚愧。

「珞妹妹，所以我需要妳的幫忙……」屺用那雙清澈，彷彿會吸納靈魂的眼眸凝視著珞。時間彷彿靜止了。珞望著他清澈美麗的雙眸，說不出一句話。

「妳願意嗎？」聲音好像帶有一股魔力……

然後她應了聲：「嗯……」這個回答換來夏帝屺的一個迷人微笑。

啊？等等！我……我剛剛回了什麼？我能幫什麼忙啊⁉她大夢初醒般恢復思考，但似乎一切都太晚了？

「能幫忙我一定盡量幫啊……雖然我能力有限！」她尷尬地笑笑，逃難似的轉身離開：「我要回廚房幫忙了！」

姜奕翔說得沒錯！必須遠離這傢伙！一靠近這傢伙，彷彿會被奪去思考能力一般！

夏帝屺倒也沒攔她，點了點頭後又坐回原本的位置，望向忙碌中的村人。

珞的腦袋還沉浸在夏帝屺的魅力中無法清醒，沒去細想他的那句「需要妳的幫忙」是什麼意思。

02

瑾悠閒地坐在遠處的枝頭上，遙望著受制的烈山族峪垠派，白衣裙在風中飄飛。

「唉……就叫你們快走吧……這是在給我添麻煩呢！」她皺皺那秀氣的眉頭。

可是黑衣眾沒有傷害他們，似乎另有處置？她望了望坐在祝姿瓏身旁的斟伏……將美麗的臉龐靠在白皙的手臂上微微一笑：「看來你們暫時不會有危險。」

這時遠方天空出現異常的靛光，那是璿曜洞天的方向！

「唉唷！那個討厭鬼來了！」兩片紅霞飛上了瑾吹彈可破的白皙臉頰。

這時一個腰掛金刀的身影，領著數個黑衣人從小木屋中竄出，往一條小徑直奔而去。

瑾笑了一聲：「這邊似乎比較有趣呢……」

她回望了眼璿曜洞天那異常的靛光，哼了一聲。隨後飛身下樹，樹影掩蓋處忽然失去了她的身影。

一隻通體潔白的燕尾鳥兒騰空飛起，直追著金刀巫一行人的方向而去。

等了兩三天，卻沒再見到獸群攻來。

這是個無風的早晨，空氣凝滯鬱悶，陽光因濃霧照不進來，幾乎舉目不視。

「會不會牠們已經被嚇跑了？」兩個看守的村民待在築起的木高塔上，其中一個青年村民猜道。

兩人開心起來，可是一桶冷水不合時宜的澆下。

「不，牠們一定會回來！」坐在後方的姜奕翔綁著護手，篤定說道。

村人眼帶狐疑，面面相覷，看來並不相信……

已經戒備這麼久了，都不見獸群再來，人的期待有時反而會成為誤導人判斷的關鍵。

「等那個獸王傷勢好了，勢必會傾全力進攻，獸王被傷暴怒，牠們再來，情況非同小可！不只為了填飽肚子，更是為了復仇，現在差別只在於何時罷了。」姜奕翔垂下眼簾，雙手垂在膝上。

這分析合情合理，村民聽完對視片刻，恢復了警覺，認真張望四周。姜奕翔看村丁提起精神守衛後，微微一笑，下了塔四處巡邏。

夏帝屺的傷已經好了，紀辰紹安排他與村民們輪班警戒巡邏。他倒是認真精細又周到，任何一個小處都不放過，還提報多處疏失的地方，並主動幫忙改善。他的配合，使他們的關係更加緩和了。

很多村民毫不掩飾對三人的依賴與喜愛，對夏帝屺尤甚。

他同時也成了村裡少女們私下告白的熱門對象。

村婦們正分派食物飲用，珞與恢復健康的澄兒也來幫忙……正在分發，遠處的樹林忽然眾鳥飛竄。

「來了！」辰紹衝上高塔，發出信號。大家有條不紊的依照排練找尋掩蔽物，拿取武器。

林間不像之前眾獸奔騰，取而代之的是異常的安靜。

正當眾人以為是誤判形勢時，獸群奔騰的聲音驟然響起！重霧飄過，土螻群已來到人眼所及之處！

「好奸巧的畜生！」辰紹哼了一聲，但並沒動作，反而比出手勢示意大家冷靜。

離村莊數十尺處，獸群奔騰中忽然陷落，掉進了已經挖好的坑洞！洞內布上尖木樁，跌落的獸群再爬不起來，但獸群仍持續進攻，數量之大連挖好的洞都被獸群屍身填滿，景況慘烈！

辰紹見時機成熟，舉起弓箭，領著村內獵戶們在高塔上共同射擊。

村莊周圍已布滿拒馬，獸群衝撞而上，瞬間釘在拒馬尖端！

獸群攻勢猛烈，衝擊力道之大，有些拒馬被撞歪撞壞，若再來一波獸群，村莊必定淪陷。但小土螻們接連受到挫敗開始畏懼起來，有些甚至往回奔逃。

忽然一個巨大的爪子揮來，被拍中的小土螻瞬間屍首不全地倒在一旁！

是那個黑角土螻王！

本想奔逃的土螻們，不敢進攻，又不敢後逃，在原地亂轉。土螻王怒吼一聲，斬斷了土螻們的畏懼，重新掉頭往村莊衝來！

這次土螻王衝在最前方，即便身上扎了幾隻箭，也完全無法減緩牠的速度！在牠的掩護下，小土螻們順利進攻，衝擊之下，拒馬被破開了一個大洞！

屺姜兩人依照議定好的計策上前，引誘牠往一個埋設好的陷阱行去。

土螻王看到毀自己一目的仇人，失去理智的加速追逐！一個轉角後，兩人已抓住原本準備好的藤繩躍上屋舍，牠卻還沒反應過來，隨即掉落設置好的的地坑陷阱，全身多處被尖木樁刺穿！

趁牠傷要牠命！

一張早已備好的藤網罩下，屺姜兩人帶著村中的壯年們衝上前圍捕，隨後猛烈的向地坑內攻擊，土螻王全身受傷動彈不得，掙扎與吼叫隨著攻擊漸漸止息，牠終於被成功制服！

其他土螻們見狀開始往回奔逃，又被紀辰紹領箭一陣亂射，能逃回山林的寥寥可數。僅少數人受傷，無人死亡，奇蹟般的得到勝利！老弱婦孺們這時也開心竄出，眾人難以抑制的歡呼響徹雲霄！

遠處的山巔上，有一群全身紋著五顏六色咒紋的黑袍人望著落敗四散的土螻……

其中一個端坐中央的黑袍人冷笑一聲，拿出一把鑲著黑鑽的木杖，朝旁邊的溪流一砸。

忽然由水中不自然的晃起一陣水波！水波在水底形成旋風席捲周遭的游魚水草，片刻後水流旋風漸漸消失，隱隱見到其中有個紅影生出……

清理村莊與獸屍忙到天黑才告一個段落。眾人雖然疲累，但勝利還是使村人在村中心廣場辦了個開心的晚會，各家拿出珍藏的美酒美食招待眾人，圍繞在篝火旁開心跳舞。

剛鐵直男村長摟著夏帝屺灌酒，還直誇他好看，其他人都覺得好笑，不僅不阻止，還推波助瀾大喊「在一起」，惹得屺哭笑不得。

土螻王倒在地坑裡奄奄一息，上方用藤蔓與木板蓋住，再押上重物，姜奕翔坐在上面望著廣場篝火旁的眾人。

「你怎麼不喝？」紀辰紹端著酒壺晃到姜奕翔身邊，他很少對姜奕翔這麼客氣。

「總得有人留點心……」下方傳來土螻王虛弱的低吼。

說起警戒心，他還勝紀辰紹一籌。

「哼！還真小心！」辰紹笑了一聲，灌了一口酒。

姜奕翔也笑了一聲回道：「你不也是嗎？」目光盯著辰紹背著的開明獸神木弓，還有那個裝著赤蛟鞭的盒子。
辰紹沉默了一會，然後丟給他一個酒壺：「如果你一直都是這樣，我們一定可以成為好兄弟的。」隨後揮揮手，頭也不回返回篝火處。
姜奕翔看著他的背影微微一笑，狠狠的也灌了一口酒。
「姜大哥！」珞雙手捧著搜刮而來的食物笑著走近，他望著她嘴角挽起一個溫暖的弧度，這一刻感受到從未有的平靜。
正要接過珞遞上的食物，異變忽起！
黑暗中竄出一道巨大的黑影，撞飛了群聚在篝火旁的數個村人。眾人瞪大雙眼，不敢相信地望著牠，竟然是另一隻土螻王！
這隻土螻王身形較小，動作卻更敏捷！而珞不知何時已經被姜奕翔護在懷裡，如同在水道時一般。
這時地坑內的土螻王也躁動起來，衝撞數次，霎時衝破壓制探出頭來！看來牠的安靜只是在蓄力等待時機。
紀辰紹最快反應過來，將裝著赤蛟鞭的木盒扔向姜奕翔：「拿去！」隨後衝向小土螻王彎弓搭箭。
姜奕翔抱著珞飛身踢破木盒，接過鞭的瞬間，感覺有股灼熱的力量流竄到體內！
無暇顧及異樣，他勾住樹枝順勢一帶，將珞放在樹上高枝處。
「妳待在這，別下來！」他說完隨即衝向地坑內的土螻王。
村人亂成一團，小土螻王四處衝撞，而紀辰紹卻因為顧慮村人，施展不了身手而屢屢遇險。幸好澄兒在旁布置繩索牽制，總算使牠停下亂竄的動作。

小土螻王待在原地憤怒地噴氣，幾個膽大的村人在夏帝屺的組織下衝出來幫忙圍捕。

姜奕翔那邊倒很順利，自己都沒料到赤蛟鞭使用起來這麼順手！他耍起的鞭網還帶著火影。

大土螻王即便想逃，卻發現被鞭網罩著，無隙可乘，牠又受舊傷牽制，不僅攻擊力大減，動作也緩慢許多。牠猛地作勢攻擊，對方速度卻更快，傷痕累累的身體馬上多了幾道鞭痕。傷口還被火焰灼燒，一股難忍的火焰巫力侵蝕，牠痛苦之下發起狂來，失去理智的使出最後的攻擊！

姜奕翔知道此擊必須避開，正要往旁閃過，卻發現夏帝屺不知何時出現在身後？

他竟然自己站在土螻王衝撞路徑上!?

姜奕翔心中閃過自己都不明白的情感……為保護夏帝屺，他冒著生命危險抽出聚力的一鞭，土螻王瞬間被切成兩半！他腦海一片空白，一方面被這力量震驚，一方面感覺有什麼從心底湧現，這時夏帝屺走向他，兩人相望……那雙清澈深邃的美麗雙眸直勾勾盯著他……

屺將手搭在他的肩上，磁性的聲音傳來：「奕翔……還不回來嗎？」這句話像帶著魔力一般！姜奕翔腦海閃過數個看不清的影像！

被斬成一半的土螻王屍身還在一旁燃燒，烈烈的灼燒聲像是敲擊在腦海裡一樣，姜奕翔忽覺腦內刺痛異常！抱頭倒下！手中詭異冒著灼熱氣息的赤蛟鞭也被扔在一旁。

「姜大哥！」樹上的珞遠遠看到姜奕翔倒下，從樹上跳下飛奔而來！

夏帝屺閃身讓開，看著珞把姜奕翔捧住。

「他怎麼忽然倒下了？他哪被傷到了嗎？」珞急得翻看姜奕翔，沒發現自己的真情流露，被夏帝屺冷靜地收進眼底。

遠處圍捕小土螻王的喝斥聲傳來，小土螻王看到大土螻王被斬殺，瞬間發了狂就要衝過來！

「珞妹妹，他沒受傷，只是不知為何忽然捧頭，似乎很痛苦……來！」夏帝屺抱起姜奕翔，收起赤蛟鞭，領著珞退往一旁屋舍。

他拍拍珞的肩膀：「妳在這顧好他。」見珞應允，投給珞一個微笑，並把赤蛟鞭塞回昏迷的姜奕翔手中。赤蛟鞭瞬間自動纏上姜奕翔的雙肩，成了屺之前提過的護衣。

隨後夏帝屺衝向屋外，往小土螻王的地方奔去。急奔中的他嘴角勾起一抹不易察覺的微笑。

珞與奕翔？很有趣……真的很有趣……

03

圍捕小土螻王的數個村人受傷倒下……

比起受重傷的大土螻王，這個小土螻王速度更快，實在更難對付！

夏帝屺與澄兒兩側合圍，紀辰紹使計將小土螻王引到村外，兩人趕忙跟上支援，眾人這時才得以喘息，救治傷者。

村外，辰紹藉著森林樹木躲閃小土螻王的攻擊，但這小土螻王速度飛快的緊追在後！兩方速度越來越快，小土螻王漸漸拉近了距離，但這其實也是紀辰紹等著的，他要小土螻王自己追上！

雙方距離已拉近不過數尺，辰紹忽然回身，射出蓄力已久的一箭！箭離弦不似往常散開，反而因靈氣攏聚化成一隻巨箭，速度加成之下，小土螻王腦門當場被巨箭貫穿！

小土螻王中箭後搖晃數秒終於倒下，又抽搐了數次，最後絕了氣息。

澄兒與夏帝屺趕到時，紀辰紹已坐在一旁斷木上休息，無力地舉手招呼，澄兒趕忙上前攙扶。沒能輕鬆多久，村落又傳來一陣躁動慘叫！

「糟了！三人都在這，姜奕翔昏迷，只剩珞跟一般沒戰力的村人！」紹屺對望一眼，後者對他點了點頭，便頭也不回地往村落趕。

這躁動不尋常，詭異的嬰兒哭聲響徹山谷。

澄兒環顧四週驚飛盤旋的鳥兒夢囈般說道：「紀大哥，鳥兒們說水裡有怪物……」

兩人默然相望，澄兒支撐起辰紹，也往村裡趕去。

剛被襲擊的村人們還在互相照護整理，珞看到昏迷的姜奕翔滿臉髒汙，想著要幫他清理擦拭。正要走到蓄著水的池塘，就聽到身後一個婦人的驚叫。

她轉眼望去，只看到婦人對著一個大水缸胡亂抓撓，還一直喊著：「我的孩子！」

雖然自己沒什麼本事，但珞還是趕忙上前查看。這時村人們也圍了上來，往那水缸裡一看，哪有什麼小孩？只是清澈見底的清水罷了。

「虞大娘，妳是不是嚇傻了？在水缸裡找什麼孩子？」鋼鐵直男村長皺眉問道。

虞大娘卻全身顫抖，淚眼喊道：「說什麼！我剛剛還牽著瓦兒的手，忽然從水裡飛出一個像鳥的紅毛怪，一嘴就叼走我的瓦兒！」

看她這激動的神情不像是說假話……可是水中怎麼會有鳥？而且這的確是個只有清水的水缸啊！

村人面面相覷，還是村長先發話：「大家快四處找找，那孩子不是太怕躲去哪了吧？」現在可不能有人落單，他的村長本能讓他盡責下了這個命令。

珞卻直盯著那水缸，為什麼水中有條若隱若現的紅絲？她忍不住伸手探向水中，捉住了那飄忽的紅絲，向上扯了起來，但紅絲卻越拉越長……

村長跟虞大娘疑惑地盯著她，還是村長先發問：「姑娘妳在做什麼呢？」

「這個東西好奇怪啊！」珞將紅絲拉到村長眼前。

村長卻盯著她空空如也的雙手，皺眉問道：「什麼？」

「你們……都沒看到嗎？」珞正疑惑，紅絲忽然猝不及防環繞著珞整個身體，將她整個都拖進水缸裡！她慘叫的同時，姜奕翔也睜開了雙眼！

他急忙衝向屋外，只看到村長跟虞大娘驚駭地盯著光影晃動的水缸。

「珞、珞姑娘被拖進水缸裡消失了！」村長瞪大眼不可置信地說著。

姜奕翔雙手扶著水缸，望著晃動的清水，凝重地皺眉思索：「完全沒有氣息，這要如何施救？」

在無法呼吸的水裡，珞被這個像鳥的紅毛妖怪拖拉著往更深的黑暗處去。牠是要把自己帶去哪裡？

「必須在被溺死前變身啊！」直覺告訴她，若無法在到達前阻止這傢伙，自己就死定了！生死攸關的這刻，她唸起失敗無數次的變身訣，雙腿順利幻化為魚尾，後耳長出魚鰓。這是運氣太好？還是自己本能被激發？總之這次神奇的一次就成功變身了！

珞開始朝反方向游去，這紅毛鳥怪震驚地發現自己再拖不動爪間的獵物。牠凶狠回首，見到自己抓著的已不再是剛剛的人類。但牠還是不放手，在水中振翅想把珞帶回巢裡好好享用。珞也更加用力往反方向游去，兩方這時互相角力，雙方都難寸進。

「這樣下去不行！」感到漸漸無力的珞知道自己力量比不過這怪鳥，而且變身的時間也無法維持多久，她忽然停止掙扎。

怪鳥發現對方忽然收力，毫不遲疑地往巢穴飛去，沒多久忽然一陣水波衝擊牠的側邊！原來是珞蓄力用魚尾捲起的水球襲來，牠被沖擊得鬆開了雙爪，兩方終於拉開了距離。

怪鳥正要重整旗鼓，珞已將手弩對準牠，數道寒芒射至，怪鳥被螫得疼痛異常！這小小的銀針像浸滿毒汁般，每個被螫的點如同被烈火灼燒！

怪鳥還在原處掙扎，而自己的魚尾正在消失，珞知道變身的時間將要結束，趁魚鰓消失前她必須游向光明的地方！

怪鳥忽然劇烈抖動雙翼，一個小女孩從牠左脅落下，珞震驚地看著這一幕！想必在這水下的空間，自己扯動的紅絲其實就是這怪鳥的本體，而她的扯動，阻擾了這怪鳥離去。小孩則是牠因來不及帶回巢穴，所以先藏在翅下。

「那孩子就是大娘口中的瓦兒吧？」珞猜想。

那怪鳥忽然張大了嘴就想把瓦兒吞進肚裡！

珞望著仍在灼燒的銀針傷口，知道怪鳥受傷後想吃人做補，毫不猶豫地將手弩對準了怪鳥，銀芒射出全數擊中怪鳥的胸膛！怪鳥受衝擊遠離了昏迷中的瓦兒。

珞趕忙游向她，魚尾此時消失，她摟著瓦兒艱難游向水面，沒多久連魚鰓都消失了！

後方怪鳥已然恢復，連續被攻擊，獵物還被搶走，使牠極度憤怒！以飛快的速度追向珞！

終於到達水面，但後方怪鳥已至，珞將昏迷的瓦兒推上水面，回身抓住怪鳥的紅喙！

村裡眾人正盯著水缸，忽然聽到左方村中潭水處傳來波動聲響，轉眼望去，水面上漂浮的不就是失蹤了的瓦兒嗎？眾人趕忙衝去，扶起瓦兒時，還看到水底與怪鳥糾纏中的珞。

姜奕翔毫不猶豫縱身一躍，他迅速游向快抓不住怪鳥紅喙的她。

怪鳥終於掙脫珞的雙手，一嘴下去就想將珞爆頭，千鈞一髮之際，赤蛟鞭挾著巫力生成的火焰劈至！姜奕翔也是豪賭，沒想到在水中，赤蛟鞭還能捲動火焰，但很明顯的，即便是巫力生成的火焰，在水中也是效力大減。

怪鳥的翅膀被劈裂了一邊，牠仰首慘叫，終於鬆開了緊抓著珞的雙爪。姜奕翔趁機帶著珞游向水面，兩人一到水面就被等在一旁的村人合力救起。

眾人不敢在水邊逗留，聚集在廣場上，珞經此一役全身無力地倒在姜奕翔懷裡。姜奕翔持續戒備著，望著潭水沒多久，四周迴盪著詭異的嬰兒哭聲，一隻怪鳥在眾人驚叫聲中衝出水面！

此時這怪鳥才顯出全貌，這隻全身赤羽、外型與雕無異的怪鳥，憤怒地盯著廣場上的眾人。如果說這怪鳥跟雕有什麼不同，除了牠那與土螻王般巨大的身型外，應該就是牠前額上長的一隻赤紅的犄角。

持著赤蛟鞭的姜奕翔尋思，若是在地面上，他有足夠的信心擊敗牠，他將懷中的珞託付給身旁的村婦獨自走上前。怪鳥似乎知道此人不好惹，又潛入了水中，眾人望向四周有水的地方戒備著。

忽然一顆水球從水潭處迅速凝聚，向姜奕翔疾射而至！

這難不倒姜奕翔，身法迅捷的他輕鬆避開，但水球砸在後方屋舍的石牆上，瞬間被破出個大洞！

姜奕翔震驚地瞪大雙眼，若水球砸在村人身上，後果不堪設想！

又一顆水球凝結，比剛剛的還大了兩倍，姜奕翔聚力，在水球凝結完成前一鞭劈去！水球頓時受劈崩裂，還原為水珠滴落。

現場一片靜默，危機感卻持續增強，又是一陣嬰兒哭聲迴盪，眾人被擾得心神不寧。

四周水缸霎時破裂，水池震盪，數顆水球同時凝結，或大或小。

這下連姜奕翔也沒有擋下的把握，當機立斷必得在水球凝結前全數破去！他運起赤蛟鞭，挾著火焰巫力，劈崩了數個水球，但水天性克火，碰到水球的火焰巫力漸漸消失，而水球再生凝結卻更為迅速。赤蛟鞭已再捲不起火焰……水球卻同時動作，向廣場中的眾人疾射而至！

「趴下！」姜奕翔將珞護在身下，同時向村人喊道。

眾人隨即低伏，數十個水球撞在一起，水珠四射，在場眾人雖都驚險避過這擊，但受到水珠衝擊，也是渾身疼痛。這次攻擊似乎也耗損了那個怪鳥的力量，久久都不見再有水球凝結。

此時夏帝屺已然趕至，他遠遠就看到廣場上的情況，是以早就祭起懷中的溢彩琮。

他迅速破壞村裡所有的水缸，並對姜奕翔使了個眼色。

奇怪的是，姜奕翔似乎有股直覺，他竟然知道夏帝屺想幹嘛！他衝到水潭旁聚力並等待。

水缸全數被破壞，夏帝屺將手拍向唯一倖存的水缸，一股強大的靈波襲向水中深處，水潭深處的怪鳥受不住靈波衝擊，終於衝出水面躲避，被準備已久的姜奕翔一鞭抽去！

怪鳥頓時化為兩半，無力地落下，傷口處巫力造就的火焰持續灼燒，片刻後牠終於化為灰燼。

當澄兒與辰紹趕到時，眾人已癱坐在廣場中央。

第九章　靛衣神人

01

璿曜洞天陣法竟然被破！

數十個靛衣人四處查探，怪的是剩餘陣法的陷阱禁制，對他們沒造成任何阻擋傷害。

一個身形挺拔，穿著不凡的靛衣人拔眾而出，他神色嚴肅沉重地盯著破碎的陣眼。

這靛衣人身形如五嶽群山堅挺肅嚴，無一絲糾結的黑色長髮如瀑布般垂下，發出綢緞般的光芒，唯髮尾奇異透出淡淡的靛色。當他回身望向璿曜洞天的方向，清澈靈逸的雙眸也是如深夜星空般的靛色。臉龐如刀削般俐落，俊逸靈秀，看上去才三十左右，俊美的程度與夏帝屺不分軒輊，身形卻更高了半個頭，然而他的氣質更空靈不沾塵俗，這也是個天神集聚畢生精力雕刻而成的美人啊！

他額前配著尖錐靛色寶石額環，肩披金銅護肩甲，袖中隱著金銅護臂。全身靛底白紋天蠶絲衣，材質隱隱生光，這奇異的材質比之夏帝屺的青色天蠶絲衣更加不凡。衣服上的白紋是句芒圖騰，繡工細緻，與靛色衣底融合得渾然天成，唯腰上繫著一個不搭的舊皮袋，袋上竟烙著璿曜洞天的圖騰！

他不發一語縱身往璿曜洞天奔去，左彎右拐，熟悉到像是回家一般，其餘靛衣門人靜默地追隨在他身後。璿曜洞天周邊散落數處碎裂的陶俑機關人，讓他的眉頭皺得更深了。

靛衣門人訓練有素的四處搜尋，隨後回報：「宮主，四周有打鬥過的痕跡，但除了一組腳印是從外界而來，再無其它發現。」

他點頭，舉手，靛衣門人退下守在洞口，他則緩步踏入。

陽光灑落進璿曜洞天，氣氛凝滯，家具擺飾一切如舊，只是主人失去了蹤影……

他坐到瑾的白玉茶台邊，手上緊抓著那個舊袋子，張望了一會後扶額垂下眼簾，如深夜般靛色的美麗雙眸，蒙上些許霧氣……

「就讓妳回家……妳總是不聽……」語句的內容埋怨，語調卻那麼溫柔。

他又獨坐良久，修長的手指掐著眉間，忽然起身怒極拍桌，白玉石桌應聲碎裂！

「到底是誰！」隨著怒吼，靛芒暴射！璿曜洞天外，暴漲的靛光，直衝雲霄，漫延了數十里！

化為燕尾白鳥的瑾遨遊山林間，忽見遠方一處眾鳥驚逃，好奇心作祟，遂往來源處飛去，便看到一隻白鳥被一隻紅喙紫腹鳥攻擊，羽毛散落，通身的潔白也被血染紅！

「咦？這不是欽原嗎？怎麼會出現在這？為什麼牠會攻擊那隻鳥兒？」瑾輕點樹枝，數下後恢復人型。她將手弩對準欽原，數箭齊發下牠翅膀像刺蝟般插滿了銀針，而後無力掉落，再也爬不起來了。

瑾順手一撈，這隻外貌如畫眉鳥、長尾如柳絮般的潔白鳥兒，勾起瑾的回憶。

「這不是那個小姑娘的同伴嗎？」腦海裡出現如同蜜桃般的澄兒，她盯著手中的鳥兒：「記得最後見到是在破陣時……哎呀！傷得真重啊！」

玄潔被欽原螫得滿身是洞，已經奄奄一息，但還是奮力想飛去哪的樣子。

「呵，小東西，妳傷成這樣還想去哪？」瑾輕輕一笑，隨手擷取陽光至指尖。只見光芒中漫出七彩顏色，瑾將光芒放在鳥兒的胸膛，光瞬間被吸了進去！

玄潔慢慢恢復靈識，傷口也逐漸癒合，片刻後就繞著瑾飛來飛去像在道謝。

瑾微笑揮手：「去吧，小東西。」玄潔又繞了幾圈，才往遠方飛去。

見玄潔飛遠了，瑾再次躍下樹枝化為燕尾白鳥，追蹤金刀巫而去。

休養了數日，這天清晨夏帝屺整理了一下隨身之物，輕手輕腳地走出屋外。他回望了眼沉睡中的眾人微微一笑，便往出村的方向前進。走進山林，陽光不時由葉隙間灑落，微風輕撫，就這樣走了數里，當他行至飛瀑流瀉的河邊，竟遠遠地看到辰紹四人坐在岸邊等他！

夏帝屺站在原地神情複雜的望向辰紹一眾，看到四人笑意盈盈地盯著自己，他終於奔向他們。

「紀兄弟？你們怎麼在這？」夏帝屺難掩臉上欣喜的神情。

辰紹向他走來：「走得這麼匆忙，還不說一聲？」他勾住屺的肩。

兩女也隨即加入：「怎麼不說一聲就走啊！」、「一個人很危險呢！」之類的話，嘰嘰喳喳吵成一片。數天的相處，幾人間建立起不少的情誼，姜奕翔在一旁眼神複雜不發一語。

夏帝屺垂下了頭：「之前的約定是到村落為止，所以……」那美麗的眼眸中漫出幾分霧氣。

「事到如今，怎麼能讓夏大哥一個人，若是落單遇到土螻王那樣的妖怪怎麼辦？」澄兒雙手抱拳激動地問道，珞在一旁點頭如搗蒜。

辰紹指向兩女，把問題都推給她們：「喏！我們也是講情義的，現在這情況更不可能讓你一個小白兔去送死啦！」

此舉換來珞的一個白眼。把我們吵起來，硬是要追上他的不就是你嗎⁉但她也很知趣地沒戳破。

「送你回家，也不是什麼大事，陪你就陪你囉。」辰紹下了個結論。這句話換來屺感謝的凝視。

「不過親兄弟也要明算帳，關於這個謝禮嘛……」他話風忽然來了個髮夾彎，這次兩女都忍不住白了他一眼。

夏帝屺卻開朗地笑了一聲：「兄弟！這有什麼問題？謝禮絕不讓你失望！」

紀辰紹開心的拍了拍他的肩：「不愧是本少的好兄弟，夠爽快！」

這次連姜奕翔都忍不住白了他一眼。

你這態度拐彎神奇得有如山道車神，連續髮夾彎都難不倒你啊！對象是辰紹，珞努力腹誹。

隨後夏帝屺凝望著他們沉默了一會，忽然深吸了一口氣，用那雙清澈美麗的眼眸，堅定地望著眾人……「在我的心中，你們已是我的親人。」這句話誠摯之情滿溢，讓四人震驚外都紅了眼眶。

他又忽然道：「咦？姜兄弟把赤蛟化為護衣了？」

姜奕翔望了望肩上的赤蛟，微微點頭：「它自己變的……」夏帝屺聞言微笑點頭回應。

幾個人由夏帝屺領路，說說笑笑，難得的清閒快樂。其間珞實在沒忍住問道：「那個怪鳥到底是什麼啊？」

眾人你看我我看你，似乎都無法回答。唯有屺手支著下巴，思索片刻後道：「我曾聽聞有種叫蠱雕的妖獸，似乎跟這怪鳥很相像。」

眾人此時目光聚集在他身上，他會意微笑續道：「相傳有種妖獸生活在水中，但外型像雕，唯有額前長著一犄角，且好噬人，會發出嬰兒啼哭般的聲音，名為蠱雕。」

姜珞兩人思索著，這些形容的確跟那隻怪鳥極為相像，都點頭表示同意。

「但一個村落同時出現兩種不同類型的妖獸，實在稀罕！」夏帝屺思索道，他想起的是老夫婦口中的黑袍巫紋神祕人。

紀辰紹卻想到跟自己糾纏多時的黑衣人與三刀巫，忍不住眼神複雜的望向屺。

經過這幾天的相處，他漸漸把夏帝屺當成一個值得信賴的同伴，但直覺仍是影響著他……真的跟你無關嗎？他在心底默默問了這句。

夏帝屺卻渾然未覺，望著辰紹又道：「一般的蟲雕尚無操縱水球與穿梭的能力，這隻蟲雕很明顯已經有些道行，不僅可以在水質空間穿梭，還能操縱水球，我猜測跟老爺子提起的黑袍巫紋人有關。」

紀辰紹皺眉問：「怎麼說？」

夏帝屺回答：「其實我幼時常跟著族中長老們四處遊走，曾到過一些奇特的地方，那是法力高強的巫覡聚落，這樣的巫覡聚落還不只一個，所以我猜測這次不管是土螻或是蟲雕，都跟某巫覡部落有關，只是還不知道是哪方所為，又為什麼這樣做。」

原來還有這種典故，眾人陷入思索，不過即便知道這種事，似乎也跟現在的自己沾不上邊吧？辰紹更是深思，很明顯屺的推測似乎更合理，他開始生出疑惑：「或許自己真的錯怪他了？」

沉重的氣氛沒持續多久，這群年輕的少年少女很快又放開，一行人談笑間經過了幾個村落。偶遇幾個落單的土螻，眾人也輕鬆地解決了。

已是黃昏，一行人來到了一個無人的村落。

這村落房舍破敗，鮮血屍首四散，傳來難聞的氣味，眾人猜測就是鋼鐵直男村長口中的烏木村。

眾人看著散落的屍首於心不忍，決定幫受難的村人埋葬。

珞與澄兒選了一間乾淨的房舍，操作餐點與晚上過夜的事宜，男人們開始忙碌於埋葬村人……

02

夜幕降臨，埋屍工作告一個段落，眾人簡單沖洗清理後，都癱坐到椅子床鋪上，一方面是累到吃不下餐點，一方面是腦海中揮之不去的屍首殘影。

辰紹原本癱在床上幾乎打起鼾來，倏地猛然睜開雙眼，飛身迅速掐滅燈火！

屺姜兩人見狀，也默契地關上房門與窗戶，兩女還沒反應過來，三男已經貼在牆邊空隙向外觀望。只見漆黑的室外，藉著月光隱隱看到一些緩緩移動的物事向這棟房屋靠近……

辰紹聚集眼力，發現那緩緩移動的物事，竟是那些還來不及埋葬的屍首！有些屍首或立或爬，皆朝著剛剛還燈火通明的屋舍靠近，眾人此時嚇得連呼吸都輕了。

禍不單行，遠處的山林中晃過一個巨大如小山般的黑影……

只見祂眼發紅光，散出陣陣濃重的黑霧。隨著周身的妖氣沾染，黑影過處周遭草木枯萎還燃起點點火星。眾行屍此時轉移方向開始聚集，朝那巨大黑影行去，而後對那山一般的黑影集體朝拜！

大家從未見過這種情況，綳緊了神經不敢發出一點聲響！

所幸那黑影漸漸遠去，眾屍也走得乾乾淨淨，眾人過了好久才長舒了一口氣。

珞抖著聲音問道：「那是什麼啊？」

澄兒緊捉辰紹的衣角，還沒從驚嚇中緩過來，辰紹撫著她的肩安慰，事實上自己也被嚇得不輕。

夏帝屺深呼吸了幾下，平復後緩緩開口：「若我沒猜錯，那應該就是太古屍妖始祖的旱妭。」

看著眾人不解的神情，夏帝屺續道：「這個時節總會看到祂的身影，這數百年中從無間斷……」

原來如此，眾人聞言點頭。那黑影散發出的巨大妖氣，讓同等的恐懼盤旋眾人心頭久久無法散去。

「要真遇上祂，我們怕也沒能力相抗！」姜奕翔說出眾人心中所想。

「以後可要小心點了……」沒了剛出發的銳氣，遇到旱妭之後，眾人體會到自己的渺小，警覺心與低調的重要。

金刀巫與其黑衣精銳輟著夏帝屺一行人的足跡，在高處遠遠就看到散著黑霧的巨大身影。即使距離這麼遙遠，那強大的妖氣，連這都被衝擊到！數個修為較差的黑衣眾，不受控制的倒下嘔吐。金刀巫移動身軀擋在黑衣眾前，黑衣眾情況才轉緩。他因有飛璜金刀巫力護身而無事，但為那人擔憂到心臟都快蹦到嗓子眼！

直至黑影慢慢遠去，才漸漸放下那懸著的心……

「少主啊！您這次下的賭注真的太大了！」可是他心中也清楚，他的少主為心中的理想，就是會如此堅定且義無反顧，這也是自己對他如此忠心不二的原因。

金刀巫專注地望向前方，沒注意到後方樹梢上一隻燕尾白鳥注視著他們。

第十章　臛疏尚軒

01

印持鏡使被關押在小木屋中，床榻上躺著紅紋龍刀巫祝姿瓏，斟伏凝視著沉睡中的她，對其他事物都視若無睹。

「斟大人，一切都已備妥。」一個黑衣人入室抱拳。

「好，走吧！」憂煩使他沒注意到峪垠門人的異常。

黑衣人押送峪垠門人進入後方數台牢車，黃衫女明湘早先已離開隊伍。印持姚宇逸愧疚地看著門人，赫然發現，琴使的大徒弟尚軒不在關押的門人中！

「對了，尚軒最在行的即是隱身與破解封印咒縛……」他默不作聲，知道這是絕望中的一個轉機。

眾人此時往另一條路出發。黑衣人走後又過了片刻，一個柱子上躍下一個俊秀的麻布灰衣少年，他的左耳上佩戴著精緻的長方形朧疏耳飾。

「師傅，不好了！」他唸著口訣，捏著手訣，周身漫出一股濃厚的煙霧。煙霧化去，一匹神態俊美的純白神駒出現在眼前，與眾不同的是此神駒額前長有一角。化為朧疏的尚軒往峪垠門方向飛奔而去，宛如一道流星……

次日清晨，辰紹一行人簡單洗漱，吃了早飯就想趕緊離開。出發前，紀辰紹遠遠地發現天空中一個白影，他伸手一指：「澄兒，那不是妳的玄潔嗎？」

「是我的玄潔，玄潔！」澄兒發出哨音，玄潔看向澄兒迅速下落。她飛到澄兒手上，激動地用頭蹭著澄兒的臉頰。澄兒也伸手撫著玄潔，開心地流下眼淚。

「妳去了哪？我還以為……」澄兒話才講到一半，玄潔猛然飛起嘰嘰喳喳繞著她。

「咦？什麼⁉」澄兒聽完面露驚懼之色。

辰紹趕忙問：「怎麼回事？」

澄兒瞪大眼緩緩回頭望著辰紹：「玄潔說……師傅跟大師傅都被黑衣人抓了！」

「什麼⁉」辰紹如遭雷擊，瞪大了雙眼！

「就……就在我們的小屋那……」澄兒顫抖地指向玄潔飛來的方向。紀辰紹二話不說飛奔而出，眾人也默契地尾隨辰紹往小屋飛奔前進。

才行到一半，辰紹忽然止步，他伸手攔住仍疾奔的同伴們，迅速架好弓箭，視線緊盯前方樹林蓊鬱處。眾人隨著他目光望去，姜屺兩人陸續皺眉，澄珞兩人則被護在身後。

只聽那樹林蓊鬱處傳來一陣陰惻惻的聲音：「好敏銳啊！」隨即一個身著黑麻布袍，渾身刺滿五顏六色咒紋的人走出。他身後跟著五個同樣裝束的黑袍人，唯有這領頭者的黑蛇皮覆面與其他人不同，閃動著奇特的光芒。

「土螻跟蠱雕是你們召來的？」夏帝屺開門見山地問。

黑袍人笑了一聲：「就是你們這些外來人殘殺我們的寵物，想就這樣走了嗎？」這些都是他好不容易養起來的啊！

辰紹一行人聞言皺眉，這些人竟然如此理直氣壯？想起一路上看到的慘況，不禁怒火中燒！

「你們的寵物殺了不少人啊！」夏帝屺冷冷回應。

此時周圍草叢樹林傳來異樣的響動，眾人皆有股進入圈套的危機感。

「人也狩獵，也吃其他的生命，怎麼我的寵物就不能吃人？」黑袍人不屑地回應：「更何況，人有時也吃人……」彷彿一切都是理所當然。

眾人一時語塞，雖明知是歪理，但的確也是不可否認的事實。

夏帝屺凝重地說道：「眾生為了生存，有時必須犧牲其他生命，在狩獵的同時，自己也有死去的覺悟，從不貪求殺生，而你們畜養的寵物，不惜吃人，吞噬遇到的所有生靈，難道只是為了生存嗎？」這次換對方語塞，不僅是為了夏帝屺這驚為天人的俊美容貌，亦為其話語的顛撲不破，他們的確有自己的目的。

紀辰紹趁對方一瞬間的破綻，迅速射出那已聚力的箭。黑袍人卻早有準備，他們四散逃開，卻不走遠，而是開始圍繞辰紹一眾。

紀辰紹本想覷準時機追加一箭，忽然發現似乎有什麼從身後勾住了自己的手臂，轉頭一看，勾住自己的竟然是一叢藤蔓！而且不知何時身後已被比人還高的芒草占滿，藤蔓與芒草像活了起來一般，再看身邊的同伴皆是同樣情況，連夏帝屺這種身法的人也已然中招！

「什麼時候黏在身上的!?」辰紹驚駭地想著，他竟一無所覺！

全身上下都被纏滿的辰紹一眾，感到一股厚實的拉力，雖苦苦支撐，但反抗之下，皮肉竟輕易被這原本脆弱的植物割開，現出一道道觸目驚心的傷痕！眾人終於支撐不住的被拉倒在地。

看到辰紹一眾被順利壓制，黑袍人這才走近，卻不是走向辰紹，而是俊美的夏帝屺，他掐著那俊美無雙的臉龐說道：「這個主人一定會喜歡的。」

夏帝屺感到滿滿的惡意，劇烈掙扎起來，身上因此又多了幾道傷痕。

那黑袍人連忙制止他：「嘿！別割壞了！」隨後從腰間取出一壺物事，湊到夏帝屺的鼻前。

夏帝屺即便不願意，但那壺裡衝出一股異味，不受控制地上游到腦海裡，瞬間奪去他的意識。

紹姜兩人見狀想阻止，卻被藤蔓植物死死纏住，根本無法動彈半分。

那領頭黑袍人站起身來，又看向珞澄兩女，搖了搖頭後皺眉道：「一個太小，一個不怎麼樣，但總還是女人，一起帶走吧。」

這是什麼汙辱性的態度與說話內容啊⁉珞氣壞了！要不是嘴巴被藤蔓纏得老緊，看她怎樣砲轟這可惡的傢伙！

但此時兩個黑袍人走來就要帶走兩女。聽這領頭黑袍人剛剛說的話沒點正經，可想而知兩女若落入這些人手裡，會有什麼樣的下場。

珞轉眼望向已被纏得像肉粽般的紹姜兩人，他們的處境只怕更危險。她急得眼淚都快流出來了！

兩個黑袍人拿出畫著咒紋的玉刀正要割開纏繞在兩女身上的藤蔓。靠著咒力生成的植物牢籠，必也得靠咒力消除，他們吟誦著聽不懂的咒語，隨後一刀劃下。

澄兒那個藤蔓順利割斷，可是珞這邊的黑袍人卻慘叫一聲！

領頭黑袍人訝異地望向這邊，只見抓著珞的那個黑袍人不可置信地望著自己的手！那剛剛還持著玉刀的手如同乾涸的泥土般正在持續崩落。

崩落蔓延到綑綁著自己的藤蔓上，珞使力一掙，藤蔓竟化為粉塵四散！
怎麼回事⁉珞驚駭地望著黑袍人，黑袍人也驚駭地望著自己，一時間都無人敢再有任何動作。
領頭黑袍人忽然抽出一把黑刃：「臭女人！使得什麼妖術⁉」就朝她揮來。
「你有資格說別人嗎⁉」她舉起手弩對準黑袍人一通亂射！
黑袍人慌忙閃避，但銀針像是活了過來一般，自動轉彎射向黑袍人，眾人驚駭下四處逃竄！
數個銀針竟不小心射到紀姜兩人身上，扎在藤蔓上的銀針像是火源般開始灼燒，藤蔓迅速化去。
黑袍人見大勢不妙，發了個訊號後瞬間退個乾淨。
珞瞪大眼盯著遠去的黑袍人，紹姜澄三人這時也震驚的盯著她，可是她自己也被嚇得不輕，根本搞不清楚是怎麼回事！
片刻後她也只好緩緩搖頭來回應三人的不敢置信，總之這個危機就這樣莫名其妙度過了。

手腕仍如粉塵般持續崩落的黑袍人，逃到一半實在支持不住倒下。領頭黑袍人見狀揮起那黑刃，將那斷腕處斬去！斷手落地，這才終於息止了那化塵的狀況。
「大哥，這是怎麼回事⁉」身旁的黑袍人驚魂未定地問。
領頭黑袍人站立原地，神色凝重緊盯著斷腕黑袍人，理順了呼吸才道：「主人說過，這種情況只會發生在那個族身上。」
其他黑袍人聽得疑惑：「什麼？」
領頭黑袍人狠瞪了眾人一眼：「你們忘了嗎？入山門時，必定得立下的誓言，那個族對我們而言可說是天敵啊！」

眾人靜默。

領頭黑袍人才又嘆了口氣說道：「先回山再說吧……死了這麼多寵物，還不知道主人會如何懲罰我們呢！」本想帶那個俊美無雙的人回去當贖罪祭品，現在……唉……

02

辰紹一眾等夏帝屺清醒後才又繼續趕路，但這毒物甚是厲害，看得出後者仍是那樣的虛弱。經過此事，辰紹對屺的疑慮可以說盡數消除。

終於趕到小屋，卻未見黑衣人的蹤影，更沒了烈山族峪垠門眾人的蹤影。辰紹捶著柱子，後悔晚這麼多天才來，原來師傅他們早就被抓了！澄兒則跌坐在地上，淚珠一滴滴滑落她粉嫩的臉龐。珞扶著澄兒的肩安慰著她。屺姜理解他倆人此刻的心情，各自走開找尋有沒有可用的事物或情報。

夏帝屺敏銳地發現車輪的痕跡，心中明白這是黑衣眾帶走烈山族的囚車，奇怪的是還有野獸往另一個方向奔跑的痕跡，這痕跡提高了他的警覺。

他呼喚：「紀兄弟，你來看！」

辰紹抹抹眼淚，衝到夏帝屺的身邊，珞也把澄兒扶了過來。

「這車輪印痕深，看似裝載了重物，且有數輛之多，或許就是他們離開的痕跡，而這獸足印我就不明白了……」夏帝屺提出自己的觀點，也不著痕跡地問起獸足印：「看起來這就是野獸的起始點，但牠從何而來？」沒有來時足印像是憑空出現似的。

辰紹眼神恢復光彩：「這應該是我的師弟尚軒，他擁有朧疏的血脈之力，能化形朧疏奔如疾風……這方向是往我峪垠門，一定是去找我二師傅求救！」隨後與澄兒對視。

「可是若是等你二師傅來，我們或許難以追尋你師傅？」這是個合理的疑問，夏帝屺望向辰紹，後者恢復理智思考。

辰紹深吸了一口氣：「我們可以順著車軌追尋，然後留下記號，等二師傅會合，再想辦法營救師傅他們。」這是個聰明且合理的解決方案，也是夏帝屺想要的答案，他順利地引導了慌亂的辰紹。

他點了點頭：「就這麼辦！」

見辰紹神情複雜地望著他，屺卻微微一笑已然會意，他走到辰紹的身旁：「我們已是兄弟，兄弟的事，自然也是我的事！」

眾人此時也一致動作。辰紹對他點了一下頭，眼中湧滿感謝。

不管是送夏帝屺回家，還是追尋被綁走的峪垠門人，最後的目的地都會是同一個！但現在多了個變數，峪垠門的二師傅太昊琴使——后梲弦。

隱身在周圍的樹林草叢，靠著玄潔並尋著車軌追查，總算跟上了被押送的烈山族。辰紹一行人遠遠跟蹤著黑衣眾們，見到那騎在馬上最麻煩的緣刀巫斟伏，更是不敢躁進。

「師傅……」兩人都難以壓抑心中的激動。

視線再往更遠的地方望去，遙遠的彼端有個巨大的山城堡壘，如果目的地是那，恐怕更難救出峪垠門人。眾人知道事態的嚴重，苦思解方。
「如果有方法可以接近囚車就好了，至少可以得知現在狀況，好擬定下一步計畫。」夏帝屺望向玄潔露出思考的模樣。
「澄兒的玄潔本來可用，但已在黑衣人前多次露了相，再去探查太危險！」辰紹壓下雜念冷靜思索，狀況的惡劣迫使他成長。眾人原地苦思，想不到一個有用的辦法，難道真的只能等？
珞深深吸了一口氣後說道：「讓我試試吧！」她難得主動開口。
「妳？」辰紹滿臉狐疑震驚。妳一個嫩包是能幹嘛？這句當然沒說出口，但表情已經夠嗆了！
珞氣呼呼回瞪：「你別小看我！」我可是強力後勤耶！
在眾人狐疑的眼光中，珞站到空曠處。她心中暗想：事關璿曜洞天的名聲，千萬不能砸了招牌！之前也順利人魚化型，應該沒問題的。
只見她唸著口訣手捏印訣，忽然周身爆出一團煙幕！眾人被嗆得揮手驅趕，煙幕散去。
「……」
「這是貛？」辰紹指著珞直白斷定。
「是貂吧？」澄兒皺眉盯著，盡量找個可愛的來猜。
屺靈光一閃：「有種異獸叫狐蒙！」
姜奕翔皺眉似乎毫無頭緒。
成功變身的珞，額角神奇的冒出能輕易辨識的青筋吼道：「是倉鼠啦！」

正值黑衣眾停靠休息的時間。有隻奇怪的倉鼠以類似警匪片的動作，左跳右閃，然後沿著草叢陰暗處前進。終於囚車就近在咫尺，但車旁四角都有黑衣眾守衛。等待片刻，守衛的黑衣眾被召去一旁飲水換班，她一個前滾翻竄到車底！捉住車底的橫槓，以體操姿勢翻身向上！

變身成倉鼠後身體輕盈多了～正當珞陶醉在自己俐落的身手時，沒發現到好多雙眼睛直盯著她！

看到有人張口就要尖叫，她趕忙用手勢比了個「噓」！

「咦？這隻獾有古怪⁉」峪垠某門人發現事情不單純，小聲地說。

你才怪！你全家都怪！珞腹誹。

「這隻貂似乎想告訴我們什麼？」另一個門人猜測。

貂你個頭！

「聽聞有種異獸叫狐蒙。」一個看來見多識廣的門人瞇眼緊盯。

「……」

「我是紀辰紹的同伴，我是來救你們的啦！」她雙拳緊握，額冒青筋吼道！

還好身形太小，聲音也小，但引來了一些敏銳黑衣人的側目，她趕忙捂上嘴！

「紹兒⁉」一個白髮蒼蒼的老者猛然回頭！

姚宇逸失去了神器的庇護，蒼老不少，他伸出顫巍巍的手：「紹兒他沒事嗎？」

珞從門人腳下竄過，跑到老者身邊：「您就是紀辰紹的師傅嗎？」

「是！我是！紹兒他沒事嗎？」他眼角含淚，又問了一次。

「是……紀辰紹跟澄兒都沒事，我們就跟在後方，等待時機將你們救出來，你們有個叫尚軒的門人已經回去求救了，想必不久就會有救兵來到，請各位打起精神準備好，見機行事！萬事小心！」

老者點頭：「好，你們也小心……謝謝妳，小狐狸。」他慈愛地說著還撫了撫她的頭。

珞此刻已無語凝噎。

這時一個黑衣人將要巡到這邊，眾門人趕忙用腿遮住珞的身影。待巡邏的黑衣人遠去後，珞跑到車沿準備離開。

她彈了下前額的頭髮：「其實我是倉鼠喔……」離去前帥氣地留下這句話，體操動作翻身向下的同時，她瞥到一個披掛黑袍身穿黃衫，腰掛雙劍的突兀身影，混在黑衣人中。

「黃衫？雙劍？是明湘！」辰紹激動地握拳一捶！一旁的澄兒全身顫抖不敢相信。

「大家先別慌，或許有什麼地方我們還沒搞清楚？」夏帝屺安撫眾人。

玄潔卻在旁嘰嘰喳喳，聽得澄兒淚珠都滴了下來：「是真的……明湘師姊拿走了師傅的鏡子跟大師傅的靈印……」隨即掩面痛哭。恢復人身的珞趕忙扶著她的肩安慰。

聽到這個訊息，辰紹緊握著拳頭渾身僵硬，這樣營救又更加困難了！自小打到大，從沒贏過明湘的辰紹忍不住覺得壓力巨大。接下來的幾天黑衣人警戒加強，眾人根本無從下手。可車隊越來越接近山城了，今天可能是最後的機會！

所幸夜幕降臨，車隊已在路旁紮營，辰紹壓下雜念，腦海飛速轉動。他看了看深夜漆黑的天空……

黑衣人！蒙面！

他轉身望向姜屺兩人：「我們下個大賭注吧!?」兩人愣了一會，瞬間會意。

03

黑衣人受不住數日的疲累而沉沉睡去，即便是夜巡的守衛，也呵欠連連。他們沒注意到一隻奇怪的倉鼠，以警匪動作片的俐落姿勢，口叼散著煙霧的物事跑過，最後還扔到黑衣眾酣睡處。

煙霧繚繞後，眾人睡得更沉了……

幾個睡在較遠處的黑衣人，被不知什麼東西拍醒，睡眼惺忪地起身要小解，先後獨自來到草叢。片刻後，三個身著黑衣覆面的人從草叢依次竄出，四處走動。

又過了一會，後方不遠處似有野獸奔跑嚎叫的聲響，引得巡邏守衛前去查看。

那隻奇怪的倉鼠忽然體操動作翻身向上，登上囚車後用尾巴拍醒其中一個門人。

「咦？這不是那天早上那隻奇怪的獾嗎？」他邊說邊拍醒其他同伴。

「笨蛋！人家明明說她是倉鼠，雖然長得很像貂……」其中一個門人小聲駁斥。

珞翻了一個華麗的白眼！忍住怒氣，指指遠方，隨後體操動作下車，迅速往剛剛指的方向跑遠。

那三個黑衣人確認車內的門人都醒了，兩個四處張望把守，一個靠近囚車。離囚車不過數步，見囚車內的人忽然臉現驚異之色，裝扮成黑衣人的紀辰紹正感到不妙時，一把寒氣森森的劍已抵在他的脖間！

「你想幹嘛？」後方傳來清脆的女聲，微微回瞥，竟是明湘！她一直在暗處監視著囚車？

另外兩名把風的黑衣人見狀瞬間隱去身影！

辰紹喬裝的黑衣人轉身彎腰，對明湘作揖怪聲怪氣的大聲回道：「屬下見守衛離開崗位，特來看看有無異樣！」測試迷煙有多大功效，發現黑衣眾仍熟睡不起，他腦海閃過數條可能的應變之策。

明湘微微瞇眼：「喔？山落月下水無痕？」

辰紹心中明白這是暗語，一下子急得冷汗直冒，正在考慮是否要發難，但又怕引出綠刀巫。

「龍琗狼嘯。」陰惻惻的聲音忽然飄了出來，明湘與辰紹同時轉頭望向發聲處！

「斟大人？」為什麼斟伏會代替這個可疑的黑衣人說出暗語？

「夜深了！你們說話的聲音太大，吵到我和瓏妹了。明湘，妳來幫我看著瓏妹。」斟伏隨即轉身離去。明湘不得已，瞪了眼彎腰作揖的紀辰紹跟隨而去。

確認都沒人了之後，冷汗都還在冒的辰紹按照計畫，開鎖讓眾人依次逃出。隨後掏出珞給的紙人扔在車內，紙人落地時，瞬間像氣球般膨脹！黑暗中看不出端倪，一個人都沒少。

計畫完成，他使了個手勢，遠處待命的同伴各自遁去。

紀辰紹回奔時不得不承認，那個嫩包女有時還挺管用的。

金刀巫與黑衣精銳們遠遠看著這一切。

「姚大人……」其中一人忍不住發問。

舉手制止，眼光飄到身後那隻通身潔白的燕尾鳥，隨即將目光收回，姚君堂手指向遠方。

即便這麼遙遠，也看到遠處山頭那緩緩靠近的巨大黑霧，他笑了起來：「他們沒得選擇，風暴要來了！」一切都在少主的掌握之中！

隨後他領著眾人往另一條路行去，樹梢上的瑾微微皺了下眉頭。

第十一章　姒夏山城

01

天邊曙光初露，被救出的男女門人圍繞在珞的身邊。

「謝謝妳！倉鼠姑娘！」「倉鼠姐姐，有妳真好！」「倉鼠妹妹，妳真牛X！」

珞開始後悔自己幹嘛變倉鼠？變個美一點的東西，現在稱號就不一樣了！雖然她也只會變倉鼠……珞無言地任由被救出的門人拉扯，有些甚至還熱情的擁抱上來！但馬上被姜奕翔拉開，然後他板著臉擋在珞的身前，眾人知趣地換去環繞紹澄兩人。

這時夏帝屺才從草叢步履蹣跚地竄出。

「你怎麼這麼久？」辰紹看著全身上下都髒兮兮的他，忍不住皺眉詢問。

「不小心跌坑裡，還歪了腳，差點被發現，所以晚了點……」他苦笑。

眾人知道他也是救援的同伴後，立馬上前圍住他，無視他滿身的髒汙。

「師傅，三師傅，你們沒事太好了！」辰紹跪在姚宇逸身前，可是師傅只是微微笑著並不回答。

「師傅？」辰紹又喚了一次，姚宇逸仍然只是呆滯的微笑。

「三師傅？」他望向三師傅，鏡使也一樣。

眾人察覺不對勁，都安靜下來。

「師傅！三師傅！你們怎麼了？」辰紹搖晃著兩人的肩。

太陽此時完全出來了，陽光照射到眾人身上，印持鏡使的身體忽然像蠟燭一般開始融化！眾人震驚地望著這幕。

「這是怎麼回事？」紀辰紹抓著師傅的衣角回頭向其他門人問道。

「我……我也不知道啊！」門人也慌了，眾人面面相覷。

「這樣一想才覺得奇怪……」其中一個門人回憶：「師傅們夜晚時被帶到帳篷裡，一會出來後就全不言語了！還以為師傅們被為難，心中難過，我們也不敢再問，想來應該是那時就被調換了。」

紀辰紹虛脫地跪坐，對方處處比自己棋高一著！好像動作都在他們掌握中一樣，他難受地猛捶地面！這麼大的挫敗感不是最重點，師傅還在他們手裡！

眾人不知該如何安慰他，只能默然以對。

這時夏帝屺望向天邊，他皺眉說著：「情況不對！」眾人隨他目光望去，烏雲湧現。

「有什麼要來了？」一個門人呼道。

風捲雲動！天氣陰得很快，才剛出現的陽光現在已被遮蔽，狂風來得如此突然！

「你們看！」其中一個門人指向遠方的黑衣眾。只見黑衣眾們棄下囚車，加快腳步往山城疾行，眾人見狀心中都大感不妙！

「紀大哥，玄潔說有個巨大的黑霧在風暴裡漸漸靠近了！」澄兒大叫。

紀姜珞屺四人面面相覷，腦海裡浮現在黑木村晃悠的旱魃身影！

「快走！往山城去！」要保住同伴的生命，又不能放棄解救師傅的機會！

紀辰紹領著眾人向山城疾行。忽然一道閃電劃過天際，劈開了黑暗！一隻異獸飛身擋在眾人眼前。辰紹功聚雙目驚呼道：「二師傅！」

朧疏尚軒背上的正是琴使后柷弦……

終於來到山城邊，但城門已經緊閉。遠處暴風中黑影慢慢靠近，已到肉眼可見的程度！暴風混雜著黑霧，被掃過的地方樹葉枯萎，還似被火灼燒一般。

眾人如熱鍋上的螞蟻急得不知所措，所幸夏帝屺領著眾人找到一個乾涸的水道，眾人連忙順著水道潛入城內，暫時避開了被黑炎焚燒的恐懼。

城內廣場早擠滿了避災的男女老少，環境惡劣！孩子們飢餓與害怕的哭泣，流淚驚懼還要安慰孩子的父母，顫抖且默然無語的老人們，趁火打劫的惡人們！即便有原本守城的正規軍，但數量遠遠不夠，救了東方，西方失火，疲於奔命！

眾人被這景象惹得心情沉重，找個角落聚在一起戒備著。而讓他們震驚的是，入城後的黑衣人脫去面罩，化為守護秩序的正規軍一員，關押抓捕惹事的惡人，分配發送物資等等。

此時的他們，每個都像鄰家大哥一般，面罩下的他們或是年輕稚嫩，或是中年沉穩，和自己或自己的家人又有什麼不同？峪垠門人默然看著這一幕，心中百感交集。

暴風呼嘯聲更大！引得眾人尖叫，孩子們的哭聲充斥山城內。這風暴竟沒半滴雨水，反而帶來陣陣的高溫與灼燒感！

「你們看！」其中一個門人指向高處。

順眼望去，只見一隻狂風中被吹得身不由己的鳥兒，碰到黑霧焚風時，瞬間被灼燒化為灰燼！眾人面面相覷。

此時遠處的綠紋狼嘯刀巫斟伏登上高樓，身後跟隨數位黑袍巫覡，依照六丁六甲陣行分別站定，祭起了手中的綠紋巫刀並數位巫覡共同發力，瞬間綠紋刀放出波動，城好像被個看不見的牆保護著，黑焚風再也吹不進城。

形勢更加嚴峻，帶著焚風與黑霧的旱魃此時已來到城邊，祂伸出長著利爪的手往城壓下，但卻像觸電般瞬間彈開！如此數次失敗，使祂憤怒起來！祂怒吼一聲，黑焚風更甚！夾著狂風傳出哭號尖嘯，無法形容的恐怖！

再一爪拍下！

高塔上的斟伏首當其衝地吐出一口血，周圍的黑袍巫覡卻已承受不住，依次倒下。祂見狀發出令人驚懼的笑聲，再聚力一爪拍下！爪子離人群更近了！眾人開始哭泣相擁。

「要是三巫齊備……」勉強站定在高塔上苦撐著的斟伏，忍不住遺憾地想著。

飛在風暴之上的燕尾白鳥，看著這一切：「旱魃？這不容易啊！」瑾很清楚，自己在旱魃面前也只是個孩子罷了。

看著即將被破的山城，哭喊的人們……

「總不能不管啊……試試看啦！」這樣想著的她衝到雲霄之上，這邊沒有烏雲，是一片光明，她伸展羽翼至極限，盡情吸收陽光的力量。

「最後一下了！」斟伏終於承受不住失去意識倒下。護城罩散去，黑焚風吹入，燒毀了高處的屋頂旗幟，塔尖瞬間已被燒得焦黑。眾人在雜物與火焰落下中驚叫哭喊！一雙雙伸向高塔的手，此刻看起來是這麼渴望得到救贖！

峪垠門人被這一幕深深震撼住了，但他們又能為這些困苦的人們做些什麼呢？斟伏倒下的同時，夏帝屺忍不住站起身來，雙拳緊握似乎正要衝上前。

這時遠方傳來一聲鳥鳴，吸引了眾人的注意，也吸引了旱妭的注意。一隻燕尾白鳥俯衝而下，在旱妭無法觸及處停住，揮動雙翼間體型瞬間放大，幾乎與旱妭比肩！隨後白芒暴射，挾著強大的靈力，宛如一個太陽！

旱妭見光摀住雙眼，全身被這股靈能灼燒，尖叫著轉身就逃！

白鳥沒持續太久，旱妭轉身奔逃時，她也變回原本的大小，光芒瞬間黯淡，在眾人驚異的注視中，往反方向飛去。

珞看著白鳥，怎麼有這麼熟悉的感覺？她腦海裡不自禁的浮現了瑾的身影，夢囈般脫口而出：「師傅？」而身旁的夏帝屺意味深長地望了她一眼……

數十里外的靛衣神人輕呼：「是她！」

瑾釋放的靈能衝擊到數十里外，被這神人敏銳察覺。俊美無雙的嘴角融冰般畫上些許笑意，領著靛衣門人追尋而去！

02

黑焚風終於止息，但空中烏雲受旱魃妖力吸引而久久不散。

眾巫覡被送去休息，人民劫後餘生，互相整理照顧。烈山族的峪垠門人也自動自發地加入幫忙的行列，眾人皆靜默無語。

「旱魃到底是什麼來由？這麼厲害？」珞邊搬開雜亂的木頭，忍不住小聲問身旁也捧著雜物的澄兒。

澄兒思索了一下：「澄兒記得小時候師傅說過，旱魃是一個太古時期帶著灼燒烈焰的魔女……其他的記不清呢！」

「其實她原本是天界的天女喔！」旁邊搬運雜物的屺補上。

「咦？真的？那又怎麼會變得這麼恐怖呢？」珞驚訝問道。

「旱魃，原名女魃，為天帝女，天生帶有異能，擁有使喚火焰熱能的力量。」屺解說。

「這種力量如果好好待在天上，倒也沒什麼傷害。」辰紹很明顯地又偷聽他們說話，路過時補了一句。

「那她怎麼會出現在這呢？」珞搬起剩下的雜物，動作慢了很多。

「她是被黃帝請下凡塵打仗的……」屺仰首擦汗，順便解說。

辰紹路過補上：「黃帝打贏勝仗，戰爭結束後就回到天上，但女魃力盡又受到詛咒，便再也無法回去。」

「那個黃帝能回去，幹嘛不帶女妭回到天上啊？」澄兒不滿問道。

「就是啊！這麼渣！」珞忍不住怒噴！

「渣？」夏帝屺笑盯了珞一眼。

「因為無法破除那個詛咒阿……」紀辰紹又補了一句。

「回不去天上的女妭終日哭泣，被天族放逐，又因天生的異能灼燒萬物，成為人民唾罵詛咒的對象……」夏帝屺直了直他痠疼的腰。

「啊？」兩女同聲。

「因此被幫助過的黃帝下令驅逐，祂最終孤獨而死。」辰紹很愛插嘴。

珞皺眉忍不住脫口而出：「那個女妭……也太可憐了！」

「就是啊！被自己曾幫助過的人們唾罵，還被同伴趕走，要是澄兒一定會很傷心的！」澄兒也哽咽。

「所以女妭漸漸生出怨念，又承載太多人的詛咒，走不出這個苦悶的迴圈，終於化身成為眾屍之祖旱妭。」辰紹靠著柱子休息。

「澄兒……真的覺得天女妭好可憐啊！」澄兒憂傷地看著辰紹，後者嘆了一口氣。

夏帝屺輕輕地說：「這世道本來就是如此無奈，太多人只顧自己利益，尤其面臨生存危機或目的達成後，馬上將幫助自己的人棄之如敝屣，本性暴露無遺。」彷彿這種事情他早看慣了。

但兩女只是呆呆望著他，無法體會或是根本不想體會。

「只是雖然祂孤獨而死，但死時的女拔已是大能的神靈，死後精魄不散，總能再度化身。」夏帝屺露出困擾的神情。

「化身？」珞問道。

「即是憑藉著那不滅的精魄，附身到任一靈物上，繼續完成自己想做的事。」辰紹回答。

姜奕翔望了辰紹一眼，其實他也想聽下去。

「然後啊……」辰紹會意還想補上。

這時城門邊的雜物被搬空了，守城的軍人就要開啟城門放歸村民。擁有靈敏聽覺的紀姜兩人，聽到門外隱隱傳來眾多物事蠕動的聲音，想起了烏木村眾屍朝拜的景象！

糟！他們伸手制止！

「不可以開門！」

但為時已晚……

金刀巫一眾在地道中飛奔，他得趕在前頭安排好一切，完成少主的交託！

上方的情況危急，只有斟伏一人，不知他是否能扛得住？

「姚大人，就是這了！」前頭的黑衣人停下，姚君堂點了點頭，他按照順序破解機關，厚重的門開啟。眾人舉步進入，這是一個小石室，牆上鑲著的明珠發出瑩瑩綠光，兩個人影坐在石桌前。姚君堂命人點亮火盤，火光照射出他的父親姚宇逸，與鏡使昆淨宜。兩人直勾勾的盯著眼前的人，眼中滿是哀傷。

黑衣人在身旁奔走著，為等等會發生的事做準備。而姚君堂將兩團咒紋包裹的物件置於石桌上，然後坐下，靜靜的等待……

第十二章　眾屍圍城

01

無數黑影湧入，開門的守軍慘叫著淹沒在黑影中！本來還在搬運物事的群眾已尖叫著逃開。

旱魃本來在周圍晃悠，不知不覺吸引了眾多死去的屍體，有些已潰爛不成人形，有些殘缺不全。這些屍體受旱魃妖力影響隨祂而行，本來只是追隨朝拜著旱魃，由於旱魃被擊敗後迅速遁去，眾屍忽然失去了朝拜跟隨的對象，又見到活物，被那些聲音與鮮活的生命力引去，才在這越集結越多。

五人中，紀姜兩人反應最快，一個揮鞭一個彎弓，擊退衝上前的行屍們！屺珞澄三人後發補上，形成小範圍合圍之勢，但實在杯水車薪。這時其他烈山眾與守軍才反應過來，加入戰局。

「快把門關起來！」紀辰紹喊道。即便使出渾身解數，拼命抵禦！但行屍如潮水般湧入，如何能擋？

今天是什麼日子啊!?眾人看著湧入的屍群，都有一種末日降臨的感覺！正直呼我命休矣，一陣優美的琴聲不合時宜地傳來。

琴音飄散之處，行屍們像是醉酒了一般，在原地搖晃，再不前行。

「軒兒！紹兒！快！」彈琴的后梲弦提醒眾人。

峪垠門一眾知道這是二師傅使出太昊琴驅邪的能力，趕緊加快速度清除已入城門的行屍，山城守軍與烈山眾同心協力，片刻後終於成功把門關上。

琴音不絕，眾人收拾門內剩餘的行屍省力多了。

「這就是太昊琴的厲害？」夏帝屺驚奇的直盯著琴使，語氣中有些欣喜。身旁的珞奇怪地望了他一眼。

眾人放倒了最後一隻行屍，皆已疲累不堪癱地而坐，暫時不會有問題了……

這時琴音才終於止息，琴使立起身來，將目光投向尚軒與辰紹。兩人會意，知道二師傅因彈琴驅邪已暴露了身分，便向同伴使了個眼色。

趁守軍因疲累癱倒，群眾還驚魂未定，山城方沒發現異常前，一溜煙地又消失了！

瑾巫力告竭恢復人型，還好還夠力飛到遠處樹林裡。她迅速從次元袋抽出一匹雪白的斗篷，材質如同那個俊美無雙的靛衣神人般隱隱生光。

「徒兒啊，在師傅醒來前，妳可得靠妳自己了……」她一抖將披風完全覆蓋，枝頭上再沒有任何人影。閉上眼睛，腦海裡卻浮現那個俊美無雙的靛衣神人。

「這時候要是有他在就好了……」她這樣想著隨後沉沉睡去。

此刻只剩下明月當空，微風輕撫。

烈山眾峪垠門人又潛入地道。

「你可以稱得上地道大王了。」攀爬中，辰紹忍不住誇讚夏帝屺！

「真的找地道專業！」珞真心地補上，澄兒在身後拼命點頭表示+1。

「這時候還挺可靠的……」平常沉默寡言的姜奕翔難得說好話。

爬在最前面的屺苦笑：「只是多了點細心罷了。」

終於出了地道來到比較大的匯集處，眾人直起身子，都長長的伸了幾個懶腰。雖然暫時躲避了守城軍，但接下來該何去何從呢？

「師傅還在這裡，我一定要找到他！」辰紹神態堅決！

其他門人卻開始有不同意見了，嘰嘰喳喳吵成一團。

「這是對方的地盤，我們拿什麼去救？」

「救了之後我們怎麼躲過守軍，還同時突破屍群圍城呢？」

「好了！」琴使忍不住喝止出聲，頓了頓又忽然洩氣的說道：「孩子們，都怪師傅太無能，現在累得你們也受這樣的罪。」眾人聽到這句反而都靜默了。

琴使長嘆一口氣說道：「他們是我的師兄妹，我也留下來救他們。」轉向夏帝屺續道：「孩子，你可以幫我把峪垠門安全的帶出城嗎？」

屺聞言卻毫不猶豫地回答：「紀兄弟是我的兄弟，他要救他的師傅，我一定相陪到底！」神情像個任性的孩子。眾人注視著他，即便身上沾滿髒汙，但這樣的他瞬間散發著神聖的光芒！幾個剛剛爭吵的門人這時都紅了紅臉。

紀辰紹此時默默走了過來，眼神炙熱地望了他片刻，忽然將他用力擁入懷裡！

熱淚盈眶地喊了聲：「兄弟！」

屺垂下眼簾拍了拍辰紹的背，在他耳邊輕輕說：「講就好了，真的抱起來就太噁心了……」

沒了剛剛的分歧，眾人只剩同心協力，終於找到外面的路了！

辰紹使個眼色，還穿著黑衣人制服的三人竄出，找到衣帽間，讓烈山眾都換上。

觀察了一下狀況，這是遠離城門，內庭宮殿的外部。可能主力都放在城門廣場，這邊守衛稀疏，但對辰紹一眾來說卻是機不可失！雖然全數換裝了，但這邊無法覆面，眾人小心翼翼。

辰紹叮囑姜奕翔：「你尤其要特別小心，看到人你就躲啊！」

當然，峪垠門人中只有他與澄兒，或許那個嫩包女也知道他黑衣領頭人的身分，可是這裡認識姜奕翔的人可能比比皆是！姜奕翔「嗯」了一聲，而後方的夏帝屺靜靜看著。

至於峪垠門人要小心的自然是明湘，可是山城這麼大，該從何處找到印持鏡使的關押處呢？

紀辰紹觀察後將眾人編制成守軍的組隊，分了兩批，將容易暴露的姜奕翔、澄兒、珞與琴使留下。自己則與十幾個門人一組，機靈聰明的屺與其他門人一組開始行動。

辰紹一組四處查探，遠遠的看到黃衫雙劍的明湘坐在高亭中仰望星空。

這麼巧！

「現在她是唯一希望了！」辰紹抱著賭一把的心情，四周張望，待到無人後，領著門人裝作巡邏行軍靠近。

才剛安頓好龍琗刀巫想歇息片刻的明湘聽到腳步聲，她皺了皺眉，怎麼會巡邏到這了？正奇怪地回頭，一道黑影已從另一端罩在頭上！連呼救都還來不及，她雙手馬上被制住，片刻間就被拖到一個荒僻的地方。

此時她雙手已被反綁，正掙扎中布袋已被摘掉，一把小刀順勢抵上她的咽喉！

看清面容後她呼道：「是你們⁉」明湘瞪著以辰紹為首的峪垠門人。
辰紹壓緊抵在她脖上的小刀：「對！就是我們！可別亂嚷嚷！」
眾人此刻對她的怨懟到達將要爆發的邊緣！
紀辰紹用種流氓眼神，把明湘從頭到腳掃過一遍：「明湘師姐，有件事我們要麻煩妳……」說完眾人嘿嘿奸笑，而那猥瑣的模樣讓明湘倒抽了一口涼氣！

在暗中等待的姜奕翔四人險險避過數波巡邏的守衛，他知道再這樣下去不行。
「跟我來！」說著就領著兩女與琴使往暗處行去，心中疑惑地發現，自己對這怎麼這樣熟悉？不！不只是感覺！而是真的熟⁉他憑著直覺找到個隱密的門，帶著兩女與琴使藏了進去。門內是個往下的通道，避開了所有死路……他發現自己竟然知道路是怎麼走的！
終於來到個明亮的空間，光線是用機關巧妙折射的。這裡通風也相當良好，他環顧四週，一個石桌，兩個石凳，邊邊堆了個石床，幾個簡單的生活用具擺設。石室角落有個大洞，透過洞口望去是地下水脈，伸手就可以觸碰到，乾淨的水湍湍流著。
地面有個不易發覺的陣紋，這陣紋在眾人入室後就開始迸發了靈能震動。
澄兒服侍二師傅在石床坐下。姜奕翔則拿起石桌上的茶杯，熟悉的感覺越來越濃……這邊是安全的。「放心在這邊待著吧……沒人會下來……」他夢囈般說出這句話。
為什麼會這麼篤定？
「因為這邊是兩個人的祕密基地啊！」腦海裡閃出這句話，各種影像湧入姜奕翔腦海內。

誰在說話？一個是他，另一個是誰？那個身影好像蒙上重重濃霧……

「姜大哥？你還好嗎？」珞關心地湊近，發現他的眼神雖注視著前方，卻彷彿穿透到另一個空間。

腳下湧上一股熱能，姜奕翔望向珞，只見珞的臉漸漸幻化成另一個人的臉——一個俊美無雙的孩子，長黑髮如瀑布般傾瀉，清澈的雙眸射出擔憂的神色。他的耳上戴著龍形耳飾，胸口掛著一塊不起眼的石頭，用那好聽又充滿魔力的聲音問他：「你還好嗎？」

他忍不住咬牙捧頭！雙肩上的赤蛟護衣與地面的陣紋共鳴，陣陣熱浪湧上……

02

眾人跟隨明湘前進。

辰紹的小刀緊緊貼著她的側腹，他不准明湘多說一句話，怕她用暗語跟巡邏侍衛們溝通。順利穿過眾侍衛，人煙越來越稀少，只剩少數侍女經過。

九彎十八拐後，越過一個穿堂，來到一個空曠中粗石堆疊而成的小塔，塔前立著四守衛。明湘經過時與守衛眼神交換，辰紹察覺有異，但對方卻未加任何阻攔。

石塔中央有個往下的地道，明湘率先進入。辰紹暗忖，這女人不是想玩什麼花樣吧？

他忘不了自己跟明湘下棋、鬥劍從未贏過，實是因為對方機靈聰敏還勝自己一籌！但已經到了這節骨眼，只能硬著頭皮下去。

進入地道後又走了許久，氣氛凝滯，終於來到一個岩洞，這裡空氣卻比走道流通。岩洞左右側鑲嵌著螢光石，不遠處傳來陣陣水流聲，地下水道就在附近。

岩洞盡頭有個巨門，比人高了三倍多，巨門上刻著無數太古符紋，上面還用鎖鍊環環纏繞，鎖鏈上也布滿符紋。

「師傅就關在這？」側腹的刀威脅性地貼近了些。

明湘一臉冷靜，不耐煩地回著：「你怎麼不上前問問呢？」從神情上實在看不出端倪！

紀辰紹將明湘交給門人，隨即上到門前：「師傅？」

半晌沒有回應。

他又衝回明湘跟前怒道：「妳要我是不是⁉師傅到底是不是關在裡面？」

「門這麼厚，你叫他們也聽不到啊！」明湘一臉鄙視。

他怒問：「怎麼開門？」

她回瞪：「鑰匙怎是我拿得到的？」又挑釁地瞥了眼辰紹道：「你若有辦法就劈開鎖鏈啊！」

門人開始小聲討論，該劈不該劈，是不是圈套之類的。辰紹則定定地望著明湘，深深吸了一口氣。

「姜大哥⁉」耳邊傳來珞與澄兒著急的叫喚，姜奕翔總算恢復靈識。

「我……我剛怎麼了？」他只覺得有無數畫面印入腦海裡，但現在又記不清剛剛看到了什麼，他望向擔憂的兩女。

「你剛剛捧著頭，一直露著痛苦的表情！」珞擔憂地說。

因為擔心她又問了句：「你還好嗎？」這幾個字像是有魔力般，姜奕翔忽然又睜大雙眼直勾勾瞪著路……下一秒他的手猝不及防的掐住珞的脖子！

雙肩上的赤蛟護衣與陣紋共鳴更甚，冒出的不只是熱氣，還隨著併發了火焰。

珞不敢置信地望著他！那個眼神！和初次來到此世的那天月夜下，冷峻的眼神一模一樣！

「透不過氣了！」她難受地閉上眼，拍打著往如鐵鉗般掐住她脖子的手。

二師傅趕忙擺定太昊琴彈出一琴音，琴音擾亂了赤蛟與地紋陣的共鳴，姜奕翔忽然捧頭暈眩，但只晃動兩下又站住了，手仍牢牢箝住珞的脖頸。

澄兒抓著掐著珞的那隻手想要阻止，誰知那隻手如鋼鐵般堅硬，竟然紋絲不動！

二師傅這次連續彈了數音，再次擾亂了共鳴，這次震得姜奕翔後退了幾步，腦裡嗡嗡作響。他一時間動作不得，但仍無鬆手的跡象。

澄兒懷中的玄潔見狀衝了出來，飛到姜奕翔的臉旁用翅膀亂扇！澄兒趁機用身體用力一撞，姜奕翔被撞飛，手中的珞終於也被拋到另外一邊！

「不能讓他再站起來！」顧不得驚動侍衛，看到姜奕翔又要爬起來，二師傅這時放開手彈奏！姜奕翔彷彿被隻無形的手壓制一般，瞬間動作不得。

聽到腳步聲往這邊來，知道自己剛剛的琴音驚動了守衛們，二師傅彈奏間對兩女呼道：「妳們快走！」

澄兒咬了咬唇，趁姜奕翔還沒站起來前，扶著珞跳入地下河道中遁去。

不能讓這女人拿到她的劍！不然早叫她去劈了！

辰紹恨恨地盯著明湘，從小打到大，他深知明湘雙劍的厲害。明湘胸有成竹地回望，似乎已經猜到他的顧慮。

只能自己上！他咬牙……是的！這也在明湘的預料之內，辰紹的個性不會讓同伴冒險。

「你們看好她！」他邊說邊拿著明湘的劍走向這厚重的門。

明湘垂下眼簾微微笑著，你還是如以前一般，是個好孩子。

紀辰紹聚力，左蹬右跳後從高空旋轉劈下！劍應聲斷裂，但鎖鏈半點動靜都沒。眾人靜默片刻，這時洞穴地面開始劇烈的上下晃動！明湘趁眾人驚慌時，撞開拿住她的門人，迅速躍進地下水道中。

「觸動機關了！大家快走！」辰紹彎弓，替眾人殿後。同伴盡皆跳入水中遁去，辰紹在入水前，看到四尊高大的土俑從地面升起，有道直覺的念頭閃出：「還好在他們完全甦醒前完成水遁……」

兩女吃了不少水倒在地上咳嗽，珞虛弱爬起，扶起了澄兒。澄兒緩過來後忍不住哭泣起來，玄潔與二師傅沒跟上，他們為了讓兩女逃走，所以犧牲自己去拖住姜奕翔。

「姜大哥……」珞也很難過。想到玄潔與二師傅救了自己，現下不知處境如何？能從那樣的姜奕翔手下存活嗎？她強打起精神，四處張望。

這是個奇怪的石室，牆上鑲嵌著發出螢光的寶石，每個都有合抱這麼大，但自己身處的潭水中央石台，沒有任何燈光照得進來，異常幽黑！石台中央有個四面雕刻精緻，墨玉製成的祭壇。

珞感到全身難受，這邊給她的感覺怎麼這樣不舒服？

兩人互相扶持，穿過紅木搭成的拱橋往外走去。不舒服的感覺太重，兩人加快了點速度，忽然聽到後方祭壇隱隱傳來水聲並鎖鏈聲！

往回望，黑暗中走出的是全身還滴著水，眼神冰冷的姜奕翔，他手中持著的是發出陣陣紅焰的赤蛟閻炎鞭。珞將澄兒護在身後，將瑢曜洞天的手弩對準他，全身都在發抖。

他越走越近了！射啊！射啊！珞的理智告訴她必須這樣做，但情感上實在無法辦到。

恐懼中參雜著不捨……讓她遲疑太久了……她看著接近中的姜奕翔，咬了咬牙，正要發動手弩！

一隻琢玉修長的手，從黑暗的身後伸出，搭在了姜奕翔肩上，他也停止了前進。

「奕翔……你回來了。」這把好聽的聲音是那樣熟悉。姜奕翔微微側身讓開，終於看清了那個人。

兩女震驚下還沒來得及發聲，那人化成了一道黑影，向兩女疾衝而來！

對了！他的身法跟瑾一樣快！這念頭閃過，只覺眼前一黑，兩女已失去了意識。

倒下的兩女身前，是宛如天神一般挺立的夏帝屺。

這時的姜奕翔，忽然捧著胸痛苦的彎下腰！

他回首皺眉問道：「奕翔，你怎麼了？」

姜奕翔搖搖頭說不出話，胸前彷彿有道火焰熊熊燃燒，那無任何痛楚的灼燒，此刻達到了極致。

眾人緊追在明湘身後，知道要逃出去，跟著她是一線生機！雙手被縛的明湘仍如游魚般迅捷，她的身影漸漸消失在前方。

「自己真的從小到大都沒贏過她啊！」辰紹帶著不甘加快了速度，眼見她上了岸，終於到了盡頭？我就不信我真的樣樣都輸妳！

他奮不顧身地衝了上去，終於上了岸，明湘已倚在數尺外的門前等他……

「她幹嘛不逃？」詭異的情況讓辰紹皺眉愣在當下。

眾門人此時陸續上了岸，辰紹驚覺：「誰幫她解開的手繩？」卻見明湘忽然拍動牆上的圖騰！

紀辰紹轉身對同伴喝道：「快走！」想再跳進河道水遁，可是身後的河道竟然已經消失了，取而代之的是一堵牆，然後室內煙霧瀰漫。

明湘捂著口鼻閃身出門並關上了它，眾人拍打想破門，但漸漸都沒了力氣，片刻後咳嗽聲消失，眾人倒了一地。

第十三章　姒夏的少主

01

烈山眾全數被擒。

不知過了多久，紹、澄、珞與門人醒來時，全聚集在一個寬敞的大房間，燈火通明，四周是散發出香氣的檜木梁柱。眾人武器都被收繳了，紀辰紹的神木弓、澄兒的暗器、珞的手弩與次元袋……等等。

三位師傅坐在最前面，失去神器的庇護，都顯得蒼老虛弱。

辰紹癱坐在師傅身邊，失敗的打擊讓他彷彿失去所有力氣……

不一會，明湘領著數十個黑衣人進入室內，井然有序地立在四周。飛瑱金刀巫姚君堂走向前方高台立在右側，沒看到斟伏，或許是還沒從抵禦旱魃的重傷中恢復？

中間的座位還空著。

但沒過多久，座位後的門開了，姜奕翔雙肩負著赤蛟護衣，眼神冰冷地緩步走出，他身後跟著一個宛如天神般的俊美少年。

眾人皆震驚地望著這幕！辰紹卻異常平靜，緊盯著走出來的青衣神人，眼中燃燒起熊熊怒火！

俊美如神人般的少年終於坐定，姜奕翔站在他身側，比金刀巫都還親近。

紀辰紹此時低頭笑了一聲，自嘲地想著，看來自己真正贏過明湘的，只有那與生俱來的敏銳直覺啊。

夏帝屺緩緩道：「感謝烈山族的各位入城後，為我們姒夏山城所做的一切。」磁性又充滿魔力的聲音迴盪在室內。這時的夏帝屺已經換回他的青底金絲天蠶紗衣，光線印照下，他天神雕出般的完美身影又蘊出五彩斑斕，看來那樣的透明純粹，神聖又不可侵犯。

現場一片靜默，但沒能持續多久，峪垠門人開始爆發被欺騙的情感，罵聲不斷！

「你這邪道！」「虧我們這麼相信你！」「你竟然騙人！」

指責謾罵之聲此起彼伏不絕於耳。片刻後，眾人罵累了，聲音才漸漸消去，而夏帝屺那一方人竟無半分動搖反擊。

等場面再次靜默，夏帝屺這才淡然道：「若不是我冒險引你們入城，你們又怎知天下萬民遭遇的苦痛？」又反問：「你們身為神器使、修行者，卻為了你們自己的清靜躲在深山中，視天下萬民的苦痛不顧，這叫哪門子正派？」

眾人被這幾句輕輕的話，懟得無言反駁。三長老更是臉色沉重。

夏帝屺續道：「我四處奔走招募賢才異人，即便是使計，但從未真心傷害你們，我們的所作所為，只是為讓你們了解真實是什麼，並為了救天下萬民於水火而努力，又算什麼邪道？」

眾人又一陣沉默。

「我承認使計誘騙你們至此，但皆是為了使你們能真正理解，我們的所作所為。當今妖邪凶獸頻頻出沒，大旱大水，萬靈痛苦，唯有團結一致，才能有一線生機。」這些說話像洪鐘般敲在每個人的心坎上！

夏帝屺說得都沒錯……

眾人想起一路上遭遇的被毀的村莊，流離失所的人們，到這以後那比城還高大的，在黑焚風中的旱妭黑影。城下求救的人民恐懼流淚的畫面，飢餓哭喊的孩子們，那一雙雙伸出，渴望得到救贖的雙手！那一幕幕的畫面惹得眾人都忍不住心情沉重的低下了頭。

若想對抗這窮山惡水毒物猛獸，不團結的確是辦不到的！

夏帝屺心中擁有的大志向，讓他在眾人心中的形象越來越放大，越來越光明！原本的善惡已然顛倒！是非變成了一種選擇。

「若各位願意，留在姒夏山城，助屺一臂之力，為天下萬靈努力。」夏帝屺睜開那清澈彷彿能吸入靈魂般的眼眸凝望著眾人。那眼神像是看著他們，但又像是看向無垠的宇宙般悠遠。

大半的峪垠門人有如被雷劈中一般愣在當場！

時間過去，是長也是短……長的是在心中思想的猛烈碰撞，煎熬得讓人覺得像過了一世紀；短的是，其實這只是傾刻間的抉擇。片刻後，峪垠門人忽然每個都眼放光明，醒悟了一般緩緩朝端坐前方的夏帝屺一揖，隨後站在三長老面前，又是緩緩一跪。

向夏帝屺的一揖是誠心折服，向三長老的跪拜則是道別……他們也做了選擇吧？就如同明湘一般。

三長老顫抖著點頭，忍不住流下淚水，是自己食古不化，還是時移世異？

中間眾人沒再說一句話。

隨後夏帝屺點了下頭，明湘領著醒悟了的峪垠門人退往一旁。只剩下三長老，紀、澄、珞三人還在原地。

三長老低首不發一語，辰紹頭撇到一邊不願看他，但眼中已沒了剛剛的怒火。澄兒眼中含淚直直盯著夏帝屺，還無法相信跟他們旅行了那麼久的好看哥哥會騙她，但她並不覺得他壞。珞則忍不住看著他身側的姜奕翔，冷峻的眼神使她感到失落……他已不再是失去記憶時的他了！

夏帝屺舉手示意，姜奕翔走出把一些物事放在他們眼前的桌上。各是辰紹的神木弓、澄兒的玄潔、珞的次元袋與手弩，還有姚宇逸的煥天印、昆淨宜的幻空鏡、后梲弦的太昊琴。

「兄弟……」夏帝屺輕柔地喚著。

紀辰紹哼了一聲打斷他：「我當不了你的兄弟！」仍是不願意看他。

夏帝屺卻忽然起身走了過來，然後盤腿坐在辰紹的跟前。

這舉動真是大膽！引得辰紹震驚的直盯著他！

夏帝屺卻對他展露了一個如孩子般的燦爛笑容：「謝謝你送我回家。」

姚君堂已將手握到了刀把上，夏帝屺卻像身後長了眼睛一般伸手制止：「各位的物品可以自由取回，想走想留，都憑著兄弟。」辰紹一眾聞言雙眼圓睜，不敢置信！

夏帝屺對眾人微微一笑，笑容仍是那麼的熟悉炫目：「記得，山城內，我會一直等著你們，我心中的家人，隨時歡迎你們回來……」他垂下眼簾，眼中又漫出雨後青山般的淡淡離愁。

眾人盯著他，講不出一句話！

這個俊美無雙的神人站起來，背過身走向來時路，揮了揮他那隻修長琢玉的手。姜奕翔跟在夏帝屺的身後，隨著他那蘊著五彩的身影消失在門的彼端。

眾人連同侍衛依次退去，最後的飛瓀金刀巫也不發一語離去。

碩大的廳室，如今更是顯得空蕩蕩……

輸了！輸得心服口服！紀辰紹癱坐在原地，仰望著天花板。眾人靜默，良久沒人動彈。

「我們回家吧……」三長老忽然發聲，貌似要起身，三人趕忙上前扶住。

辰紹將眼前的裝備取回，但要將三神器交回師傅手上時，三長老卻搖了搖頭不肯再接。辰紹知道，輸得心服口服的不只是他們，遂把三神器留下，眾人帶上自己的裝備，扶著三長老往城門走去。

一路上都沒被阻攔，眾人順利行至民眾聚集的廣場，但此處仍黑壓壓的一片人……

對了！外面還圍著被旱妭招來的屍群！

此時一個年輕的侍衛向紀辰紹走來：「紀大人。」他看來年齡跟澄兒相當，稚嫩的連聲音都還沒轉換完成。

「什麼？」辰紹皺眉問道，一方面是奇怪他怎麼會認識自己，一方面奇怪為何要稱呼自己為大人？

「少主命屬下在此等候，城門被圍，另有水道出路。」這個年輕的孩子作出了指引的手勢。

02

靛衣眾趕到山城邊，卻遍尋不著之前的白鳥蹤影……

那俊美無雙的靛衣神人本來還掛著的溫暖笑意漸漸冰凍。又看到山城被眾屍圍繞，城內人們吵雜的聲音傳來。放眼望去旱妭逃逸時，樹林被灼燒的痕跡綿延了數十里，直到消失在視線盡頭。

「宮主，這屍群該如何處置？」其中一靛衣人問道。

這時夏帝屺登上了高塔，靛衣神人居高臨下直盯著他，他也由下而上望這靛衣神人，兩個俊美如天神般的人遙遙相望。

靛衣神人盯著夏帝屺與他手上拿著的物事，哼了一聲回道：「不用管，他們自有辦法。」隨後領著靛衣眾追蹤旱妭的痕跡而去。

辰紹一眾跟隨著黑衣青年，來到一個乾涸的水道口。

「就是這了，由這出去，依照記號走約莫兩個時辰，就會到山城後出口，此路可完全避開屍群。」他將一包物事與水道地圖交給辰紹：「這是少主為各位準備的必需物品。」

紀辰紹接過，拿在手上，心中實在五味雜陳。

黑衣青年雙手一揖：「請諸位小心。」隨後轉身就走。

眾人望望水道入口，又望向黑衣青年離開的方向。

該就這樣走了嗎？

紀辰紹腦海裡閃過滿滿行屍圍城的畫面、巨大妖異的旱妭、伸手尋求救贖的眾人、喊著兄弟的夏帝屺、黃土村時一起抵禦土螻的經歷。

「紹兒。」姚宇逸開口了。

「生而為人總有該做的事、想做的事。你心中若有了疑惑，最好的方法，就是去面對才能得真正的解脫。」姚宇逸知道自己這徒兒心中的掙扎疑惑。

「你大師傅說得對……我們在山中修行數十年，自以為已經可以清心寡欲，得回真我，但我們其實從未真正的解脫過。」昆淨宜嘆了一息。

后梲弦補道：「生命本來生而自由，活著的每一天，都要做自己最喜歡的自己，做自己真正想要做的事，才不致枉費。」

三人聽著三長老的話，若有所思片刻，雙目忽然放光，恍如見到明燈般！

扶著三長老，又往黑衣青年的來時路走去。

眾人走後，角落顯現出一個秀氣俊雅的灰衣少年，望著他們離去的走道，耳上的朧疏耳飾搖曳生光，他神情若有所思，隨後又跟上眾人的腳步……

回到廣場，許多守軍在高處觀望戒備，明湘也在之中，已經投誠的烈山族門人，則馬上編排入維護秩序與戒備的隊伍中。

三人將長老安置在一清淨角落後，紀辰紹帶著兩女來到明湘身旁。明湘見到辰紹一眾，只深深看了一眼，就別過頭去，用手勢示意對方靠近觀看。

辰紹心中雖總不服氣，但明湘的確比他聰敏靈慧，她的鎮定，表明了她早就猜到自己會回來一樣。在她面前，他覺得自己永遠只是個弟弟……

「你們看。」明湘眼神飄向屍群。

眾人順眼望去，只見黑壓壓一片綿延了數里的屍群中，出現了幾個與眾不同的身影。比之潰爛不堪，或是殘缺不全的行屍，數個渾身長著白黑綠等等絨毛，目中透出紅光的妖物混雜其間。

珞問：「那是什麼？」三人中唯獨她與明湘沒交情，此時反而更能坦率交談。

明湘解釋道：「行屍吸收精血與日月精華後，會轉化為更凶猛的毛殭，這妖物跟只會啃食血肉的行屍已經不同了。」澄兒對明湘的心結還沒放下，不發一語，但其實很想聽下去。

「他們已經具備人思考的能力，會捕食活物，且會放出毒氣，非常危險！有些甚至不怕日光，不過現在受旱妭妖氣影響，烏雲凝聚，日光也照不進來，所幸屍群中還未見到不化骨……」她神色凝重。

珞皺眉又問：「不化骨？」

「不化骨就是有修為的人死後屍骨不化，又長時間吸收天地精氣，這種不化骨不僅身帶妖氣，刀槍不入，水火不侵，會吸收日月精華，還有著超越人的智慧與妖術，屬於屍妖中的屍仙，更難對付。」辰紹靠牆補道。

「而且據說被祂咬傷或抓傷的人都會變成供祂操縱的奴隸。」明湘也補充一句。

太可怕了吧⁉兩女聽得瑟瑟發抖！瞥了眼被嚇得臉色發青還在顫抖的兩人，明湘微微一笑，各塞給兩人一樣東西。攤開一看，是一個雕成鹿首型的桃木飾品。

「是護身符，帶著吧！」她笑了笑，非常溫柔。

澄兒看著她，眼底湧上一層薄霧，是以前的大師姊啊！

這時廣場一陣鼓噪，隨眾人眼光望去，夏帝杞領著姚姜兩人與其他精銳部眾登上高塔。眾人分立四周，夏帝杞端坐中央。侍衛將一物件端放在他前方玉桌上，打開罩布，赫然就是太昊琴！

鼓噪的聲音漸漸靜下。夏帝杞輕輕撥動幾個琴弦，琴音悠悠傳來，一開始微弱不易細聞。

劈、抹、挑、勾、剔、入慢、鎖鈴……

琴音漸漸放大，眾人忽如置身樹影蓊鬱的深山中，陽光灑落，微風輕撫，彷彿還能聞到隨風而來的芬芳。正是桃花流水揚絮雪，蒼翠花間蔭芳菲，眾人忽然感到心靜和平，恐懼感漸漸消失。

琴音漸漸攏聚成淵，打、摘、扶、歷、搓、刺、圓！

豁開碧空青冥顛，瀉出流銀萬丈泉。周圍彷彿幻化成飛泉流瀑，氣勢磅礡，雄奇壯麗。強大的力量如深邃的江海湖泊漸漸凝聚，凝聚之勢彷彿將如萬馬奔騰般傾瀉而出！

他又彈，長鎖、散、全輪、雙彈、脫！

忽然又如千軍萬馬奔騰，地動山搖！五色龍文雜袞衣，劍戰橫空金氣肅！彷彿陣容浩大的軍陣往城外衝去，行屍群像受到什麼衝擊般一陣躁動，天空的烏雲被破開，陽光終於穿透重重烏雲灑落。

入息、如一……彈琴的纖長手指驟停。

前山極遠碧雲合，彈琴的手雖已停下，雲水蒼茫弄清輝，但琴音之聲悠揚，彷彿數里之內都還迴盪著他的琴音，縈繞不絕。

此時明湘一眾注意到琴音飄散處，城外綿延數里的行屍，竟一個個倒下！身上皮肉剝落，加上豁然開朗的日光灑落，行屍們更迅速的化為塵土！

不片刻，綿延數里的行屍化為滿地白骨，只剩毛殭們還在猙獰嘶吼。

角落的三長老中，唯有琴使感受最深：「太昊琴啊！太昊琴！祢今日悠揚的高歌，是否也在歡慶找到真正的知音？」這樣的琴音，他窮盡畢生之力都沒彈成過啊！

眾人面面相覷，又忍不住再望向夏帝屺。強者！這傢伙彷彿深不見底的無底洞般！到底還有多少本事？

當夏帝屺走下高塔時，行屍圍城之勢已然破解。

城門還未開啟，明湘在夏帝屺的身邊報告看到的異變屍妖。

路過的男女老少望著他的眼神閃閃發光，在他們的心中，夏帝屺儼然已經是神！

屺點頭表示明白後，向辰紹一眾走來，姜奕翔尾隨其後。

「兄弟，我很開心看到你們還在這！」他低頭微笑著，天神造就的臉龐浮上興奮的紅暈。

辰紹卻伸手擋在前面：「我可沒說要留下來，只是想先幫你們解了圍城之困。」停頓了一下又俊臉微紅地說：「不過看來也用不上我們……」

「不！其實我需要你們！」屺抿著嘴，用清澈的雙眸凝視辰紹一眾，認真又任性的語氣宛如一個孩子。

這聲音真好聽～遠處睡臥在樹林間的瑾慢慢睜開雙眼，隨後又閉起聽著微弱的琴音賴著不起。

琴音停止後又過了片刻，她才慢悠悠地脫掉覆滿樹葉沙塵的斗篷，長長的伸了個懶腰。

她看了看自己的手掌：「咦？奇怪，怎麼忽然靈力就恢復了？」幾個蹦跳下了樹，尋了個清澈的溪水洗漱。

「該去找傻徒兒了，不知還活蹦亂跳的嗎？不過白鳥的形象已經曝光，得換個才行了。」她手支著美麗的臉龐思索。

夏帝屺領著眾人從高處望下，眾人看著這些毛殭在城門邊四處遊蕩。三長老此時已被安置妥當，他行事的細心體貼真是無人能及。

屺開口：「太昊琴音可除一般邪祟，但這些已經變異的妖物就麻煩了。」隨後又撫頭哈哈大笑：

「說是這樣說，但其實也只是我功力還不到啦！」

你這還叫功力不到？那我算什麼？學霸就是這麼任性？眾人心中忍不住嘀咕。但他又恢復成原本同行時的樣子了，眾人心中升起一陣暖意。

「如果讓一般守軍或是修為不夠的部下去對付，怕只會增加不必要的犧牲」他手支著下巴皺眉道：「可是……我這邊人力吃緊，能用之人真的不多，所以想請兄弟幫我解決這件事。」

辰紹回答：「這倒沒什麼，他們賴在這我們也出不去。」眾人都很識趣的忽略水道出口。

他頓了頓，陽光燦爛地一笑：「而且修行之人本來就該除魔衛道！」辰紹說完轉頭領著兩女就要出發，夏帝屺卻忽然脫掉外衣，露出緊身便衣領著姜奕翔與明湘跟在後方。

紀辰紹驚訝地問：「你不是吧？」

夏帝屺卻很堅定：「我不可能讓家人們獨自去犯險啊！」

辰紹對天扶額：「你現在可金貴的很！別鬧了！」

屺任性的回答：「可是……我就喜歡跟你們在一起！」

他堅定地凝視，辰紹皺眉回視，兩人對視良久誰也不讓誰。

片刻後辰紹終於翻了個白眼，作了個跟上來的手勢。

第十四章　驚呆了的不化骨

01

當然不是從正面攻擊啊！屺領著眾人從地道繞至城外，伏在草叢裡望向城門前的毛殭們。

夜幕降臨，要識別城門前的毛殭們，現在只能憑藉月光看到隱約晃動的黑影了。

「一隻隻對付為上策！」明湘起了頭。

辰紹扶額：「得先讓他們散開！」

「用我的玄潔引開呢？」澄兒舉起食指，肩上的玄潔猛然望向她，瘋狂搖頭瑟瑟發抖。

屺搖頭：「可是毛殭們跳躍力驚人，這樣危險。」玄潔眼含淚光感激地看著他。

「用這個如何？」珞掏出紙人。

「對耶！那個氣球人挺好用的！」紀辰紹難得稱讚她，珞聞言低調又高傲地笑了起來。

「姜奕翔速度快又善隱匿，就交給你了！」辰紹手指向姜奕翔，頗有挖洞給他跳的意圖！

誰知他毫不反抗，只是轉眼望向夏帝屺。

「我相信奕翔一定辦得到的。」屺對他很有信心，後者聞言點了個頭，就從珞手上接過紙人。觸碰到指尖的瞬間，珞湧上想哭的感覺，但他只是望向眾人絲毫沒在意，她也只好失落地低頭一笑。

而珞姜兩人之間的微妙氣氛也被夏帝屺盡收眼底。

不好玩！不知道反抗是種尊重嗎？辰紹不滿地在心底埋怨，當然大家都知道這是胡扯。

眾人又商討了一下戰略，配發了受法師加持過的捆屍繩，一些防身用具。

行動開始！

黑影閃過，一個忽然出現的氣球人，輕飄飄地戳了戳其中一隻毛殭，毛殭看到這個只到自己胸膛高的怪東西，伸手一抱，那東西卻又滑溜溜地飄走。毛殭追了上去，抓了數次都被溜走，心中開始發怒！又看到氣球人臉上，吔畫上的嘲諷笑容……

「你還給我吐舌頭!?」終於失去理智狂追！遠離屍群沒多久，毛殭就掉到一個地洞，全身被不知何時出現的捆屍繩纏住動彈不得。接著就是箭鞭錐直往身上招呼！

珞與澄兒躲在一旁觀看，腦海裡冒出少林寺十八銅人的畫面！珞忍不住笑噴！澄兒則疑惑地望著她。

行動進行得很順利，數十次之後毛殭減少許多，只剩三四隻還敲擊著城門。

珞與澄兒此時都有點睏了，在等待的石台邊打盹，玄潔窩在澄兒肩上似乎早已沉睡。

「喂！下一個！」紀辰紹正回首向珞要下一個紙人，忽然臉上的笑容僵住了！

「幹嘛那種臉？」

珞順著辰紹的目光往右側一看，一個黑黝黝的枯瘦人形，蹲在數尺外的岩石上俯視眾人。

查覺到不對勁，她把澄兒護在身後。澄兒還雙眼迷茫搞不清楚發生什麼事。行動結束的明湘一行人也停下動作望向這邊。

月光從雲間灑了下來——

「不化骨!?」明湘輕呼，真是怕什麼來什麼！

眼前的不化骨通體黝黑，無數支犄角竄出皮膚，從頭頂竄出五隻黑中帶紫的聳立犄角，雙手特別的長，尖尖的指爪端也是黑中帶紫，身形枯瘦，像只有皮沒有肉一般！祂身上散出陣陣黑氣，蹲坐的岩石也像被灼燒一樣越來越黑。

不容遲疑！紀辰紹首先彎弓搭箭！眾人同時間動作！

不化骨飛身挑準最為弱小的珞與澄兒一爪揮去，速度之快！兩女震驚下竟連防禦動作都做不出來！所幸辰紹的箭使之行動凝滯，身法最快的屺用他的長錐架開雙爪，赤蛟鞭順勢纏住不化骨的腳將之拖離，接下來是明湘的雙劍阻擋了不化骨的進攻。

眾人此時的默契達到最巔峰！

不化骨見無機可趁，對方合圍之勢又在形成，發出令人毛骨悚然的笑聲後飛奔而去。

眾人本想追擊，但聽到動靜的毛殭們已聞聲趕至，眾人只得集力將剩下的屍妖制伏。解決完所有屍妖後，眾人坐在石上休息，都累得說不出話來且心情沉重。不化骨出現，而且還跑了！

這時天邊漸露曙光……忽然珞身旁的草叢又有什麼東西蠢動。眾人都舉起武器警戒！珞與澄兒本能後退了幾步，她們還沒從剛剛的驚嚇中平反，驚駭的望著該處。

「娘！」是個稚嫩孩童的聲音。

眾人皆是一愣！忽然從草叢衝出一小團白影，直撲向珞的懷裡！

「娘!?」眾人驚異地望向珞。

只見珞震驚地連連搖頭：「我……我沒有啊！」

懷中這個身高不過腰的小女孩，猛然抬頭朝珞又叫了聲：「娘！」

珞忽然震驚到說不出話來！這面貌……不就是縮小版的瑾嗎!?

解決完毛殭，城門終於得以開啟，民眾們爭吵著要回家重建，且山城的確已到達容納的極限，雖然危機仍在，無奈下還是叮囑眾人留意，之後便讓民眾各自返家。

山城內。

「娘，瑾兒想要吃水果～」

珞滿臉無奈，心中OS：「想吃自己打！」但表面上寵愛地回問：「乖～瑾兒想吃什麼水果啊？」不敢真的違逆師尊。

承受著眾人驚異的目光又無法解釋！她心中淌淚……瑾！妳可真會折騰人！

「珞姐姐，原來妳已經有小孩啦!?好可愛啊！」澄兒真誠地道，看到珞的孩子，就像看到自己的弟妹一樣開心。

不是！不是！不是啊！！！珞在心中拼命搖頭，但表面上只能乾笑兩聲。

奇怪的是玄潔似乎比澄兒更喜歡瑾兒，飛到瑾兒的肩上不停蹭她。屺紹兩人饒有興趣的看著這一幕，就差拿個瓜出來啃了！姜奕翔則撇頭望向別處，看來心不在焉似的。

蘿莉瑾又撒嬌道：「娘，瑾兒想吃桃子～」

珞表面上雖掛滿笑容：「好喔～我來想辦法……」眼角卻閃著不易察覺的淚珠。我個未嫁之女被妳叫娘！不用留點東西給別人探聽是嗎？以後還能有機會脫單嗎？尤其這還是在姜奕翔的面前欸！

明湘望向蘿莉瑾的目光充滿讚賞：「珞妹妹，妳的夫婿一定是個相當俊俏的人！」

嗯？明湘！妳什麼意思!?出來單挑啊！

「呵呵……」但事實上除了乾笑，她還能做什麼？

瑾忽然跳下座位，然後緊緊抓住姜奕翔的衣角：「爹爹……」

這猝不及防的攻勢讓他瞪大雙眼，撲克牌的面容首次露出手足無措的表情。在眾人驚異的目光中，他滿臉通紅：「我……我沒有啊！」忽然能理解珞百口莫辯的為難。

只見瑾朝著珞甜甜一笑，後者滿臉通紅。珞再也忍不住，把瑾硬生生從姜奕翔身邊拔開，然後搶過表情呆滯侍衛手中的桃子，塞住瑾的嘴巴。

這時眾人才恢復思考，因為姜奕翔不可能是孩子的爹……（喂！）

明湘溫柔地問：「瑾兒啊！妳家在哪呢？」

蘿莉瑾小手一指，指向洞天的方向，但眾人以為是指城郊，她繼續啃著她的桃子。

「妳的家人呢？」澄兒問。

蘿莉瑾聞言先是一愣，然後開始抽泣：「被風颳走了！」

說完大哭起來，猛然衝向珞的懷裡：「娘！瑾兒這幾天找得妳好苦！」演技一百分！珞瞪大眼。

之後眾人才到一旁商議（腦補）。或許是城郊的農戶，父母家人沒逃過黑焚風而遇難，只有唯一一個孩子存活，錯把外貌相似的珞當成自己的娘，依照珞的路人甲親民臉這是最有可能的推論。

很合理！沒毛病！行啊！你們這些編劇！珞心中的青筋布滿全身，都快變成強植裝甲了！

之後周圍侍衛侍女心疼地又是遞糖遞水，又是擦她的小臉之類的，珞看得白眼都快翻到後腦勺了。

她深吸了一口氣，然後露出個輕鬆得救的笑容，離開洞天後，自己長久以來的不安如今已經一掃而空。

瑾來了啊！再難的事都不難了！

屺準備了數個房間供眾人休息，就領著姜奕翔去打理山城的事了。紀辰紹去找他的師傅們，明湘跟澄兒四處閒逛聊天。珞本來想找瑾說話，奈何瑾暗中提示不要有動靜，她只好忍下滿肚子的話。

不過自己的確也累壞了，梳洗完畢，整理了一下，她就躺入被窩中。

小小瑾東跑西跑四周燃放著菸，嚷嚷著：「好多蟲子啊！」燻完也硬擠了進來笑著說：「娘，瑾兒要跟妳睡！」珞會意，兩人把被子蒙到耳上，開啟悄悄話模式。

「師傅！師傅！珞好想妳啊！」她飆淚！被子下的手緊握！

瑾輕笑：「呵呵～瞧妳！經歷這麼多事情該有點長進吧？」

「當然！珞可沒砸洞天的招牌喔！」然後把逃離後的經歷全講了一遍，直到變身倉鼠那段，笑得瑾不行！還有看到那隻燕尾白鳥擊退旱妭，就想到師傅那段。

瑾聽得很開心，大方承認就是自己，還直誇珞總算有長進，因為如果靈覺不夠，是無法感應的。

珞狗腿又真誠地發出讚嘆：「師傅好厲害！」滿眼冒出的崇拜小花讓瑾很受用。

「對了！師傅怎麼會變成這模樣啊？」珞忍不住問道。

只見瑾抽出胸前掛著的一個碧綠色玉環項鍊微笑道：「這個可使人外觀幼化，但持續時間不長，頂多數周。」

珞又問道：「師傅，不化骨有解方嗎？」心中期待瑾回答：她來處理就好。

「不是沒有，不過現在的妳恐怕用不了！」瑾笑著回。

「我不行，妳可以啊！」這句話寫滿在珞的臉上。

瑾刻意漠視她滿臉的文字自顧自解說：「不化骨是一些心術不正的巫覡去修的東西，邪門又陰損，但修為的確比一般修行還快很多，只是後遺症無窮。」

「師……師傅……徒兒好怕啊！」珞顫抖地求告。

瑾卻掩嘴直笑：「呵呵！怕什麼？妳可知妳們遇到的不化骨，其實只是修練失敗的可憐蟲？」

「什麼？」珞震驚地凝視著瑾，失敗了還這麼恐怖？不可能吧⁉

瑾卻點了點頭：「沒錯！這並非真正修練成功的不化骨，瞧妳！才剛誇過妳長進，怎分不清真假不化骨？」猝不及防被訓了一頓，那還不打緊，最重要的是瑾竟然說這不是真的不化骨啊⁉想起那四溢且灼燒的邪氣，珞緊鎖了眉頭。

見到這號表情，瑾搖了搖頭後叮嚀道：「這樣東西妳帶著……要記得……」然後兩女在被中的悄悄話聲音更小了。

夏帝屺領著姚君堂與姜奕翔來到祝姿瓏的宮殿，祝姿瓏仍是昏睡著。眾人望著她，片刻才退了出去。

「瓏妹很明顯的是被束了魂……」所有法術裡，最可怕的即是束魂。

烈山族峪垠門已經歸順，且三位師父皆失去神器法力，剔除這些，會這樣做的，很可能就是那個劫走受召者的白衣女。

祝姿瓏是夏山城三聖刀的龍琗刀使，必救不可！可是根本察覺不到白衣女的蹤跡，即便白衣女就在眼前，又要如何使她心甘情願復魂？

夏帝屺忍不住皺眉支額，困擾的思索解方……姚君堂見狀對他的少主說道：「若少主信我，我可向我師傅求問。」

夏帝屺望向姚君堂：「君堂請說。」對方之難纏，讓他想捉住任何的機會。

姚君堂回道：「我師傅也是法力高深的巫覡，白衣女擅長使用異術與陣法，連三聖刀都無法抵禦，顯見修為之高，或許我師傅有破解的方法。」

夏帝屺沉思了半晌，終於回道：「眼下也無其他方法可想，君堂，我信你，你就去試試吧！」

這時門邊傳來碰撞聲，眾人望去發現是苦撐著身子的斟伏。

「我也要去！」他似乎聽到談話，一來就自告奮勇。屺姚兩人對望一眼，心知祝姿瓏在他心中如何重要，但斟伏在抵禦旱妭時受了重傷，現在連站著都很勉強。

看著他堅決的眼神，屺沉默片刻後回道：「好，只要你這三天內恢復如常，我就答應你。」

他能體會斟伏心中的焦急，這個有條件的回答讓後者有了轉圜的空間。

斟伏也不是笨蛋，對方的好意他怎會不知？

愣了一會忽然眼中含淚慚愧的說道：「少主……其實我還有件事沒告訴你……」

室內一陣沉默，屺會意，之前斟伏進入濃霧消失，回歸後異常，他是有所耳聞的……姚姜兩人先行離開後，室內只剩斟屺兩人，兩人低聲細語。

眾人就此平靜地度過一晚。

02

隔天清晨，在一個輕風微撫，長滿奇花異卉的庭院。眾人聚集在城內商量不化骨的事，知道放跑了不化骨，情況有多嚴重！紀辰紹更是癱在長石凳上長吁短嘆，這模樣惹得明湘與珞白眼連連。

蘿莉瑾抓著珞的衣角黏得很緊，眾人心疼她年紀小，加上被認娘的珞本身都表示沒關係，所以就放任她跟著了。澄兒多給她遞水遞果，愛得不得了，當妹妹寵著。

片刻夏帝屺領著姜奕翔來了……

「爹爹來了！」蘿莉瑾指著姜奕翔，用她那稚嫩的聲音呼道。

她又給自己添堵！珞滿臉通紅趕忙捂住她的嘴！但姜奕翔忽然不自覺地側臉微紅，還以為他恢復記憶後冷冰冰，原來內心這麼容易受到衝擊嗎？

眾人坐下話事。

夏帝屺開頭：「大家有什麼想法意見直說吧。」

「不化骨一定要找到，不然後患無窮。」明湘堅定地說。

「從他逃走的地方查起如何？」癱在長凳上的紀辰紹懶懶地說到，澄兒跟珞點頭表示贊同。

小小瑾聽得無聊，跑去撲蝴蝶看花了，當然馬上招來一堆侍女侍衛擁護。

夏帝屺說：「是可以，但這妖物水火不侵刀槍無用，速度又快，必須想個遇到祂時的應對方法。」

「首先得有牽制祂的方法！」珞建議。

「不知道捆妖繩派不派得上用場？」明湘思索。

「可以嘗試，但就算抓到了，他已不畏懼水火刀槍，又怎麼破解？」夏帝屺問。

「你家那三個拿刀的呢？」紀辰紹不客氣地問。三聖刀也是名聲響亮的神器，或也可稱邪物，有那三把刀，或許可以壓制不化骨？

「他們都有事暫時走不開身。」什麼事他沒明講，其餘人也知趣的沒問。

眾人苦思，深知自己修為不足。

「或許我們不用刀槍，而是使用陣法封印？」珞偏頭，會提這個是因為在洞天時耳濡目染。

「這也正是我所想！」夏帝屺微笑。

「那事不宜遲，如果他攻擊普通人家的話就糟糕了！」澄兒道。

夏帝屺舉手說道：「別急，我現在教你們這個陣法，你們務必記得。」

眾人又談練了一會，方才散會。蘿莉瑾這時擺脫她的粉絲群，衝到珞面前。

「娘要走了嗎？瑾兒會在這乖乖等妳的。」蘿莉瑾扯著珞的衣角說，乖巧懂事的模樣惹人憐惜。

欸！不是啊！妳不跟我一起去嗎？我會怕欸！珞在心中吶喊，但表面上只能笑笑說：「瑾兒真乖，娘很快就回來。」

喵啦！想我回來就拜託妳跟上好嗎!?

誰知蘿莉瑾只是燦爛一笑，又跑去扯姜奕翔的衣角：「爹爹要好好照顧娘喔！」

珞忽然原地爆炸！為什麼要這樣不按牌理出牌啦！

但姜奕翔又俊臉微紅，竟難得地點了點頭應了聲：「好。」還撫了撫小小瑾的頭。
隨後跟著夏帝屺離去，留下愣在原地的珞，瑾回首一笑盯著她。
珞望著蘿莉瑾……這難道就是傳說中，幼女的魅力嗎？

玄潔在天空盤旋偵查，但似乎沒有發現，眾人來到上次不化骨待過的岩石處。只見岩石被邪氣染黑，連同周圍的花草也枯萎。不化骨妖力極強，光是待過就使生物枯萎，眾人抓到訣竅，順著枯萎的植物追蹤。
很快就來到傍晚。
田野間一個門戶異常洞開的農家，眾人在遠處看著都覺得不妙。一走近，難聞的味道就撲鼻而來。往內一看，卻沒如預期看到屍體之類的，但流了滿地的血跟零碎的內臟。
眾人四處搜索，在牆角處看到了令人心碎的一幕。三個孩童抱在一起，全身乾癟，明顯的是精血被吸盡。似乎是哥哥保護著弟妹，但仍難逃毒手……
「怎麼沒看到父母的屍身？」珞搗嘴問道。
明湘回道：「很有可能是被不化骨屍化了。」說話間仍不停歇地四處查探。
「這孩子……是被父母殺害的嗎？」澄兒不忍地問。
明湘冷靜回道：「不化骨屍化的人會直接吃血肉，這三個孩子被吸光精血，應該是不化骨直接下的手。」
明湘繼續搜查但沒發現其他物事，結束搜查招呼三人離屋。屺姜紹三人在外間搜索，發現另一條不化骨經過的痕跡，發了訊號招眾人集合。三個孩童互擁的畫面，還深深刻在珞與澄兒腦海裡，兩人心中都不舒服。那三個男的也就算了……

珞忍不住問了一句：「明湘……妳不會覺得難過嗎？」

明湘怔了一下後會意回道：「從小看到大，我習慣了。」

珞與澄兒聽了後有點震驚，默默低下頭，習慣這種事，是個什麼樣的經歷與滋味呢？

「所以我才想要跟隨少主，改變這一切啊！」她又補上。

兩女聞言抬頭看著她的背影，忽然都覺得她好堅強。

眾人繼續追蹤數天後，來到一處山谷間。忽然夏帝屺比出手勢，眾人忙壓低身軀，遠遠看見對面山頂岩石上，有個黑黝黝的人影，對著剛出來的新月吸食精華。

周圍蟲魚鳥獸默然無聲，夏帝屺又比個手勢，眾人安靜向前疾行。

又是聲東擊西的老招！

澄兒跟珞在左後方發出聲音吸引不化骨的注意，紀辰紹右前方射箭，箭上綁著捆妖繩，第一道捆妖繩順勢纏上不化骨。後方第二道捆妖繩由姜奕翔赤蛟鞭補上，明湘跟夏帝屺趁機衝至，加上第四重捆妖繩，不化骨被四重捆妖繩綑綁，一次就中！

眾人正開心地在周圍架設陣法。

異變忽起！

不化骨聚力，重重綁縛的捆妖繩寸寸斷裂！

祂的妖力竟然如此強大？四重捆妖繩都攔祂不住⁉眾人驚駭地望著這幕。

掙脫束縛的不化骨，朝珞與澄兒飛奔而來！速度好快！眾人震驚中皆以為挽救不及。珞忽然本能地將澄兒拉到身後，順勢用帶著璿曜洞天手弩的那隻手，重重賞了不化骨一巴掌！

不化骨旋轉數圈後宛如斷線風箏般被打飛數尺……

眾人都驚呆了！珞自己也驚呆了！不化骨也驚呆了！

祂一手捂著自己被打的臉頰，一手撐著呆坐在地上，好像被欺負的小媳婦一樣。

珞想起瑾那晚邊唱歌邊將粉末撒到手弩上……那是在附魔又加buff是嗎？

眾人默契的形成合圍之勢，不化骨見狀又飛奔而逃。第一次圍捕以失敗告終。

「捆妖繩沒用！」屺鎖眉，手支著額頭苦惱道。

「少主，要向西城借條捆仙繩嗎？」明湘問。

「這樣一來不知又要耽擱多久！」辰紹鎖眉，跟屺同款姿勢。

「重點還怕祂遠逃，就更糟了。」姜奕翔說道，難得跟辰紹同款姿勢。

「可以用澄兒的玄潔偵查啊！」澄兒提議，沒注意到她的瑟瑟發抖。

「重點是最終困不住祂還是沒用啊……」屺還是同個姿勢。

珞又開始掏她的次元袋：「不如試試我這個東西吧！」

隨後拿出一條細細的白色繩子，材質表面隱隱生光。

紀辰紹埋怨：「這條細繩子？頭髮都未必綁得住……」

眾人本來都抬起頭，看到是這樣一條細繩，都又回復原本姿勢。唯獨夏帝屺停住細看。

「這是我師門寶物！」這種被漠視的感覺真傷人！但珞對瑾超有信心！

「這的確是難得的精品！」夏帝屺細細端詳，他露出驚奇的神色：「這是捆仙繩，而且做工精細，用的材質還是極難取得的九玄天蠶絲！」眾人總算抬頭望向珞，又看了看那條細繩。

「珞妹妹，總是出人意表！」夏帝屺讚嘆。

珞乾笑了兩聲……前幾天瑾塞給他的東西這麼好喔？

眾人想起她的東西的確很多時候都能帶來奇效，又得夏帝屺這個精品大王如此推薦，重新燃起希望。

夏帝屺沉思了一會，拍了一下大腿：「好吧！不過這次我們改變下策略。」

「沒錯，我們捉到祂後才架陣，也太慢了。」姜奕翔補上。

「請君入甕！」三人心有靈犀！

「所以還是要麻煩玄潔了！」夏帝屺微笑。玄潔聞言躲入澄兒的長髮裡，傳來嘰嘰喳喳的抗議聲。

瑾變回原形，打扮成一般侍女，尋找祝姿瓏的位置。她利用祝姿瓏的主魂尋找，不一會就找到了，趁房內原本侍奉的侍女外出，她將房間布下領域禁制。

「魂魄離開身體太久，真的會死掉的喔！」她輕點了下沉睡中祝姿瓏的額頭，拿出束魂袋施法。

片刻後，外出的侍女回歸，發現床上的祝姿瓏已醒轉呆坐，侍女急忙大聲傳喚醫師！瑾這時才悠閒地走出，趁機四處晃悠。

玄潔在天上盤旋搜索，發現正在吸收日光精華的不化骨位置，忙飛回傳訊。眾人趕緊設陣布置。

「重點在怎麼確定不化骨一定會跟上呢？」夏帝屺思索。

「祂每次都追著我，澄兒願意當誘餌！」但馬上遭到辰紹的反對。

「或許祂不是只針對澄兒姑娘，而是會攻擊落單或虛弱的人？」姜奕翔猜測。

「很有可能，我們嘗試看看。」明湘道。

「還得規劃一下路線。」珞說。

「別忘了設幾個陷阱以保萬全。」夏帝屺補道。

眾人合計好，開始布置，準備妥當時已是傍晚。吸收好日光精華的不化骨，正起身準備離開。一顆石頭重重砸在不化骨的腦門，祂回頭張望，發現遠處的夏帝屺向他叫囂示威，又一顆直擊祂腦門。雖然覺得這人散發出豐沛的靈能是個大補帖，不過這人似乎相當難纏啊！

祂觀望了一會，此刻他只有一個人？

機不可失！

祂起身追趕，追入林中，才一個拐彎就忽然失去這人的蹤影。頭頂一個大石忽然砸下，祂揮了一爪擊碎大石！正四處張望想細找……

又一顆石頭丟來，另一頭遠方樹林外又有個人冒出來，是紀辰紹！那個像猴子一般的討厭鬼！不過他只有一個人？祂憑著對紀辰紹的厭惡衝前追去！

又一個拐彎出了林，又一個大石砸下，祂又揮了一爪，大石應聲碎裂，又失去辰紹的身影。

祂還來不及細想，又被一顆石頭砸中，明湘站在遠方，表情挑釁。

這個女人是個靈力豐沛的好食物，但也是個難纏的傢伙，怎麼她也是一個人？聊勝於無吧？明湘見祂追來開始飛奔。同樣的狀況，又一個大石砸下，祂又揮了一爪，大石又應聲碎裂，失去了明湘的蹤影！

好像一直在重複？祂正感到不對勁，又一顆石頭飛來！遠方林外出現了那個看起來最好吃的澄兒的身影，祂流著口水追了上去！

澄兒出乎意料，身手矯捷的一溜煙就拉開距離！一個拐彎消失人影，祂還在東張西望間，姜奕翔下手不留情的一顆石頭砸來，表情冷酷。

這些人是把祂當塑膠嗎!?祂真的怒了！暴吼一聲，周圍的花草枯了一圈！

姜奕翔憑實力保持單身！呃……不！是保持距離！飛奔一會後終於到達陣眼，眾人已等在這。

一條白繩忽然飛出纏上了祂的身體！是那個討厭的猴子放暗箭送上的。祂瞬間動彈不得，彷彿周圍有一股無形的壓力，壓得祂連伸根手指都辦不到。聚力想掙脫卻發現此細繩如鋼絲般堅硬，而且妖力迅速被這白繩吸收！祂首次遇到這種狀況，心中開始著急起來。

眾人祭起陣法，瞬間重力加劇！不化骨被壓在地面撐不起身，中心處像個漩渦，把不化骨往下拖。眼見就要將祂吸入地底，生死存亡之際，祂終於釋放出修練已久的妖力！只見祂暴吼一聲，周圍樹木枯萎了一圈！伴隨著妖力衝擊，圍在陣外的眾人受不住壓力，灼燒感襲來，紛紛被衝到數尺之遠。

陣法力量消失，祂恢復了些許行動力，衝向倒地的澄兒，眾人紛紛飛身來救！誰知狡猾的祂，腳這麼一蹬忽然轉向，衝往另一邊仍倒在地上爬不起來的珞。

那個賞過祂巴掌的臭女人！原來那才是祂的目的！

眾人驚懼救援不及之時，距離最近的姜奕翔抽出一鞭，捲住了祂的腳，終於緩了緩祂的攻勢，他借力向前躍去，抱住了倒地的珞。正要跳閃，不化骨的爪子已經攻至，他本能將珞護在了懷裡，向旁躲避躍去時，帶著強大妖毒的長爪已劃傷他的背！

眾人驚呼聲中，姜奕翔倒地，不化骨還想追擊。

同伴生死存亡之際，紀辰紹胸中湧出一股熱能，忽覺手臂上的胎記異常灼熱，為了保護同伴，他的力量此時也真正覺醒！抱著孤注一擲的覺悟，辰紹射出手中那一箭，手臂上的開明獸胎記，真正化生為帶著靈威的實體，隨著箭光速般的刺向不化骨！

不化骨左胸中箭，被帶著靈威的開明獸箭矢衝開數尺！

開明獸型態消失，但靈威持續灼燒倒地的不化骨，陣陣劇痛下，祂轉身一躍迅速遠逃！

眾人連忙檢視被抓傷的姜奕翔，那傷口紫中帶黑，周圍肌肉迅速腐爛……

好厲害的妖毒！姜奕翔正被快速的屍化中，眾人一時間皆不知該如何應對。

「必須救他！」珞咬牙。又被他救了一次，每一次，他都這麼毫無保留的保護著她的生命！

她眼中滾著淚珠，凝起了餘輝中的那絲光束，跟以前不同的是，這次光束中竟隱隱帶著五彩！

無論如何必須救他……抱著這個想法的珞，在這一刻不知不覺又覺醒了第二層巫境。

眾人屏息凝神看著這一刻。

光束像第一次一樣緩緩放在姜奕翔的胸口，如同那次一般被胸膛吸收進去……腐爛的傷口停止，黑紫漸漸消退，但傷口開始流血，且血流不止！有一層黑紫妖毒頑強的堵在傷口邊。

「快回山城！」恢復冷靜的夏帝屺提示眾人。

03

荒野上的不化骨被辰紹的開明獸箭矢擊傷後迅速奔逃，開明獸的靈威持續灼燒。身上的白細繩仍頑強的纏在身上，妖力持續被白繩吸走，使祂無法發揮真正的妖力。

忽然見到前方一團靛衣人！

不化骨為了恢復妖力，急於吸食精氣而衝去，但奇怪的是這群靛衣人見到自己卻避都不避？靛衣人見到不化骨，不僅不畏懼還訓練有素的擺出陣行，一個天神般的靛衣人排眾而出。

不化骨感受到前所未見的豐沛靈力！

「這個看來最好吃！」餓瘋了的不化骨加急了速度。距離急速拉近，看到不化骨身上纏著的白繩，這神人睜大雙眼忽然怒氣暴漲！接下來靛芒四射！剎那後又平靜了下來。

又施展了數次的聚光術，但對這頑強的妖毒似乎已失去效用，姜奕翔仍在持續失血中。

夜幕已經降臨。眾人加急了奔向山城的速度，可是山城遙遠，姜奕翔在到達之前，可能就會殞命。

「師傅！師傅！救命啊！」珞在心中吶喊！

這時，一隻燕尾白鳥從天而降攔住了眾人。

「師傅！」慌亂的珞哭喊，已經語無倫次了：「師傅！他為了救我，可我無法……快幫我救救他！」。

白鳥點了點頭，珞會意急道：「快放下他！」

眾人把姜奕翔放在草地上，白鳥飛至姜奕翔的身上，揮動雙翼。片刻，一點點光芒如粉塵般落下，屍毒終於漸漸消退，傷口開始止血，屍毒消退後，白鳥也振翅飛去。

眾人簡單地處理傷口，把姜奕翔再度負上，奔回山城。

山城內，姜奕翔緩緩睜開雙眼。床榻邊趴睡著一個人，把他驚得坐起，瞬間牽動了背上的傷口，疼得他咬牙！疼痛過後，他望向趴睡的那個人陷入了沉思……

那晚混亂的場面，為什麼他看到這女人有危險時，他會這麼心驚？身體不由自主地衝向前去，只為了保護她不被傷害？從以前到現在，除了少主，他沒對其他人有這樣的感情過。

他望著她良久……

這時珞也才睡眼惺忪的醒來，看到姜奕翔已經醒轉，她的眼眶轉著驚喜的淚水：「你醒了！你沒事了吧？」聲音中有掩飾不了的開心，而這開心又洩露了她的心事。

片刻後她終於恢復了冷靜，驚覺自己竟然如此失態，珞害羞地把頭低下。

看著這樣的她，陣陣溫暖往心底襲來，姜奕翔輕輕說著：「嗯，謝謝妳。」他隱約記得珞對他的施救，還有為他著急的模樣。

「不用啦！你也常常救我啊！而且……我們約好的……」珞紅著臉雙手搖擺，其實真正救你的是我師傅……這句話她當然沒說出來。

常常救她？

姜奕翔只記得在祕密基地見到這群陌生人，他出於本能與職責開始追捕眾人，他何時救過她了？疑惑地思索著，腦海裡卻出現自己無法解釋的畫面——

在一個溪邊，火光照射下，他牽著她的手希望她留在身邊。

在一個巨大的四角山羊怪前，他把她抱在懷裡，就怕她受傷？

在一個溪水邊，他兩人相望，約定要互相幫助？周圍還冒出七彩泡泡。

她到底是誰？

兩人相對而坐，雙方都垂首無語，窗外微風輕輕飄送……

「好尷尬啊！總得說點什麼吧？」珞拼命地想找話題，但腦海一片空白。

此時喀喳喀喳的聲音響起。兩人往那聲音望去，發現小小瑾就坐在旁邊嗑零嘴，水靈靈的雙眼目不轉睛地盯著兩人，也不知坐了多久。

「咦⁉」姜珞兩人瞬間滿臉通紅！

「爹娘，別在意，妳們繼續。」小小瑾甜甜一笑。

繼續？繼續個頭啦？這樣誰繼續得下去啦⁉珞在心底爆炸！

「奕翔，你終於醒啦？」夏帝屺驚喜喚道，處理完山城的事，趁有空來探望他。

姜奕翔此刻才把視線從珞身上收回：「少主。」滿臉通紅還沒退去。

片刻，辰紹、明湘、澄兒聞訊趕到，眾人見到姜奕翔好轉都很開心，互相打趣，房間一下子熱鬧起來了。直到大病初癒的姜奕翔露出了疲憊神態，眾人才依依不捨地告別。

珞牽著小小瑾緩步走出，臨走前還囑咐他吃好穿好，又覺得似乎越界了，才紅著臉離開。

姜奕翔看著她的背影，嘴角不自覺的挽起了一個微笑，這樣的溫暖，讓姜奕翔有點不太習慣，但又是這樣的熟悉……？

夏帝屺在山城中四處巡查，身後跟著數個精銳黑衣，直至一處山泉邊站定。他望向飛流而下的山泉瀑布，思緒飛快的轉動，然後轉身向祝姿瓏的寢室走去。

祝姿瓏呆呆坐在桌前，侍女們擔憂地立在身旁。

自從她醒來，卻再沒回到之前正常的模樣，跟她談話總是呆立。

夏帝屺相當清楚，有人又對祝姿瓏施術了。對方僅僅歸還了部分魂魄，讓她死不了又活不好，可是即便是他，也無法使祝姿瓏恢復。想到這樣的異象也是自從瑾兒出現後才發生。

珞、師傅、白鳥、瑾兒？很明顯的，他們之間的關連並不簡單……他望向天空，腦海開始羅織應對方法。

之前與辰紹等人交手的黑袍人一眾，疾行進入了一個草木稀疏但巨岩奇石林立的高山。此山遍布毒蛇毫無人跡，但他們在山中疾行，似乎完全不受影響且熟悉。眾人來到一處瀑布，望向一個瀑布邊空曠的岩台。一陣風吹過，樹影搖晃後，一個人影出現在那原本無人的岩台上。只見那人影也同樣披著黑袍，身上紋滿咒紋。

眾黑袍人向那人一拜喊了句：「居奎大師兄。」

只見那石台上的黑袍人點了點頭，伸出他那紋滿咒符的手，指向飛流不息的瀑布，瞬間流瀑中央破開一水道，向那望去是個深幽的隧道。

那個被稱為居奎的黑袍人幽幽道：「師傅等你們很久了，快去吧！」

其他黑袍人皆倒抽了一口氣，遲疑了片刻才緩步進入。

第十五章　永生與不死

01

「娘，瑾兒想去那邊看花。」蘿莉瑾牽著珞的手，走向姒夏山城宮殿中，一個樹木茂密的庭院。

「好，瑾兒說什麼都好！」跟在身後的珞掛著滿臉笑意，牽著蘿莉瑾的手隨她而去。

珞現在對她是從頭到腳，從裡到外的心悅臣服，沒這樣恭敬過！

瑾牽著珞越走越快，幾個拐彎，兩人就失去了蹤影，一個侍女忽然從後竄出，四處張望！

領域中，瑾恢復真身，摀著珞的嘴，看著領域外四處張望的侍女。

她發現失去追蹤目標後迅速離開。

「師傅？那是？」珞問，那明明是山城的人不是嗎？

「傻徒兒啊！妳知道妳已經一隻腳踏進棺材裡了嗎？」瑾皺眉輕輕地說。

「咦？」珞以一臉呆愣回應。

看到這個表情，瑾忍不住噗哧一笑：「若不是妳情況危險，我又怎會輕易參和？」

看到珞仍然狀況外的表情，她輕嘆了一口氣：「妳知道那個夏帝妃不簡單嗎？」

是很不簡單啊！帥到不像人，說話行事都難以揣測捉摸！但……從未見他作惡，還行俠仗義，不過這關她什麼事？又怎麼會一隻腳踏進棺材呢？

「師傅……珞不懂……」她搖了搖頭說道。

「妳沒想過為什麼印琴鏡三神器使會這樣阻攔他嗎？」瑾盯著珞問道。

珞皺眉疑惑回望：「師傅，我一開始知道他就是黑衣人少主後也很驚訝，可是相處之後發現……屺非常照顧他的子民，而且……他的所作所為也不像壞人，反而還時常無私的為他人付出，珞覺得……他是個好人……」她還是誠實的說出自己對他的評價。

瑾聞言，定定望著珞，然後嘆了一口氣：「或許這也是妳的命運吧？」

瑾又開始高來高去了，我等凡人沒法理解啊！

「師傅放心，不管對誰珞都沒洩露身分！」珞感受到瑾的憂慮趕忙安慰。

瑾盯了她一會，點點頭：「那就最好。」不過依照她呆愣的天性，搞不好早不知不覺露餡了……

「徒兒啊，妳知道不化骨原本是什麼嗎？」瑾忽然冒出這句。

珞回答：「聽同伴說過，那是有修行過的人死後屍骨不化而成的，您也說過這是居心不良的修行者練就出來的。」

「妳還記得我璿躍洞天第一條門規嗎？」瑾難得嚴肅，此時沒有半點笑容。

「順天應時，隨其自然……」她不敢胡鬧，認真回答了。

聽到答案，瑾才淺淺一笑：「嗯，我璿曜洞天只尊崇四季有常、生老病死、順天應時、隨其自然，妳總算還記得。」

看到瑾笑了，氣氛沒那麼緊張，珞這時才舒了一口氣。其實這也就是父親常對自己說的：「妳只管好好做人，其他的上天自有安排吧？」珞這樣思索著……

瑾續道：「這世上太多修行者，原先所求不過是求得真我，但得到真我後，又貪求更高的層次，修得久了，總覺得生命有限的時間不夠。」

「不化骨原先也是修行者，但修得久了偏離本道，開始貪求那永恆的生命，但有這種想法就已經失去修行的本意，入了邪道，殊不知即便吸取血肉精氣，延續了留在世上的時間，修到了的卻不是永生，而是不死。」瑾認真地說。

「永生？不死？這兩樣有差別嗎？」珞忍不住問。

瑾皺了皺眉：「傻徒兒！至今還未明瞭聚光與捻光的差別嗎？」

珞的腦海裡浮現瑾說過的：「兩者之不同源於本質……」但她還是搖了搖頭。

只見瑾凝視著她一會，搖了搖頭又嘆了一口氣：「總之貪求永生……總會墮入邪道，妳今日可要記住師傅的這番話。」她表情又嚴肅起來，珞點了點頭。

珞認真聽受的態度，讓瑾欣慰笑了起來。

見氣氛緩和，她大著膽子開了口：「師傅啊……珞還有件事相求……」

「妳說。」瑾又恢復之前的高人笑。

「可不可以別再把我跟姜奕翔扯在一塊？」整天被叫爹娘多尷尬啊？都不知道人家有沒有那個意思……想起那冰冷的眼神態度，珞就感到心中一陣失落。

瑾卻不加思索地搖頭：「不可以！」

「為什麼啊？」珞忍不住大聲起來！

瑾又盯著她，盯得珞都開始渾身不自在後，才緩緩開口：「因為師傅也很喜歡嗑CP啊！」她笑開。

嗑什麼CP啊？妳從哪學來的？珞心中哀嚎！欲哭無淚……

瑾不著痕跡地又開話題：「看妳，經過這次事件也成長不少，妳衝破第二層巫境時，師傅亦有感應，恭喜妳到達真巫境界，師傅這就傳授妳真巫領域的種種。」

珞點頭如搗蒜，原來自己不知不覺進階啦？好開心耶！

於是，在這奇花異卉滿布的領域中，兩女低聲細語，時而笑聲不斷，時而異芒閃現。

「少主，屬下無能，受命追蹤兩女，但不知為何，常一轉眼就失去她們的蹤影……」那侍女向夏帝屺報告。這是夏帝屺的書房，他正埋首察看一個皮卷。周圍散著檜木的香味，下午的陽光透窗撒入，微風送香……

意料之中。

他頭也沒抬，揮揮手表示知道了，侍女一揖後退下。侍女走後，他收起皮卷，站起來走到窗前，姚斟兩刀巫還沒消息……他得等！

他信步走出，庭院鮮花異卉，奇石香木遍布，午後陽光中的他，仍漫著那五彩斑斕。左彎右拐，經過穿堂，來到一個空曠中粗石堆疊而成的小塔，塔前立著四守衛。侍衛對夏帝屺行了個禮，屺點頭示意後逕自循著階梯下到底部，終於來到那個巨門前，他立在門前，那個鎖鏈依舊，他並不觸碰，而是從他的懷中掏出他的溢彩琮。

溢彩琮仍像塊平凡無奇的石頭。

「漫著五彩的光芒嗎？」他喃喃自語。其實在他的眼裡，溢彩琮也是漫著五彩的！

而且，從小到大，只有他與父親看得到。

人人都說他出生時就抱著這塊石頭，又受高人批命煉化，當他睜著他那清澈的雙眸望著父親問：

「為什麼石頭會發光呢？」

他父親驚訝的神情剎那即逝，隨後難得對他露出慈愛的笑容說道：「有天命機緣的人，能看到石頭溢出的五彩。」然後帶著他來到這個巨門前，告訴他：「溢彩琮是一把鑰匙……」

「父親，屺兒想知道門那邊是什麼？」這美麗無雙的孩子，閃動著雙眸問道。

父親笑笑：「門那邊是父親想送給屺兒的禮物，等你有天真的夠強了，自然就能開啟。」

回憶淡去，夏帝屺將溢彩琮置於掌心開始聚力。不一會溢彩琮五彩瀰漫，他的身影籠罩其中，受此波動共鳴，重重鎖鏈的巨門這時竟微微開了一道縫！門的另一邊傳來強大的靈壓。

但夏帝屺已力盡，溢彩琮光芒漸漸消失，門也緊緊關上。

他仰首嘆了一口氣，唉……究竟何時能順利開啟這道門？

姜奕翔康復後，眾人又組隊外出尋找不化骨。

「珞妹妹，最近氣色很好，彷彿換了一個人一般。」屺一見到珞就忍不住開口。

「真的！我也覺得最近珞姐姐變好看了！」澄兒也直言，說得珞眉開眼笑。

「珞妹妹可有祕方？」明湘微笑著幫在場女性詢問。

紀辰紹直白道：「還真的咧，雖然還是很親民，但終於不像路人甲啦！」當然又換來珞的一陣白眼。

姜奕翔俊臉微紅著點了點頭。點頭是什麼意思？你是誇我變好看呢？還是贊成紀辰紹的話啊？但是眾人的誇讚還是讓她喜笑顏開。

她揮了揮手呵呵直笑：「也沒有啦！可能最近修練有所進步。」還是得謙虛低調一點。

不過路自己也覺得自從達到真巫的境界後，看什麼都不太一樣了！

瑾也有說過，大多人修練並吸收天地靈氣之後，依階段不同，道門不同，會改變人的外型，第一層的精氣神就已經影響巨大。

「能變美啊？那我一定卯起來練啊！」她雙眼燃起火焰地說。

但馬上遭到瑾的制止，又提醒了門規一次。好吧！一步一步來嘛！順其自然嘛！

眾人從上次不化骨遁逃的點開始尋找，終於依著枯萎的花草追蹤到一處。

一團枯萎的花草圓環形成斷點，卻再也沒有移動的足跡，連同那條九玄捆仙繩一起憑空消失了！

正在猜測各種可能時，屺腦海中飄入了那個居高臨下的靛衣人，他淡淡道：「或許是遇到高人了。」屺將靛衣神人的事情說了一遍。

眾人紛紛陷入思索，開始好奇連夏帝屺都評價為「高人」會是個什麼樣？

或許是真的？不化骨遇到高人而被收拾掉了？

總之沒了線索就再也追不下去，眾人又方圓數里內晃過一遍，真的再無所獲，只好打道回府。之後又數次追蹤無果，夏帝屺派了山城守衛定期搜索巡邏，但再無事件傳出，這是後話。

到此，不化骨事件算是告一個段落。

這是個龍蛇混雜的嘈雜市集，賣的貨物卻跟一般市場不同，街邊各種大型木籠，籠內關押著少年少女，那些少年少女眼中毫無生氣，或是面露驚恐，販子們大聲吆喝，買家們討價還價……

「我們為何來此？」跟在姚君堂身後的斟伏忍不住問道。

姚君堂回：「要對付那個白衣女，只有求助我師傅才有可能了。」

「那為何還不快去？最近你一直流連人販市場，到底是在蹉跎什麼？」斟伏皺眉，他太擔心祝姿瓏的情況了。

姚君堂立定回頭沉重的說：「我這師傅喜怒無常，若是有事求他，必先準備好奉獻的祭品才行。」姚君堂這神情如此少見，斟伏聽得更是心生疑惑，但姚君堂隨即轉身繼續搜尋，斟伏無奈只好跟隨其後。

02

眾人回程，知道分別的時候快到了，邊走邊聊卻沒有以往的輕鬆快樂。

才剛一回到山城，就發現熱鬧異常。

「報告少主，禹王回城了！」一個守城侍衛見少主回來雙揖報告。

「是父親！」屺露出孩子般欣喜的神情，急忙衝向宮殿。

眾人追在他身後，沒看到他的臉，都能感到他的熱切！

在連接宮殿的橋梁邊，遠遠的就看見黑壓壓的圍了一堆人，夏帝屺卻忽然停下了他的腳步，遙望那個被眾人圍繞著的父親。

被眾人圍繞著的人，跟屺外貌有相當大的差別。他看來非常魁武高大，健壯結實，蓄著長鬚，額前綁著一綠玉帶束著長髮，髮色灰白參半，古銅膚色，看來受奔波歷練，渾身有股滄桑忙碌的感覺。他的穿著也很是普通，頭上戴著一深碧色頭衣，無袖麻布披掛上面布滿風塵，小腿上綁縛碧色熊紋護腿，打著赤腳，唯獨腰間繫著一把純金的劍引人注目。

身側則有兩個特別顯眼的人，一個看來身高比禹王矮了一個頭，但仍是鶴立雞群。他跟禹王一樣也是渾身塵土，膚色古銅，精壯結實，且仔細看也是個剛毅俊美的人。

另一側的就跟常人差不多高度，看來憨厚，雖然也是精壯結實古銅膚色的人，但明顯往橫長了太多，肚邊像圍了圈橡木桶般。這人更與眾不同的是，他彷彿自帶羽化邊緣般，與背景格格不入，特別的突出！

眾人看著，心中都不禁湧上一句：「你這背景是假的吧？」

一行人隨著夏帝屺呆立片刻，橋那端的禹王發現遠處的屺，臉上露出欣喜的神色往這衝來。

「孩子！」禹王遠遠地喊。

「父親！」沒看到屺的表情，都能從他的聲音中感受到激動熱切，眾人都打心底為他感到開心。

禹王快步來到眼前，卻沒發生眾人期待的相擁，難道這就是傳說中，男人間的矜持與浪漫嗎？

父子兩兩相望，禹王伸手搭上屺的肩：「好孩子，父親已聽說了，你把山城守護得很好，父親很開心！」

「那不算什麼，孩兒只是想跟上父親的腳步！」屺顫抖著聲音回答，清澈深邃的雙眸中閃著淚光。

夕陽餘暉灑在兩人身上，此刻天地間就像只剩他們兩人一般，這一幕真的好美！沒人想說話打斷這個時刻……

但沒多久禹王就拍了拍夏帝屺的肩，又收回自己的手，轉頭對身邊那個剛毅俊美的人說：「稷，那件事就交給你了！」

稷深深一揖：「是。」

他又對著屺點了點頭，轉向那個邊緣自帶羽化功能的人說道：「益，我們這就出發。」

然後禹王就領著眾人往城門離去，邊走邊忙碌的交代事務。

「就這樣⁉前後不到五分鐘耶⁉」眾人忍不住在心中喊出這句。

夏帝屺靜靜望著禹王團隊的背影離去，直至消失在視線的盡頭，他仍捨不得移開目光。

珞忽然懂得了他在黃土村說的那些話，心中替他感到有點難過……

辰紹這時勾上了他的肩：「嘿！兄弟！原來你的父親就是大名鼎鼎的禹王啊？」

屺抹了抹眼角的淚滴才回過頭：「是啊，嘿嘿！」這故作堅強的模樣，讓眾人一時間不知該如何言語。

辰紹咳了咳：「接下來嘛……」

才剛開了頭，這句話像一道雷般，劈得屺臉色慘白！但他馬上低下頭掩飾：「你們也要走了嗎？」他壓抑著心情，聲音卻止不住顫抖，這脆弱的模樣讓眾人心中一震！

不化骨的事情告個段落，辰紹本來只答應留到解決屍妖，但現在看到他這表情，要告別的話瞬間開不了口……遲疑片刻：「不是！除完了妖還得放鬆放鬆，四處玩玩，你這主人有沒有好推薦的啊？」

隨後摟緊了夏帝屺的肩，看重同伴的辰紹此刻怎麼可能丟下他呢？

眾人紛紛附和「是啊！」「我們還想多晃晃！」「哪裡好玩啊？」「想大家一起去走走！」

屺很明顯鬆了一口氣，體會到眾人的善意，露出了溫柔開心的笑容。他思索片刻：「城外東邊與東夷部落的交界處，最近正好是天地祭，很多人都會備貨去賣，各部族齊聚，很熱鬧的！」

「好！我們收拾收拾，明天就出發！」辰紹哈哈一笑，拍著屺的肩敲定！

一回到房間，就發現瑾不見了！

「瑾兒？瑾兒？」珞奇怪地到處尋找。

「娘！」在角落的箱子，瑾探頭而出。

「幹嘛躲這啊？」

珞好奇地靠近，誰知瑾忽然一把將她抓進了箱子裡，轉眼又來到那個奇花異卉的空間裡。

珞皺眉：「師傅？妳幹嘛忽然玩起躲貓貓？」

「唉唷！嚇死我了！」瑾撫著胸口道。

珞忍不住好奇：「什麼事啊？」這世界上還有什麼能讓瑾這般驚嚇？

「本來我在城裡四處溜彎順便等妳，誰知道感到一股巨大的靈壓襲來！」瑾伸出食指，表情嚴肅。

師傅，妳不是又去跟侍女侍衛蹭吃蹭喝了吧？當然珞沒說出口。

「原來這是覡王禹的城啊⁉還好我躲得快！」瑾又撫著胸口，看來被嚇得不輕。那個綠刀巫甄伏竟隱瞞這麼多！

「覡王禹？」不是指夏帝屺的老爹吧？

瑾聞言一個白眼，失去了往日高來高去的風範：「妳不知道嗎？」無奈的望著眼前呆呆搖頭的嫩包珞，瑾忽然覺得自己真是失職的師傅，沒把徒兒教好……瑾認真凝視著珞並說道：「神州突發水患，眾生痛苦，死傷無數！前覡王舜命令禹覡治癒水患。」

「禹覡觀察後決定使用疏通的方法，遂召喚出兩條巨龍，並數千萬條小龍，鑽向外海，有了水道，水患得以疏通，終於使大地恢復生機。」

喔～還有此一說？珞聽得震驚。「我還以為是集合人力挖的。」珞忍不住直言。

「傻徒兒，疏通神州水患，這本來就是件難比登天的事，即便有巨龍加上眾人的努力，也是要耗費覡王禹的一生！」瑾認真道。

「咦？等等！所以……師傅您是說夏帝屺的父親真的是覡王啊？」這個消息太勁爆了！她一下子接受不了！

瑾點了點頭：「禹覡疏通水患有功，使天下萬靈免於痛苦，天地終於恢復生機，遂被前覡王舜賜予軒轅神劍，任命為新覡王。」

頓了頓又道：「而且他召喚出那兩條巨龍的能力，師傅自問是辦不到的……」

常常高來高去的瑾，現在卻輕易認輸？看來覡王禹的確是個狠角色！但珞腦海卻浮現了覡王禹那忙碌工程師的模樣。

「不過我看他非常忙碌，事實上他待不到多久就已經離城囉。」想起望著他背影的屺，珞感觸良多。

瑾聞言舒了一口氣：「是嗎？那我可以去外面透透氣了。」瑾像見了貓的老鼠一般，珞不禁偷笑。

兩人爬出箱子，珞又問：「對了，師……瑾兒，明天我們要去城東的天地祭，妳要不要一起去？」

「好啊！天天待在這好悶啊！」出箱子後她又化為那個蘿莉瑾開心的回道。

第十六章　崇靈天地祭

01

早晨眾人集結……

這次不趕時間，大家悠閒地走著，一路上說說笑笑，花了更多的時間才到天地祭的市集。

天地祭是融合附近各部落的大祭，所以雖然天地祭還未開始，但這邊早已湧入各種不同的攤商。各族的手工藝品，特色食物，還有奇裝異服的各部落族人四處遊逛，看得眾人目不暇給、眼花撩亂。

屺分給了眾人數串彩貝，說是這邊的貨幣，仔細看這些彩貝上面都散發如深夜銀河般的珍珠色，非常美麗。辰紹聽說是這邊的貨幣後又多要了幾串，惹得眾女一陣白眼。

澄兒牽著小小瑾四處晃悠，看任何事物都覺得新奇開心，不時把買到的甜品分送給同伴。明湘與珞看著各部族鮮豔的服裝飾品，黏著走不開身。屺姜兩人跟在女孩們的身後，一面保護，一面享受這種悠閒的時光。而辰紹東晃西竄，早像猴一般不知溜到哪去了。

當捧著滿手美食，奇異飾品的辰紹回來時，天空忽然爆出數朵彩火！

彩火壟罩了整片夜空，有好多奇異的形狀，龍、鳳凰、鯤鵬、麒麟、鸑鳥，陸吾、長乘、臞疏、孰湖、句芒等等，皆為祥瑞。

接下來又是山川美景、五穀豐收、風雨雷電種種奇觀，眾人被這新奇的美景吸引移不開視線。

觀看滿天彩火的珞尋思，火藥不是唐朝之後才發明的嗎？而且怎麼能炸出一幅圖的呢？她忍不住問道。「那些煙花是怎麼能炸出這些圖案的呢？」

眾人不約而同驚訝地盯著珞。

明湘問道：「什麼是煙花？」

「珞姊姊，這些彩火是巫師們施放的。」不想讓珞太難堪，澄兒趕忙補上。

「少見多怪！施放的彩火越大，代表巫力越強。」辰紹環胸解釋，鄙視的表情換來珞的怒瞪，又被這傢伙瞧不起了！

「有些能力高強的巫師，施放的彩火不只有各種形狀，還能像剛剛那樣能現示圖樣喔。」屺微笑解釋。

「顏色也依巫力不同，有些三彩，有些五彩，高強的甚至能做到七彩輪換。」姜奕翔難得講這麼多話。

珞尷尬一笑：「原來如此！」

已被姜奕翔捧高高觀看的瑾忍不住扶額，心中暗忖：「徒兒妳的身分要是不洩漏那才奇怪！」

這時，十五位衣飾華麗的巫師們帶著覆面走上高台，開始隨著鼓聲音樂跳起舞來。動作一致，時而緩慢而優美，時而爆發又快捷。羽冠輕抖宛龍蛇，流蘇速擺搖天辰，長愁凌波去，隻影舞迴風，舞低訴盡敬天意，歌高明表崇地心。

眾人看得如癡如醉，配上節奏感十足的鼓樂聲，都從巫師們的舞蹈中感受到，他們崇敬天地的純粹與執著。

「天地祭一向是十五位巫師一同跳舞祭天地，以求天地和諧，萬靈平安。」夏帝屺這時小聲的向珞說道。

「為什麼是十五位呢？」珞忍不住問。

「沒聽過十五象靈嗎？」辰紹又一次鄙視。

「咦？」記得瑾說過女希族是十大分支，兩者都是巫，體系卻不同嗎？

瞟了一眼瑾，那警告別亂說話的眼神，讓珞很乖巧地睜大雙眼，露出懵懂不知的微笑。

「澄兒也想聽。」澄兒發聲，一方面是幫珞解圍，一方面也是真的想知道。

明湘解釋道：「十五象靈，各自有掌管的領域，蓐收西方金之象靈、句芒東方木之象靈、共工北方水之象靈、祝融南方火之象靈、箕星風之象靈、玄冥雨之象靈、屏翳雷之象靈、瑤姬雲之象靈。」

屺補上：「其中天之象靈尊為昊天、地之象靈尊為后土、日之象靈尊為曦和、月之象靈尊為常曦、時之象靈尊為噎鳴，冥之象靈尊為燭龍九陰、空無之象靈尊為帝江。」

珞搖頭晃腦，這次是真的懵逼了！

眾人見她頭昏腦脹的表情，皆覺得她一直以來的無知，如今再合理不過了。

「簡單來說，十五象靈巫是眾民朝拜天地時的代表。」屺微笑解說，簡化了十五象靈的定義。

珞弱弱回應：「懂了……」

歌舞祭祀結束，人們又開始閒逛起來，夏帝屺用五枚貝殼換了個大皮帳篷與防寒斗篷。滿天星斗下，照著玄潔的指引，來到附近山谷一處冒著熱氣的溫泉邊野宿。美美的分區泡了個溫泉，眾人都累攤了，倒進帳篷裏上防寒斗篷，不久就呼呼大睡。

不知睡了多久，珞忽然驚醒，睡意深沉的爬起來……

揉了揉眼後才發現辰紹又伏在帳篷縫隙處對外觀望。

他這個動作時絕對有事！想起他在烏木村忽然飛身掐滅燈火，而後遇到旱妭的那件事，他天生的敏銳直覺，比辰紹本人還可靠！

珞靠往他身後向外觀望。此時眾人竟也不約而同的依次甦醒，看到辰紹的動作後會意，紛紛各自找了個縫隙。

天地祭的營地此時已全無燈火，但距離它數個山頭處卻有一處突兀的火光。望著那火光，眾人心中皆發起了寒顫，但觀望已久，又無事發生。那火光終於熄滅，一會後眾人才紛紛歸位。

這時瑾像是剛睡醒般揉著眼睛說：「娘，瑾兒想噓噓……」

珞知道她有事要說，牽起瑾的手。姜奕翔聞言自動起身想跟隨保護，但被兩女拒絕：「這你別跟！」想到確實不妥，姜奕翔瞬間滿臉通紅點頭。

一出帳篷，瑾就拉著珞的手往高處飛奔，如同救她的那天一般。奔了一會，瑾終於站定恢復真身。

「師傅！」珞還沒說完，瑾就回答了：「那是生人祭！」

生……生人祭的意思不會是……珞還張著嘴，因心中的恐懼發不出聲音。

「對！就是妳想的那個生人祭。」瑾又爽快補上。

珞還持續震驚中，瑾已自顧用手支著白皙的臉龐思索道：「這種事一直無法斷絕啊！這次那些傢伙又想做什麼？」

震驚過後珞忽然發現：「咦？師傅！妳果然知道我心中在想什麼！」

瑾因自己不小心露餡而尷尬的笑了起來，正要說話，帳棚那傳來眾人尋找兩人的聲音，她們只好匆匆結束談話回到營地。

隔天清晨，眾人紛紛起身梳洗，辰紹拿出本領。

他先摘了數片大芭蕉葉洗淨後堆疊，倒入過濾後的溪水，將昨夜抓到的數條魚，鮮採的山菜全數丟入。又將數個燒得通紅的石頭丟入，葉內的水滾燙起來，不多時，夾雜著葉香的什錦魚湯就完成了。

這時他把置於石盤上烘烤的竹段拿起，打開來裡面是已經煮好的米飯，夾雜著竹香，配著什錦鮮魚湯，眾人享用了一頓豐盛的早餐。

這傢伙煮飯的手藝真的很好啊！珞邊猛嗑邊想起初遇辰紹時的烤魚，恨恨的在心底下了評價。

邊吃邊討論接下來該幹嘛，屺提議去昨晚的火頭處看看，眾人知道他捨不得分離，都望向了辰紹。

他一如既往的摟住屺的肩膀面向眾人答道：「好啊！我對昨晚那火光也很在意，就去看看怎麼回事。」

02

一行人趕至山腳時已過正午，光站在山腳都有陣陣不祥的靈壓襲來。

「真不舒服！」眾人皺眉望向山頭。

珞想起瑾說的生人祭，害怕地望向牽著手的瑾，小小瑾此時也臉色凝重。瑾忽然向珞討抱抱，並以心靈感應傳話說：「徒兒，你上去後千萬提高警覺，我想他們已經成功了。」

他們？成功？珞趕忙提醒同伴們：「大家小心……」

這次連嫩包珞都感到異樣，大家因此又提高了幾分警覺。（嘿……ʘ_ʘ）

眾人開始往山上走，走到山腰就傳來陣陣刺鼻的血腥味，一行人忙循著難聞的氣味找去。

終於看到已經燒垮的篝火殘木，旁邊散落一些巫師服飾又殘缺不全的屍塊，地上數處凌亂的巨大獸足，再細看地面有些已被破壞的圖形。

篝火殘木旁圍了一圈乾屍，男女老少都有，模樣跟被不化骨吸乾精血的三童一致。

「這是被強迫獻祭的……」屺沉重地說。

「強迫？」珞震驚地轉頭，澄兒掩口。

辰紹盯著散了一地的巫屍忍不住罵了一句：「哼！活該！」

屺緩緩點頭，指著跪坐的乾屍手腕，綁縛過的痕跡還深深印著。姜奕翔立在他身側皺眉垂下眼眸，明湘與辰紹四處搜索，似乎都隱隱帶著怒氣。

終於發現了什麼，明湘指著篝火殘木呼道：「大家看！」

眾人圍了上去，發現燒得焦黑的篝火中心處，竟有一圈鮮紅痕跡。

「有東西從篝火中心生出，你們看牠的足跡……」明湘繼續指著。

「看樣子這些傢伙失策了！」屺說。

「對！沒本事的才會被自己召喚出來的東西攻擊。」辰紹接道。

「這些人到底是……」澄兒才說到一半，瑾忽然扯了扯珞的衣服，伸手指向林中深處。

紀姜兩人先後眼神犀利的掃向該處，忽然從那深處射來一隻飛箭，被已做好準備的辰紹擊落。

一道紅影順著那箭飛身而出攻至，一條赤紅的鞭影環繞，被姜奕翔全數擋下。

這團紅影身法迅捷，攻擊的同時嬌叱道：「你們對我的族人做了什麼!?」與姜奕翔戰成一團！

紅影身後跟著數名大漢，一時間武器交擊聲四起，眾人戰成一團，珞澄帶著小小瑾躲向外圍安全處。這群人冀力甚強，辰紹一眾討不到便宜，加上不願下殺手，有漸漸被壓制的狀況！

澄兒見狀緊張地雙手緊握，專注力全放在眾人的對戰上。

這樣纏鬥下去不行，珞以心聲問瑾：「師傅，您有沒有辦法啊？」

只見小小瑾點點頭後，躲到樹叢裡。片刻後忽然颳起一陣狂風，打鬥中的眾人一下被吹得眼都睜不開，辰紹一眾趁機將對方逼退，但對方仍掙扎著想衝上前來！

赤蛟鞭發出熱氣，姜奕翔聚力一鞭，颳起一道沙塵夾著火焰，將對方硬生生逼退！兩方就那道抽出的鞭痕壁壘分明的相望。這時才看清楚，拿著紅鞭的是一個穿著朱紅色東夷部落服飾的美貌少女，年紀看來跟辰紹他們相近。

鵝蛋型的臉上，有著琥珀色的勾魂雙眸，堅挺小巧的鼻梁，紅玫瑰似的豐滿雙唇，淡肉桂色的緊緻肌膚，使她看來更是青春健康。身上流蘇與銀飾隨著她婀娜的纖細身軀微微晃動，身後跟著數名紋面紋身的大漢們，手上拿著形狀各異的武器。

對方終於冷靜下來凝視著他們……

他們肯停手是因為發現對方打了那麼久，卻僅是為了逼退他們，不然若是被這詭異的火焰鞭抽到，怕此時早已站立不住。

夏帝屺這時排眾而出說道：「你們誤會了……」

對方從沒見過如此俊美宛如天神般的人物，都愣住了！

「昨晚天地祭後就發現小娃不見了！」一個東夷服飾的婦人掩面痛哭。
「我爺也是……」一個牽著父親手的孩子擦著眼角的淚說。
「娘……」「我弟他！」「我妻子……」這些哭泣的聲音此起彼落。
這是東夷族赤夷部的營地，眾人解開誤會後，把乾枯的屍身帶回這裡，夏帝屺一行人除幫忙運送屍體，也順便來此打探消息。到達時夜幕已然降臨。
看著東夷族人哭喊著認屍，這個慘狀讓眾人心情更是沉重。
紅衣少女領著眾人來到最大的營帳前，侍衛報告後進到帳棚，一個面色凝重的壯漢端坐之中。他左臉上有個朱紅色的鳳鳥胎記，眼神犀利，加上他巨人般魁武的身材並紋滿紋身，看起來更是凶猛異常。
紅衣少女湊近他的身邊報告情況，之後他的面色才緩了下來，朝眾人點了點頭。只見他伸出巨掌招呼眾人坐下，隨後有族中侍衛鋪好草蓆，眾人坐下後，少女也坐在壯漢身旁。
「我是東夷族赤夷部的赤昊鳳主，你們為何會在我族人屍身邊？」他有著濃重的東夷口音，說著癟腳的夏語，聲音卻如洪鐘一般響亮。
「赤昊鳳主，我是諸夏族姒夏山城的夏帝屺，事情是這樣……」夏帝屺竟然能用對方的族語流利的回答！
赤昊鳳主眼神由犀利到和緩沉聲道：「那麼我還得感謝各位幫助我族人將遺體運回。」
「請不用掛懷，這只是舉手之勞，我們也是察覺昨晚燃燒的篝火情況有異才去探查，對貴族的遭遇，我們深感遺憾。」夏帝屺一瞬不瞬地凝視著赤昊鳳主回答。

接下來兩方熱鬧的對談起來，其餘聽不懂的眾人雖滿頭問號，但也只能繼續坐著，輸人不輸陣的幫忙傻笑。談話終於結束，壯漢起身，眾人這時才得以伸展自己已經痠麻的雙腿。

壯漢走來拍了拍夏帝屺的肩，領著眾人走出帳外，來到屍身安置處。哭泣的親屬們被侍衛與紅衣少女勸退，眾人這才得以觀察屍身，當然珞帶著瑾與澄兒躲得遠遠的。

「你說這是壞巫師們為了召喚邪物，而施法犧牲我族族人嗎？」赤昊鳳主皺眉指著屍首們對屺問道。

夏帝屺直言：「是的，赤昊鳳主，據我們的觀察，你的族人被召喚出來的邪物吸乾精血，而獻祭儀式已經完成，他們達到了目的，只是他們似乎控制不住他們召換出來的邪物，自己也遭了殃。」

赤昊鳳主沉思一會，眾人本以為他不信，他卻回說：「我孩提時也見過一次，那次部落也出了大麻煩，我相信你！」

頓了頓又道：「但我現在不能離開族人的身邊，可恨那些害死我族人的惡人！」

他的夏文說得瘸腳，但句句滿溢著激烈的情感。

的確，有如此剽悍的赤昊鳳主鎮守，壞人只能趁天地祭時偷人，又不敢靠近他們的營地。

夏帝屺望向身後的同伴，幾人會意都點了點頭。

「赤昊鳳主，除魔衛道是我們諸夏族的信念，這件事我們必定竭盡所能查個水落石出，還你們個公道。」夏帝屺認真地凝望著赤昊鳳主。

赤昊鳳主聞言拍了拍屺的肩，轉而望向身旁的紅衣少女呼道：「妍妍。」

名喚妍妍的紅衣少女應答：「父親。」

赤昊鳳主用族語恨恨地說道：「妳跟著諸夏族的屺一起，務必為我們無辜犧牲的族人討回公道！」妍妍點頭應聲。

「今夜請諸夏的朋友們好好休息。」隨即赤昊鳳主為眾人準備宿帳與食物，眾人歇下一夜無事。隔天梳洗完畢，簡單用了赤昊鳳主為眾人準備的早餐後走出營帳。

只見赤昊鳳主與妍妍已經在營口處等待，妍妍身邊跟著兩個身手矯捷的壯漢。赤昊鳳主本來提議讓小小瑾留在營地比較安全，但小小瑾黏著珞不肯鬆手，眾人只好也帶上她。

告別了赤昊鳳主，大家離開東夷營地，往篝火殘木處前進。

第十七章　現淵主

01

姚君堂與斟伏領著一隊人馬不停蹄的趕路，終於來到一個埋沒在雲霧間的高山。這座山異於其他崇山峻嶺，散發著一股生人勿近的氣息。山內森林中草木藤蔓稀少又多枯萎，只因巨石奇岩眾多而陰鬱，不時有毒蟲蝮蛇在岩石間出沒。

兩人將人馬分成兩隊，領著五人逕自入山而去。這五人中有三人身型婀娜纖細，穿著青色天蠶紗衣，外披純白罩袍，近看都是罕見的美貌少女，年紀約莫十八左右。後方兩個侍衛捧著精美的盒子，裡面似乎裝著什麼價值不斐的寶物。

他們跟隨在姚君堂身後疾行，不時停下腳步在岩石與樹幹間查探。只見那樹幹或岩石邊出現從未見過的圖騰，有些甚至還是血淋淋的獸屍殘骸拼湊。

傍晚時終於來到一個飛瀑流逝的山澗旁，他們左顧右盼，一道陰惻惻的聲音傳來：「你們終於到啦……」只見一個身披黑麻布袍的消瘦男子坐在岩石上。這男人用畫滿符紋的眼罩遮蓋住他的雙眼，眼罩材質隱隱生光，麻布袍上與露出布袍的肌膚上也刺滿了符紋。

眾人心中暗驚，剛剛明明檢視過的地方卻完全沒發現這個人！

姚君堂聚精會神辨識他身上的咒紋與配飾，最後恭敬的雙揖喊了聲：「居奎大師兄。」

居奎喀喀笑道：「跟我來吧！」隨即轉身進入了瀑布。

瀑布之後是個幽深的隧道，左右不時有毒蛇藏匿其中，但卻只盯著人群並不攻擊，感覺這些蛇是隧道的守衛般。眾人走到一個廣闊的石台，赫然見到一條巨大的生物伏在暗處休息。

隱約的光照下，那龐然大物有個赤紅色的蛇身，兩對雙翼，三隻長著尖爪的腳都綁縛著鎖鏈咒封。牠聽見響動，抬起牠那似蛇似鳥的頭望向來者，六隻閃著異芒的眼睛咕溜溜轉動。

眾人看得眉頭一皺，即便是在咒封的情況下，這妖物也傳來陣陣灼燒的邪氣！身後的三女更是渾身難受發起抖來，幾乎就要暈眩昏倒。

居奎見狀將三女一把手攬了過來，還在她們脖間嗅了嗅，那少女的純然體香讓他開心的又笑了幾聲。三女看來並不喜歡這樣的接觸，但被他攬住的同時，那灼燒的邪氣也忽然被隔絕開來。

居奎湊在三女耳旁說道：「現在最好別看著牠，酸與可凶了！前幾天還殺了負責餵食的小巫，牠也不是要吃，就是覺得好玩，只不過是個看門的，竟也如此不知輕重，所以我們餓了牠幾天……」說完又嘿嘿笑了起來，三女則顫抖得更為厲害。

總算出了隧道，雖然此處仍是巨石蔽天，但總比剛剛隧道的鬱悶好多了。

這時空中傳來嬰兒哭聲般的鳴叫，一隻通身赤羽，形體如雕般的鳥兒從天而降，唯一不同的是牠的額頭立著一隻犄角。只見牠迅速俯衝向溪流，一眨眼就叼著一尾魚飛離，眾人望向身旁的溪流，溪水中悠游著好多形狀奇特的魚。

「這種魚有劇毒，人是不能吃的。」居奎頭也不回陰惻惻地提醒。

一路上周圍不斷有各種凶獸禽鳥出沒，但似乎都不敢靠近居奎，只敢在遠處觀望。

綠金兩刀巫都是見多識廣的人，此刻也是暗自心驚。

終於來到路的盡頭，眼前出現一個村落，但這村落與普通常見的不同。這裡用發出異香的黑木作圍籬，入村前的大門左右立了兩大塊黑蛇皮，上面一樣是繡滿了符紋，所有的凶獸更是遠離了不敢靠近。

屋舍用同樣的黑木架設，有些屋舍裡面坐臥著一些人，其他人分散在村落各處。有些在搗藥，有些手捧著未見過的生物，有些對著空氣中的無形之物說話，有些不知在烹煮些什麼，鍋內傳出怪異的味道。這些人除了眼神詭異外，全身上下也如同居奎般紋滿了刺青符紋，且所見皆為男性。

村落中的人目不轉睛的盯著姚斟一行人，尤其那三個身形婀娜窈窕的美麗少女，在眾村人的注視下，彷彿已經被剝得赤身裸體一般。

感到極度的不適，眾人護住三女加快腳步，終於隨著居奎來到村落最深處的盡頭。

村落盡頭有個特大的黑木屋……

屋外周遭分布著一些從未見過的黑色礦石，門口處地面上設著陣紋，姚斟兩人在踏入房屋的那刻，即感到全身上下的巫力消失。連腰間的虎狼兩巫刀也失去流光，斟伏心下大驚！

看著面色如常步入屋內的姚君堂，他愣了一愣，腦海裡浮現祝姿瓏的身影後，咬牙繼續向前走去。

進入屋內廳堂，正前方供奉著不知名的生物巨型骸骨，有些上面還畫著咒縛，用鎖鏈纏縛，五顏六色的布滿了整個牆面，屋內周圍燃著飄出異香的脂油燈火。

骨牆前有個披著黑底紅紋天蠶絲袍的人席地而坐，他坐的地方鋪著一個黑紅相間畫著陣紋的草墊。除了外披的天蠶黑絲袍外他一絲不掛，臉整個被一塊墨色的覆面遮蓋，材質隱隱生光。細看之下，符紋如螞蟻一般的大小畫在其中。

他脖間手腳腕掛著各種不同的晶石與獸骨，除了身形挺拔健壯外，露出的肌膚竟是宛如不化骨般的黝黑。從這人身上幾乎感受不到人的氣息，雖然他的確有著人的外型……

姚君堂向前雙揖喊了聲：「師傅。」此人微微點了個頭回應。

立在中間的居奎向其餘眾人說道：「這就是我們猨翼山的眾覡之首，覡淵主。」

姚君堂對三名少女與捧著珍寶的侍衛示意，侍衛將寶盒放置在覡淵主跟前。少女們則面露膽怯的神情，順著居奎的牽引來到覡淵主身前。

覡淵主細細看著她們吹彈可破的肌膚，嗅著少女們洋溢著青春生命力又獨特的體香。

雖然看不見覆面下的表情，但眾人都感到他正滿意地笑著。

三少女被安排在他跟前坐下，他拿下身旁熬煮中的陶壺，將裡面乳黃色的液體倒在三個陶杯裡，然後分派在三少女面前。

少女們回首望了眼姚斟兩人，求救的神情滿溢而出，但他們卻只是沉默以對。

居奎此時催促三女：「這是防止妳們被此處的瘴氣損害，還不快喝！」三女只好皺眉順從喝下。

那奇怪的液體沒有什麼滋味，喝完後也沒什麼不適，但覡淵主點了點頭，又比了個手勢，三女即被居奎帶往右手邊的後屋安置。

三女離開後，覡淵主終於站起身來，又唸了段咒語。

此時屋內角落有兩個高度及腰的罈子，像活起來般，伸出纏滿咒布的雙腳走來，這兩個罈子伸出同樣用咒布纏滿的雙手，捧住寶盒就退回剛剛的角落。

隨後向姚斟招手示意，兩人留下侍衛在此等待，就跟著覡淵主往左側隔簾走去。

走過隔簾是一個幽暗的通道，這邊不像入口隧道那樣毒蛇遍布，但兩人總有處處被什麼凝視著的感覺，而且空氣濃稠，彷彿像在濃度不高的水中一般。

到了盡頭，覡淵主拿出他胸前的玉刻，對著牆上一個不起眼處對印。岩石的牆面忽然左右敞開，一股灼燒的熱風迎面湧來，但他似乎毫不受影響往前走去，姚斟兩人艱難地跟隨其後。

02

除了看不見陽光天空外，這是個宛如山谷般的空間。眾人走在岩石柱連接而成的通道上，下方傳來陣陣火光與熱氣，竟是流動中的岩漿！但為何在岩漿之上而又感受不到它該有的炙熱？斟伏心中出現這個疑問。

覡淵主彷彿聽得到他的心聲般逕自解說：「熔漿在下，行走在此不會感到炙熱，乃是因為有道風流從中段將熱氣送往別處，若少了那道風流，這炙煉窟怕只能封起來啦！」

說話的聲音雖然截然不同，卻如夏帝屺一般的充滿魔力磁性。

他說著便將紋滿符紋刺青的手指向前方山壁，只見那處焦黑一片，看來是長期被熱浪衝擊，牆面不時閃爍著各色晶礦的異芒。

眾人繼續前行來到個分岔路，此處岔路分了數十條，覡淵主毫不猶豫的擇了其中一條，又行了片刻，終於來到一個小石室。石室內熔煉過的晶礦台上，托著一個黑玉製成的項鍊。

最引人注目的是中央一顆純黑色的寶石！

這極為罕見的黑寶石隨著室內的燈火反射著光芒，散發出一股使人暈眩且失力的靈能。

姚斟兩人忍不住皺眉咬牙硬撐。覡淵主卻像不受任何影響般，從懷中抽出一匹繡著咒紋的黑蛇皮，用他那雙黝黑毫無人氣的手包裹住這黑鑽，並收納進木盒內。

項鍊收進木盒後，姚斟兩人才恢復正常。

覡淵主說到：「這就是約定好的冥骨黑玉。」姚斟兩人雙揖謝道。

在這才待一會，姚斟兩人就都有點支撐不住。覡淵主看出兩人的虛弱，又領頭往出口走去……

祂邊走邊不經意地問：「怎麼這次遇到的麻煩這麼厲害？君堂，你從這求得的飛瑱巫刀還對付不了嗎？」

姚君堂恭敬回答：「師傅，是徒兒不才，未能領悟飛瑱巫刀的真力，此人之厲害連少主都感到棘手，但少主的意思是不傷及一絲一毫而使對方歸化，所以才向您求取這冥骨黑玉鍊。」

覡淵主笑了一聲：「若真有這樣的高手，我也想會會。」

姚君堂也笑了一聲回應：「這人雖厲害，但還是遠遠不及師傅。」若真跟覡淵主對上了，憑她是誰，毫髮無傷將再無可能。

雖是奉承之詞，但仍引得覡淵主笑開：「你心裡還是只有你少主一人啊？」

姚君堂聞言乾笑了兩聲。

覡淵主沉默了一會又忽然冷不防地說道：「不過你那少主的確是難得的靈氣俊美，有時真想也嘗嘗他的滋味。」僅僅看了幼年時期的他一眼，那揮之不去的身影已烙印在腦海裡……

但這句話卻讓姚君堂從頭到腳地發冷。

硯淵主不僅好女色，也好男色，被他採擷過的人總是靈氣生命盡失，沒多久就死去，他怎麼可能讓心中那聖潔的少主被他蹂躪？

姚君堂趕忙回答：「有朝一日少主的大業成就，師傅要多少靈氣俊美的人，徒兒一定盡力奉上。」

看穿姚君堂心事的硯淵主笑了兩聲回道：「放心吧！他父親是誰？還有那把天地靈氣精萃的神劍在手，誰又敢對他怎樣？」

姚君堂心中暗驚，師傅這句話意思是若禹王失去神劍，會發生什麼就說不準了？

眾人總算回到剛剛的廳堂，居奎已在等候。

硯淵主交代了冥骨黑玉的禁忌與使用方法，又說話了一會，才由居奎帶領著眾人離開。

在出山道時，姚斟兩人又看到一群黑袍人進入，不同的是他們身上烙著獸角型圖騰……

第十八章　赤昊鳳主

01

正午時到達篝火殘木處的辰紹一眾，驚異發現原本殘缺不全的巫屍莫名消失了！

眾人面面相覷，但仍開始搜索。忙至傍晚，珞與澄兒已在旁架起了營火與帳篷，準備眾人的晚餐。瑾乖巧地坐在一旁，啃著澄兒為她摘的水果。

「巫屍呢？沒道理忽然消失啊？」久尋無果的辰紹支額困惑道。

「看這雜沓的獸足印，像是後來新到的？」姜奕翔頹坐在一旁岩石上。

「這獸足之前未見，但除了營地周圍的腳印，竟再沒有痕跡。」明湘靠在一旁的樹幹上，有氣無力地說著。

妍妍一眾也感無力地頹坐一旁，這樣下去怎麼跟父親和族人交代？

夏帝屺異常沉默，看來眾人都深受這種毫無線索的挫敗打擊。

這時瑾又牽著珞的手拉著她往遠處去，眾人猜她們又是要小解，沒多做理會，繼續唉聲嘆氣。

遠離眾人來到小溪邊，珞趕忙小聲問道：「師傅，這是怎麼回事啊？」

瑾小聲地說：「妳別急，如果我猜得沒錯，今夜就會有異變，妳快招呼他們吃飽喝飽準備著吧！」

「然後，妳要先這樣……」隨後小小聲說了些什麼，又塞了些東西給珞。珞點頭，回到營地招呼眾人休息吃飯，眾人覺得心情沉重，食不下嚥，胡亂用了點東西後就被珞趕去休息了。

夜幕降臨，眾人在營帳內休息，兩壯漢盤坐在帳口閉目養神。

珞心驚膽戰地邊攪動營火邊左顧右盼，想弄得更亮點，好驅散自己心中的恐懼，被靠著她休息的瑾一拍手制止了。「晃眼啊！」瑾埋怨。

已是深夜了，說好的異變呢？

「師傅，我好怕啊！」珞知道瑾能傾聽她的心音，但還是忍不住發著抖細聲說。

「我還在呢，妳怕什麼？」瑾連眼都沒抬。

對喔！都快忘了妳是我師傅，誰叫妳變得小小一叢，害得我超沒安全感！這句話她沒說出口，但瑾瞟了她一眼，表示收到了。

「珞姑娘，謝謝妳，接下來換我守衛吧！」姜奕翔無聲無息地出現在身後。

兩女有些心虛地說道：「啊！你……你醒啦？」

只見姜奕翔摸了摸小小瑾的頭：「我睡不著……」

「我也是……」紀辰紹接著走出。

「大家都一樣啊！」夏帝屺跟在身後。眾人這時紛紛走出營帳，似乎也都沒睡。

當然！這麼苦悶詭異的情況怎麼睡得著？眾人圍坐在營火前發呆，這時近處草叢傳來嬰兒的哭聲。

這難道這就是⁉珞望向小小瑾，見她微微點頭。

「大家小心！」珞提醒眾人。

妍妍被哭聲煩得不行，本來想領著壯漢上前查看，但都被珞拉住了。見眾人不上當，嬰兒的哭聲忽然開始飄忽不定，眾人這才驚覺有異，圍在一起防備。

嬰兒啼哭聲消失，這時由樹叢陰影處，走出數頭像野豬般的異獸。只見這異獸同一般牛匹大，全身赤黃，有著如馬匹般長長的紅尾，全身鬃毛又如野豬般剛硬，但頭部卻長著人的臉！

「合窳！」夏帝屺提示眾人。其中一隻比眾獸還大兩倍的合窳似乎是領頭王，只見牠朝眾人嚎叫，張開血盆大口，似乎能將人一口吞下！

「別動！」珞喊道。嚎叫聲中，牠向眾人衝來，其他數十隻合窳也同時動作。

眾人還未受到衝擊，就感受到那股勁力，如果閃避同伴將會受害！但這數量！

正準備硬接時珞又喊道：「相信我！」

眾人止步中異變忽起。營地周圍在合窳進攻時，像出現了一道無形的牆，合窳撞上瞬間昏頭轉向！

「師傅給的東西起作用了！」珞緊握雙手，心中忍不住吶喊。

原來瑾在溪邊就交給珞領域護符，要她提前埋在營地四周布置好陣法。

辰紹直覺性的望向珞，這嫩包女一點頭，他已心領神會。「趁現在！」辰紹喚醒眾人。

想要進攻的合窳，與躲在陣法裡攻擊的眾人，勝負一下就分出來了。

「但這就是邪巫們召喚出來的東西嗎？」可能贏的太輕鬆，眾人心中疑惑，總覺得不太對勁。

身中數箭搖搖欲墜的合窳王與數頭傷重的合窳忽然朝著山頭另一端嚎叫！

這時一股強大的妖氣靈壓襲來！眾人頓時感到毛骨悚然，一道黑影從山的那頭飛快朝這奔來，夾雜著更為響亮的嬰兒哭聲。淒厲的嬰兒哭聲在山谷間迴盪，如此的滲人！

「蠪蛭!?」小小瑾說道。

眾人正驚異蠻蛭是什麼？小小瑾又怎麼會知道？夏帝屺則意味深長地看了瑾一眼。瑾這時摘掉項鍊恢復真身，面容嚴肅地說道：「看來這才是真正被召喚出來的東西，真是出乎意料……」

「大家快逃！」瑾轉身對眾人說道。連師傅都叫要逃了！這東西到底是什麼？眾人雖然驚訝，但不肯捨棄同伴，都神色凝重地留在原地。

「你們在這我不好施展，快走！我隨後就會跟上。」瑾微微一笑，充滿自信。

珞拉著瑾的衣角不肯離開：「師傅，我陪妳！」

這時瑾又塞了一堆東西給珞：「珞，聽師傅話，你們走了我才能心無旁騖。」

眾人領會自己修為不足反成累贅，拉著不肯離開的珞朝東夷族赤夷部營地飛奔。

同伴離去的身影才消失在叢林黑暗處，山頭外的黑影已來到眼前，魔獸蠻蛭在營火照印下看清了真身。祂有著九條尾巴，狐狸的身形卻比人大了數倍，虎爪般的長手臂，九顆犬型腦袋不時猙獰嚎叫，瑾站在他面前顯得那樣渺小……

祂嚎叫一聲周圍樹木花草受妖氣灼燒，瞬間枯萎大半，卻發現眼前嬌小的人兒竟能抵受妖氣灼燒。祂領著合窳王等猛然撲向瑾，瑾已招出聖夜，祭起埋設好的陣法，倏地白芒暴漲！九玄捆仙繩如網子般從手上飛出纏上了蠻蛭一眾。

坐在山巔石頭上的靛衣神人支著額：「瑾，妳到底去哪了？還在生我的氣嗎？」他握緊手上的白細繩子。追著妳的氣息，遇到了旱妭，又遇到了不化骨，但現在卻蹤跡全斷！

「宮主，您看！」靛衣門人指向遠處道。

只見遠處有道白芒直衝上雲霄。

「是她！」靛衣神人驚道，他隨即皺眉：「怎麼會使出這招？」

「快走！」她有危險了！靛衣神人領著靛衣眾飛去。

02

辰紹一眾在妍妍的帶領下朝東夷營地急奔，都看到遠處暴漲的白芒，但獸嚎並未停止。

「師傅！師傅！您一定要平安啊！」被姜奕翔揹著的珞緊閉雙眼，雙手緊握著祈求。

眾人不敢停下腳步，又奔了一會。

「珞，妳看。」姜奕翔忽然輕喚著她的名字，她張開淚汪汪的雙眼。

印入眼簾的是巧笑倩兮的瑾，她駕著聖夜飛在身邊。

「師傅！」珞驚喜地跳下姜奕翔的背，給了她無敵的師傅一個大大的擁抱。

靛衣神人趕到白芒處，遠遠就看見重重九玄天蠶絲綁縛著蠻蛭與身旁的合窳王。妖力持續被白繩吸走，又加上白芒封印陣行壓制，讓祂們動彈不得！但陣行看來也無法消滅牠們，時間一久掙脫是早晚的事。

「蠻蛭？」靛衣神人皺眉。

蠻蛭見到來人，開始瘋狂掙扎起來！祂感受到一股巨大的靈壓，知道此人厲害。

靛衣門人熟練的架起陣式，形成劍圈將蠱蛭圍在陣內。靛衣神人手上不知何時多了一把如深夜般的靛色消光寶劍守在外圍。

「蠱蛭！誰召祢來的？」他冷冷問道。

生死存亡之際，蠱蛭毫無保留的釋放祂那恐怖的妖力，衝破了綑仙繩與禁制！這恐怖的妖力灼燒，連周圍數尺的樹木都枯了一圈，綑仙繩寸寸斷裂，連禁制的法陣也破碎消失。

靛衣人卻似有什麼護身般，不怕祂灼燒的妖氣。他們各個訓練有素，不慌不亂，默契十足的使出劍網陣式繼續包圍。

蠱蛭合窳飛竄，速度快得像影子！越來越急！

但靛衣門人經驗豐富，形成的包圍劍網讓蠱蛭合窳獸群們逃脫不得。正要收攏劍網，蠱蛭忽然將身邊的合窳王拋向靛衣門人，數個靛衣門人合力反擊，合窳王慘死當場，但劍網也終於出現破綻！

拚著挨幾劍的覺悟，蠱蛭朝劍網破綻處襲去，數個靛衣門人趕忙飛身去救，卻正好中了蠱蛭的計！幾爪揮去，數個靛衣門人被搧飛，身上出現中了妖毒的傷口，倒地後再也爬不起來。

祂終於撞開了包圍的劍網，想往山林深處逃去，前方卻已有人等在那！

「哼！如何逃得？」靛衣神人冷笑一聲！

他身影如流動的靛光一般，舉劍刺去！接著靛芒暴漲……

終於在天亮前趕到了東夷營地。在營地前瑾已將隱匿的陣法護符交給珞，讓她去架設。

「蠱蛭並沒有消滅，以我的能力只能暫時拖住祂，妳們務必要小心。」說完瑾便沉沉睡去……

姸姸向赤昊鳳主報告後，眾人連同東夷族赤夷部提高了警戒，四處巡視。珞在營地周圍架完了陣法後，就陪在瑾的身邊寸步不離，澄兒從玄潔那邊知道瑾對她有救命之恩，也陪著照顧。

就這樣過了一兩天，灰濛濛的清晨萬籟俱寂，赤昊鳳主領著數名守衛去周邊巡邏還未歸，姸姸與夏帝屺在營地內四處巡邏。忽然由營地外遠處傳來陣陣倉皇奔逃的族人哭喊聲。

姸姸對身邊的夏帝屺急道：「是我出去採集食物的族人！」

眾人聞聲急忙衝向營口，倉皇奔逃的族人身後，跟隨著一個巨大的黑影！

「蠪蛭？」眾人驚呼。

此時再見到祂，祂九顆腦袋只剩三顆，身上數處巨大的傷痕還在淌出黑血，連尾巴都只剩一條，看上去狼狽不堪。祂流淌而下的黑血觸碰到植物，植物瞬間枯萎。

失去慢慢吸食精血的耐性，此刻的祂餓瘋了！見到活物就要吞噬！

眾人注意到，逃入營區的族人，就算近在咫尺，祂也並不追擊，只追擊還在營外落單的那些。一下子又被祂吞了兩個人！東夷族人身首分離，餘下的屍塊還在抽搐。

見此慘況，紀辰紹胸中湧上熱潮，手臂上的開明獸印記同時發熱。他射出蓄力的一箭！開明獸靈威與箭合而為一，射中蠪蛭三首中其中一首，瞬間爆裂！

傷口處靈威持續灼燒，又耗損了祂不少妖力。

趁蠪蛭被襲擊而分神的機會，夏帝屺連同姸姸將剩餘族人救回營地。

「要不是那個靛衣人傷我如此之重，以自己的再生能力，這些人根本不足為懼……」蠪蛭在原地喘息，祂心中恨恨的想著：「好像有東西一直在我體內吸走我的妖力？」

妖氣渙散導致祂無法再生，祂趕忙四處搜尋活口，好補充妖力。

「剛剛追逐的那些人怎麼都忽然消失了？」躲在營地裡的眾人捂著嘴不敢發出聲音，連呼吸都輕了。這時有兩個落單的東夷族孩童飛奔向營口。

「小了點，但比沒有的好。」祂猛然撲了過去！

一道巨大的黑影忽然擋在身前！還沒來得及看清，祂的一首又被一個鈍物重擊，蠪蛭被撞飛到遠處。

妍妍驚喜呼道：「父親！」

只見赤昊鳳主手持一長鋼棍，擋在營口，頗有萬夫莫敵的氣勢！他本在附近巡邏搜索，聽到營地的哭嚎急忙趕回，千鈞一髮之際終於趕到。手中的長鋼棍兩頭粗重，上面布滿尖釘。

「就是這邪物！殺了我多少族人⁉」他一聲怒吼下瞬間天搖地動！

說著就揮動著長鋼棍向前衝去，這看來笨重的長鋼棍，在他手上竟如羽毛般輕盈。

蠪蛭搖搖晃晃地站起來，剛剛被赤昊鳳主擊中的一首，脖子斷裂還懸掛在一旁，持續被另一種火焰似的靈威灼燒。

只剩最後一首，赤昊鳳主舉棍飛躍，就要將蓄力的一棍砸下！

「唉……可恨……」蠪蛭放出最後的妖能，但這衝擊卻已無法傷赤昊鳳主一分，最後一個腦袋也被砸個稀爛！蠪蛭殘體倒下，赤昊鳳主還不解恨，高舉長鋼棍後，重重又砸了好幾下！

連遠在營地中的眾人都能感受到那棍重擊的震波。殘體彷如被灼燒般瞬間化為黑色飛灰，滿地只留下祂黑血染過的枯萎植物。

一片靜默後不久，眾人終於爆出歡呼！

遠處的山頭，樹林蓊鬱處，有個身披黑袍的人冷冷看著這幕，他的黑袍上烙著獸角型圖騰。

「哼！以那種巫境的巫師，也只能召換出這種等級的蠱蛭啊……」他輕蔑地想著，臉上的覆面發出幽幽螢光……

但這次不小心惹錯了赤昊鳳主！他皺眉，隨即轉身在葉間隱去了身影。

靛衣人在篝火殘木營地，救治受了傷的門人。

那靛衣神人坐在樹梢高處，冷冷望著蠱蛭逃去的路徑。要不是為了幫受傷的門人解毒……

「哼！就算逃了去，也活不了多久。」他在刺傷蠱蛭時已種下靈威，奪去了祂再生的能力。

此時靛衣門人來報：「宮主，已經處理好了。」

他望向數個勉強站立，臉色慘白虛弱的受傷門人，嘆了口氣道：「我們在這待個三天，你們把傷養好……」門人應諾，知道自己的宮主面冷心熱，為了照護他們選擇停留，皆心頭感動。

靛衣神人望向天空中的太陽：「瑾，希望妳沒事……」

03

瑾已經昏睡三天了，珞很擔心她，寸步不離地陪在身邊。

這天清晨，珞走到帳外洗了把臉。

「妳不休息一下嗎？」冷不防地聽到這句，珞轉頭發現姜奕翔就坐在帳外。

珞的驚訝沒持續太久，她嘆了口氣搖搖頭：「師傅不醒，我好擔心……」

「妳這樣會把身體弄壞，同伴們也會擔心的。」他低下頭紅著臉輕聲說。

「除非師傅醒來！」她沒注意到他的臉色，眼中含淚地撇頭，這時候的她真倔強！

姜奕翔站了起來：「妳要是倒下了誰來照顧妳師傅？」他不自覺眉頭緊鎖，但那神情好像在說妳不顧好自己，怎麼對得起我？

珞這時卻更堅決回視著他：「等師傅好了我自然就好了！」這還是他們難得起的爭執。

姜奕翔忍不住皺眉抓住她的手腕：「妳這樣會讓我很著急！」

這句話讓兩個人都一愣，珞更是睜大雙眼。

查覺到失言，姜奕翔甩開了她的手背過身去，滿臉通紅補上：「我是說別讓大家著急。」

「是……是嗎？」可是你剛剛明明不是這樣說的，主詞不同意義也大不同耶！

珞撫著他抓過的手腕，呆呆盯著他的背影。對了！在揹著她逃離篝火殘木營地時，他叫了她的名字「珞」，就像失去記憶時的他一樣那麼溫柔……

「唉唷！」一聲慘呼把兩人拉回現實！
發出慘呼的澄兒，從帳篷一側跌出，有隻手迅速把她扯了回去。
「明湘！澄兒！」躲什麼躲啊？珞滿臉通紅叫道！
被點名的兩人緩緩走出。
「我們沒在偷聽啊，只是來叫妳們吃早飯的。」明湘臉上掛著鎮定且理所當然的微笑。
妳這叫此地無銀三百兩……
「紀大哥跟夏大哥才是真正在偷聽，他們比我們先來好久了！」澄兒不服道，手指向帳篷另一端。
珞瞪大眼瞥向另一個方向！
紹屺兩人眼看被出賣，硬著頭皮裝沒事地緩步走出：「其實我們也是來叫妳們吃早飯的……」
我信你個鬼！
「你們到底來多久了？」珞額冒青筋咬牙問道。
辰紹白目地答道：「姓姜的來多久我們就來多久啊！」
姜奕翔聞言迅速將頭垂下，臉上又添了幾分顏色。
「到底來幹嘛的？」珞紅著臉咬牙切齒，但心底竟然升起一絲開心。
眾人這時東張西望左顧右盼又互相對視，擺明正在找理由開脫。
「咦？姜大哥的臉怎麼紅成這樣啊？」澄兒手指著姜奕翔，找到突破口了！
眾人這時集體移動身軀，連珞都忍不住好奇，想觀賞是紅成什麼樣了？
姜奕翔趕緊轉身迴避，而觀賞的人群中赫然出現瑾的身影！

「師傅！」路瞪大眼睛不可置信地看著她。

眾人同時驚訝的望向瑾，這時看到她出現，真不知該喜該怒!?

姜奕翔趁眾人分心，合圍之勢形成前縱身逃去！眾人不禁發出一陣可惜的嘆息……

「師傅！您醒來了幹嘛不說啦！」路滿臉通紅地大聲抗議。

只見醒轉的瑾思索片刻，又找不到其他理由，只好直白地微笑道：「唉唷！CP人人愛嗑嘛……」

眾人在後連忙點頭，而CP是什麼意思根本不重要。

師傅……妳學壞了……路無語凝噎！

午時東夷族人來請，在赤昊鳳主的帳內午餐，桌上滿滿的美食，眾人忍不住眼中放光！

姜路兩人紅著臉避免視線接觸。

「感謝諸夏族的幫忙，我們今日就要拔營回部落了。」赤昊鳳主向在場諸位點頭，舉起手中的大酒碗，眾人紛紛也舉起手中的酒杯回敬。

其實東夷族本來在處理完蠪蛭之後就該拔營回程，但因為瑾一直昏迷不醒，才會留至今日。由此可知，赤昊鳳主是個很重情義的部落主事，幾日相處後，大家對他的好感與日俱增。

結束了融洽又豐盛的午餐，東夷族撤營的很快，飯畢後到拔營完也不過半個時辰。

向遠方離去的東夷族揮手道別時，東夷族美麗的少女姸姸不時回頭往這張望。

終於看不見身影後，他們才開始打道回府，計畫會路過之前的篝火殘木營地，打算在那過一夜再走。途中休息喝水時，屺的衣袖忽然掉出一個鮮紅色的鳳凰飾品，吸引了眾人的目光。

只見他匆匆把這精美的項鍊收進袖裡！

「咦？這是什麼啊？看起來像某姑娘送的？」大家圍住夏帝屺逼供！
「哈哈！沒什麼啦！」他撫著頭心虛地笑著。
眾人當然不放過他開始起鬨，唯獨明湘低下頭不發一語。
「不就是那個東夷族的妍妍給的嘛！」辰紹這廣播放送器，忍不住公布偷看到的。
「欸！兄弟你！」屺語塞，手指著他無聲抗議著他的出賣！
難得見到夏帝屺臉紅，眾人又一陣起鬨詢問詳情。
這是怎麼了？忽然有嗑不完的CP？

已是傍晚，眾人再來到篝火殘木營地時，帳棚還完好的在一邊。令人震驚的是除了已燒殘的合窳王屍首餘燼外，滿地到處散落著蠪蛭巨首殘骸！
「這是誰做的？」眾人你看我我看你，心中完全沒有頭緒。
連瑾都要迴避的蠪蛭，一次被斬掉六首？這絕不是常人所為！盯著那俐落的切痕，夏帝屺腦海裡又浮現那個跟他遙望的靛衣神人。瑾這時也靠近看了看殘骸，忽然稀罕地紅了紅臉。
「師傅？您怎麼臉紅了？」珞疑問，怕她是哪不舒服。
「我……沒啊！我才沒臉紅！」但白皙美麗的臉龐上，那兩朵紅霞難以掩藏的清晰！
咦？這號表情!?
珞回憶起學生時代，死黨暑假期間偷偷交了個男友，被自己發現時，那害羞又打死不認的模樣！
她又更湊近觀察……驚訝地發現，難道也有嗑到師傅CP的機會嗎!?

瑾這時嗔道：「妳看什麼呢？還不快去幫忙整理帳篷？」她擺出師傅的架式想要轉移注意。

但眾人面面相覷，誰要在這恐怖的屍骸旁營宿啊？討論了一下，還是決定趕路，回到最初溫泉野營的地方。

離開前，瑾擷取了餘暉光芒，點燃了巨首殘骸，將祂們徹底淨化……

第十九章　天地之靈

01

回程時比來程時更放慢速度了，還晃了晃沒去過的山谷深壑。

期間辰紹沒忍住問：「瑾師傅怎麼一下子就能認出那頭蠪蛭呢？」

瑾輕笑一聲回：「我的先祖們曾遊歷四海記錄所有的物種喔～」

眾人聞言興奮地停下鬧著瑾詳述！

屺笑著解圍：「黃帝時期曾請巫咸部落眾巫記錄四海八方眾靈、各類植物與礦玉等物，那本書便稱為山海經。」

瑾意味深長地盯了他一眼又道：「是的，所以真巫們都深悉經中萬靈，再來就是見過此經的黃帝族裔。」珞尋思，兩方還有這樣的淵源啊？

屺又接著說：「巫咸部落以十巫為首，分別為巫咸、巫即、巫肦、巫彭、巫姑、巫真、巫禮、巫抵、巫謝、巫羅。」說完笑盯著瑾。

瑾也不甘示弱笑回：「可惜最後因為一些事跟黃帝部落漸行漸遠……」夏帝屺聞言垂下眼簾不語。

珞疑問：「咦？為什麼呢？」

瑾支著美麗的臉龐笑回：「這世上貪、嗔、癡、權、名、利，總能破壞任何原本美好的事物囉！」瑾又開始高來高去了！

這時紀姜兩人看到遠處山巔巨岩上坐著一個龍首人身的精怪，都舉起武器戒備了起來！

瑾見狀卻皺眉嗔道：「你們這些孩子，看到與人相異的精怪就作勢要打，難道不知道，天地間跟人不一樣的生靈多了去，都要殺光不成嗎？」

瑾外表看上去跟眾人差不多年紀，但行為舉止都像個長輩一樣，不知不覺眾人也都習慣了。她壓下兩人的手：「人家可是那座山的山主，並非邪物，你們等等還要借人家的路過，就該懂點規矩禮貌。」

隨即就著日光捻了一把，陽光凝聚成一個鳥形，飛向那龍首人身怪。龍首人身山神伸出手接下了那隻問訊的光鳥，朝瑾這微微點了個頭。眾人遂繼續前行，入山之後有數頭小鹿忽然出現。

澄兒聽著鹿語後道：「瑾師傅，鹿兒說牠們受山主之託帶我們走近路，您真的好厲害啊！」眼中閃著崇拜的光芒。想當然這些話瑾聽著非常受用，回報甜甜的一笑。

小鹿領著眾人前行，陽光輕灑，周圍都是鳥語花香，眾人走起路來只覺渾身輕盈，上山下山全不費力，想來這也是那龍首人身山主的善意吧？

「原來如此，也有好的精怪啊！」辰紹忍不住讚嘆。

瑾微笑回應：「人生於天地，也是天地間的一部分，人有善惡精靈也是，若只懂得喊打喊殺不分是非，就當不了萬物之靈的名號了。」

這時微風吹來，陽光輕灑在眾人身上，像在回應瑾的話一般。此刻每個人彷彿都感受到天地的慈和皆站立不動，享受這被天地包圍的舒適。

瑾又說道：「生為萬物之靈，必也要懂得珍惜與尊重其他不同的生命，莫忘了感謝天地的賜予……」在瑾的引導下，眾人好像開了竅！

此刻深切的感應天地的寬闊神妙與慈和，在此山沐浴在天地清風中，好像身心靈都被洗滌了一般，有著既感到自己真正的渺小，又與天地萬靈融合的醒覺。

辰紹深呼吸了一口氣：「嘿！師傅這麼厲害，這徒兒不知何時跟得上啊？」

儘管對紀辰紹來說這已經是相當客氣且讚美的話了，當然免不了珞的白眼，但這樣的瑾是自己的師傅啊！珞還是驕傲地笑了起來。

「天地人三界本是平等的，萬靈間互敬互愛、各司其職，才是永存之道。」出了山林，瑾輕輕地補上。

不管是導引眾人體會天地的靈奧，或是闡明萬靈的平等，這氣度見識還是眾人初次體會，師傅之名實至名歸。眾人點頭表示聽受，離開這座山林時，雖無法像瑾一樣凝結光影傳訊，但都向山頂雙手合十道了聲謝。

小鹿們此時結束了帶路的任務，奔跑著回歸山林，而山巔上的龍首人身山主，也轉身沒入林中。

終於回到山城了！

夏帝屺一回來就一堆人匯報待處理的事項，領著姜湘兩人忙碌地去了……辰紹一眾忍不住同情他。

眾人都累癱了，卸下包袱物件，往床上一躺，都有種回到家的感覺。

「家嗎？」辰紹倒在床上思索，何時對這有家的感覺了？

因為重要的人都在這裡啊！經過天地祭、東夷族與蠻蛭事件，又加上眾人一路遊山玩水，不知不覺過了月餘，眾人間的感情越發深厚。

「不能再拖下去了……」躺在床上的紀辰紹忽然翻身而起！

驚覺到自己心態的轉變，又怕自己見到屺時心軟留下，他決定明天悄悄前去面見三位師傅。

清晨辰紹就悄悄出門，來到個微風輕撫栽滿奇花異卉的屋舍。這不算寬敞，但很舒適，三位師傅被照顧得很好，三餐與生活所需一應俱全，已歸化的門人常常會來此探望師傅。

「師傅！」辰紹趁無人時進入房內，雙揖拜向師傅。

三位師傅已恢復他們年紀該有的模樣，眼前只是白髮蒼蒼，身材矮小的平凡老人們，彷彿風一吹他們就會倒下一般。

大師傅開心地道：「紹兒你回來啦？」顫巍巍地走來，激動撫著辰紹的肩。

三位師傅圍著辰紹，招呼他坐下談天，他們似乎很習慣這樣的清閒日子了。

辰紹這時才驚覺到一個嚴重的問題……這樣是要如何帶走師傅們？這是不可能的事啊！

今天一早，瑾就叫珞把裝備穿戴好。

「是要去哪裡嗎？」珞一臉懵問。

瑾又露出那個高人笑手支著臉回道：「戴上就對了。」

辰紹出屋的同一時間，侍衛來到珞與瑾的屋舍：「少主請瑾姑娘。」

「咦？」珞回頭疑惑。

瑾卻了然於胸的樣子，站起身對侍衛說道：「請帶路。」

瑾離去前：「徒兒，馬上去幫我向紀辰紹那孩子要回那樣東西。」說完轉身就走了。

那東西？沒聽說過啊？但瑾說馬上……雖然疑惑，但珞繫上她的次元袋，不敢遲疑就往辰紹屋舍走去，快到時發現遙遠的庭院裡，明湘引著澄兒往深處走去。

或許又是在聊什麼吧？她這樣猜測仍往辰紹居所走去。

「咦？沒人？」她四處遊走找尋……這傢伙最掛心他師傅，或許會在那？

珞直覺性地就轉身往三位師傅屋舍走去，沒注意到身後跟著一個黑衣精銳。

瑾跟隨侍衛往宮殿深處的一個庭院走去，她輕輕吟唱著聽不懂的歌謠。領路的侍衛只覺得好聽，既不便阻止也沒多想。這侍衛不知道的是，當她停止吟唱時，仍在自己宮殿的祝姿瓏忽然雙目圓睜坐起身來。

「咦？你果然在這！」珞從屋外就看到辰紹坐在屋前小亭深思。

「妳來啦？」他有氣無力地說，難得見到這傢伙這麼困擾的樣子！

「你知道我會來？」平常瑾高來高去就算了，今天連這個猴子也學壞了？

「妳不來我也要去找妳，我師傅找妳有事……」他瞥了珞一眼，嘆了一口氣後起身領路。

雖然在行屍圍城時跟三位師傅稍有接觸，但指名找她？珞忐忑不安地跟著辰紹進屋。

「三位師傅好。」她向三位師傅行了個晚輩禮。

「好好，珞姑娘來啦？」昆淨宜伸手招呼珞坐下。

「紹兒，你也一起來聽吧！」大師傅道。

眾人都就座後，大師傅開口道：「珞姑娘，我們已經知道妳就是受召者了。」

果然！相處這麼久，珞曾猜測紀辰紹是不是已經記起她了，畢竟連自己都想起他是誰了啊，但他一直沒對其他人說破嗎？珞瞟了他一眼，這傢伙……或許也沒那麼全然像猴子。

「今日我們就將為何要阻擾諸夏族的原因真相全數相告……」二師傅道。

靜默了一會，大師傅開口問道：「姑娘知道不化骨原本是修行者的事嗎？」

咦？這個問句好熟悉啊！

02

侍衛帶著瑾穿過數個巡邏哨所、重重殿堂後，來到一個栽滿奇花異卉的庭院。

夏帝屺坐在一個小亭中，一整套精美的茶具放在玉石桌上，燒著水的陶壺下方燃著漫出暖香的桂樹皮。他望向遠方，陽光灑落，染得他一如既往的俊美夢幻。

見瑾到來，伸出他那琢玉修長的手，露出他那俊美到令人無法移開視線的微笑。

「瑾師傅請坐。」一聲音也如此磁性魔力。

瑾回報了個微笑，自然而然的挑了他對面的位置坐下。

夏帝屺遣走了侍衛隨從，微風輕撫的庭院只剩他與瑾兩人……

此時水燒沸了，他將顆粒完整的茶葉倒入青玉壺內，再將山泉沸水加入，又把數個青玉小杯澆淋了，受到蒸氣催發，飄出陣陣葉香。茶葉舒展，屺又倒掉杯中茶水再澆淋了一次後，待茶葉恢復了原本完株的樣貌，才將裝盛著茶水的小茶杯遞給瑾。只見杯裡的茶色清澈碧綠，那香味馥郁芬芳。

瑾也是個好品茶的人，知道此水是引自山城頂峰的清泉。遂將玉杯先湊到鼻前嗅了嗅，果真是清香撲鼻，才輕啟玫瑰花瓣似的朱唇一口飲下。那清新冷冽的茶香瞬間如漣漪般在腦內漫開，漸漸擴散。溫潤的口感帶著暖流順勢而下，在巨闕處匯集，而後蔓延至四肢百骸。

瑾笑道：「你這孩子倒是功夫。」

屺又將空了的杯子斟滿：「比起瑾師傅對山城的恩德，這還不足報答萬分之一。」

他用清澈深邃的雙眸望著瑾，瑾也微笑以報……這不是你真正想說的吧？她心底清楚而沉默著等他開口。

果然屺再道：「瑾師傅的修為，也是我輩難以企及的。」

她應了一聲：「嗯？」

「瑾師傅不只一次救助山城，且於我們的旅途上也是多次出手相助，我代表姒夏山城致上十二萬分謝意。」說話的聲音亦無比動聽。

她笑回：「我向來任性，只做自己想做的事情，無論是哪是誰，不過你的道謝我還是收下了。」

兩人都直勾勾地凝視著對方。

「還請瑾師傅大發慈心，賜還聖刀龍琗，與祝姿瓏的魂魄……」夏帝屺沉聲道。

瑾微微一笑：「不。」回答得不加思索。

然後空氣像忽然凝結，兩人視線交纏中寸步不讓。

「我們修行之人，除了追求真我，最終回歸天地以外，總有些人感嘆自己的時間不夠。」三師傅說。瑾好像也說過類似的話……珞凝視著三師傅。

「很多人追求永生，但這根本就不存在，追求的後果總是墮入邪道。」二師傅頗為感慨地說道。

你們是跟瑾喬好的是嗎？這句話不自覺浮現在珞腦海裡。

「更可怕的是……如果入了求取永生的邪道，還修得不死，不僅使自己萬劫不復，更會使得眾生陷入痛苦。」大師傅道。

三位師傅講完，就直勾勾盯著珞，但珞能有什麼反應？

她片刻後緩緩回道：「那個……我師傅也說過類似的話，我璿曜洞天門規第一條就是順天應時，隨其自然。」是的，就跟父親常對自己說的話一致，珞暗思。

三位師傅一聽，都欣慰地點了點頭。

「那樣當然最好，可是總有人貪求。殊不知那萌生的慾念，才是真正的邪毒啊！」大師傅嘆了口氣。

二師傅續接：「在這個世界，常有人為了達成目的，使生人活祭，壞了自然的規矩。」

珞想起了蠱蛭事件，那被吸乾精血，反手綑綁的男女老少的可怕慘狀！

而身旁的辰紹更是震驚地睜大雙眼盯著珞，他很清楚師傅們說的是什麼，她是受召來到此世的人，召喚她來到此處的人就是三刀巫的少主，那不就代表……

珞卻還渾然未覺：「是！我在天地祭時見過被強迫獻祭的人，那真的好可怕。」什麼樣的人會犧牲他人的生命，去祈求自己想要的事物呢？

「若是被強迫的，召喚的後果受祭品的影響，總會帶來不好的後續。」大師傅道。

這句話的意思是……難道被當成祭品的還會有自願的嗎？珞疑惑。

「珞姑娘，三刀巫拚著耗損巫力，使計誘我們共同發力，也要召喚妳來，其實是為了……」

大師傅話還沒說完，角落的枴杖無風自倒，辰紹一喝：「誰!?」

只見一個文質俊逸的少年從角落緩緩走出：「紹哥，是我……」

他一身麻布灰衣，耳上的朧驪疏耳飾搖曳閃閃發光。

辰紹皺眉：「尚軒!?你偷聽？」語氣中有些不滿，但他對從小到大的同伴總是更多寬容。

尚軒凝視著辰紹，卻不是回答那個問題，而是應了句不相干的話：「紹哥，我從沒變過，你相信嗎？」

辰紹卻聞言一怔，想起最近自己心態的轉變，連自己都說不準自己到底動搖到什麼程度，但尚軒這個師弟卻是一本初衷?他思緒混亂了起來。

二師傅說道：「你們不必驚訝，我早對軒兒說明一切，他是個明白人，幫助姒夏山城是一個選擇，不忘初衷也是，軒兒一直在我們身邊默默守護。」

辰紹深望著尚軒，然後點了點頭，開始思索二師傅剛剛的話。

大師傅道：「珞姑娘，我們倒也罷了，妳卻需速速離城，我讓軒兒與紹兒送你兩師徒離開到安全的地方吧。」

「可是……我師傅一早就被夏大哥請去了，而且，澄兒早些時候也與明湘去了不知道哪。」珞這時想起澄兒與明湘，總覺得必須說清楚。

眾人聞言都覺得不妙，難道他們在不知不覺間，又陷入屺的掌控內？正在思索想理出個頭緒時，遠處宮殿庭院傳來不尋常的震動！

夏帝屺誠摯說著：「瑾師傅數次幫助我姒夏山城，化為白鳥驅除旱妭，治癒了我垂死的手足，不化骨與蠪蛭事件都挺身而出。」

「而瓏妹妹不僅是我從小到大的家人，現在更因卓越的巫力成為我的左右手，與姒夏山城的三聖刀共禦邪祟。」他誠摯的凝視著瑾，但瑾仍以平淡的微笑地回望。

他續道：「還請瑾師傅賜還瓏妹妹的魂魄與她的龍琗刀，屺願承諾，不管瑾師傅開出什麼條件，在我能力範圍內，一定盡力為您達成。」如此地誠懇堅定。

但瑾仍是微笑看著夏帝屺，然後輕輕說了句：「除非你答應，絕不會對我的徒兒出手。」夏帝屺忽然安靜下來，兩人又對視了良久。

「我可以保證，不論發生什麼事，我一定盡己所能保護珞妹妹。」

但瑾笑了一聲：「呵！那不是我要的答案喔。」起身轉頭就要離開。

屺望著瑾的背影沒阻攔，垂下他那美麗的眼簾：「還是只能這樣嗎？」而庭院入口，綠金兩刀巫不知何時站在那等著了。

瑾遲疑間，庭院重力瞬間加強，自己竟無法動彈，瑾心中大駭！轉眼望去，夏帝屺已站在陣外，催動了埋藏在這庭院已久的陣法。

姚君堂手中捧著一個木盒，還沒見到裡頭的物事，瑾已察覺那其中透出的可怕魔力。

辰紹一眾衝出房舍，正搜尋震動散發處。數個黑衣精銳一湧而出，撒下金絲製成的網子。尚軒毫無遲疑將耳飾取下，光影一閃中一柄長劍出現在手中，他聚力一劃，金絲網破開了一個大洞！

黑衣精銳驚駭之餘但仍保持合圍之勢。

「好兄弟！你啊！」辰紹忍不住咬牙喊出這句，腦中浮現夏帝屺的面容。

姚君堂正照著覡淵主的指示小心開啟木盒，一團香風忽然襲至，本已失去靈識的祝姿瓏衝向姚君堂，搶走了他手上的木盒！她忽然的出現還做出如此舉動，眾人意外又驚駭！

只見捧著開啟半邊木盒的祝姿瓏，吹彈可破的肌膚被不知名的力量灼燒，她從墨黑木盒中掏出一個全黑玉製成的項鍊。墜子是一顆特大的黑鑽，這也是出動雙巫而得來，專門克制所有巫師的異寶冥骨黑玉！

在場眾人除陣法內的瑾，都受到冥骨黑玉的影響，思緒靈識被沖散，屺的陣法再難催動！

斟伏看著被灼燒的祝姿瓏心如刀割，拚著不顧自己也會被灼燒的覺悟，將祝姿瓏壓倒在地，並將這失控的冥骨黑玉搶去。

艱難地蓋上木盒，姚君堂也聚精會神唸起封印咒語。重新封印後，眾人還沒從這恐怖的魔力中恢復，倒在地上喘息不已，而祝姿瓏又再度失去靈識陷入沉睡。

等三人回過神來，才發現瑾已不知何時早就消失無蹤。

珞還搞不清楚發生什麼事，天空中一團白影如光速般往這疾衝！黑衣精銳背對著白影，等到她靠近才猛然驚覺。白影環繞黑衣眾一圈，瞬間煙霧迷漫，黑衣精銳像喝醉了一般目光呆滯。

「師傅！」珞看清楚白影，不就是化為燕尾白鳥的瑾嗎？

「紹兒軒兒，你們快走！」大師傅叫道。

但兩人怎麼肯走？可是後方人聲雜沓迅速由遠而近。

二師傅說道：「我們會沒事的，峪垠門人皆在此地啊！」

對！為了順利歸化烈山門人，三位師傅必定會被好好照顧。理解到這點，辰紹招呼：「跟著我！」幾個人瞬間隱入草叢。

03

路上滿滿都是守衛，要到達城門已經是不可能的了。

「只剩那個地方……」辰紹領著眾人躲進了當初行屍圍城時黑衣青年指引的水道。

他拿出之前得到的地圖，領頭左奔右竄地在地道內疾走，直到一個寬敞處才靠著牆休息。

「師……師傅，這是什麼情況啊？」珞喘息著道。

瑾瞟了珞一眼：「就談崩了而已。」

珞又問：「談甚麼啊？」

瑾眯眼笑說：「談怎麼把妳賣個好價錢！」珞撇嘴望著瑾，辰紹與尚軒對視一眼了然於胸。

瑾隨即微笑著道：「想用陣法困住我？也不想想我是誰。」

不過回想剛剛的確驚險！還好她速度夠快又先有準備，早早就喚了被束魂的祝姿瓏，感到壓力時立刻發動控魂術，趁他們自己相愛相殺時，化身白鳥飛天逃了！

「剛剛攻擊我們的人之中有黑衣精銳，難道……」珞望向辰紹，後者會意點了點頭。珞垂下了頭，有點難以接受事實。

「我們不能停留，需得盡快離開。」尚軒提醒眾人。

辰紹心情沉重地點了點頭，想到的是澄兒不知道怎麼了？但尚軒說得沒錯，這地道也是黑衣人告知的，必須搶在山城方先一步出道。

眾人照著地圖指引向前方疾行，奔了半個時辰多，一切都很順利。

尚軒道：「有點奇怪。」辰紹已然會意。

珞問：「什麼？」

「妳能活到現在真是奇蹟。」看著一臉狀況外的珞，辰紹忍不住評論。

瑾扶額補上：「他們在奇怪為何沒有追兵……」怪自己把珞照顧得太好。

「對！都走了這麼久，山城才多大？城門沒看到我們，難道沒想到我們會從水道逃走嗎？」尚軒補上。尤其有那個聰明絕頂的夏帝屺，與謹慎靈慧的明湘。

辰紹領頭在一個寬道中停下：「得想個保險的計畫！」但自己論細心謀略比不過夏帝屺，論謹慎靈慧比不過明湘，他忍不住頭痛起來。

瑾支著美麗的臉龐道：「我們得有覺悟，他們已守在出口等我們自投羅網，而機會只有一次。」

辰紹抓頭思索一會，忽然笑咪咪換了一張臉，向珞伸出了他的手：「嘿！嫩ㄅ……不！我是說珞妹妹啊，借妳的氣球紙人一用吧？」

珞瞪了他一眼，知道他又要虧自己嫩包，不過還是將手掏進次元袋中。

瑾卻笑咪咪地擋住珞，道：「這次用我的吧。」從她的次元袋裡掏出另外數張紙人。

眾人又商討了一會，繼續照著地圖往前疾行。

幾道人影速度飛快地竄出山道口，黑衣精銳眼明手快，金絲網掩目蔽空般襲來！人影一個都不漏的落網，黑衣精銳隨即一擁而上，將辰紹一眾雙手反綁。

沒人注意到從山道口角落溜出四隻倉鼠，瞬間隱匿在草叢深處。奔出了數百尺後，瑾最先恢復真身，再來是珞。兩人將貼在另外兩隻倉鼠身上的符紋拔掉，紹軒兩人也瞬間變回人身。

「師傅好厲害啊！」辰紹忍不住雙目放光對瑾讚道，眼看就要抱上去了！

「喂！喂！誰是你的師傅啊⁉」珞擋在瑾身前怒瞪！瑾是我的師傅！

「瑾師傅的法術真是讓晚輩嘆為觀止……」想到那幾個維妙維肖的紙人替身，會使人變身的符咒，連會化型朧疏的尚軒也忍不住讚道。

當然被這樣衷心的稱讚，瑾心底相當受用，她眉開眼笑地說：「你們這些孩子真可愛。」

隨即又舉起食指正色道：「不過那個替身只能維持短暫的效果，好險我們也只須這一會時間，此地不宜久留，我們得先退到安全的地方。」

眾人點點頭，辰紹四周環顧：「跟我來吧！」

憑著他敏銳的直覺，避開不少黑衣精銳群，眾人往一處有著清澈湖泊的山谷而去。離山城越來越遠，他們也越來越輕鬆，邊走邊聊了起來。

「已經遠離山城了，瑾師傅有何打算？」尚軒問道。

瑾笑著回答：「當然是找個安全的地方躲起來囉！」

珞想到如果璿曜洞天不再安全，那瑾口中的安全之地，必然是睿昊爺爺的白樺森林。

「尚軒，你還會想回姒夏山城嗎？」辰紹對尚軒問道。

尚軒沉思片刻：「師傅們還在那，我早晚勢必要回去的。」

這句話引起辰紹的深思，尚軒也就罷了，自己也放不下師傅與同伴們，但他若回去，對峪垠門的處境上會有什麼催化效果嗎？畢竟他與夏帝屺之間的兄弟同伴之情，比尚軒單純的歸化複雜得多了。

「總之，師傅讓我們護送你們到安全的地方，其他再做打算吧！」辰紹露出釋懷又開朗的笑容，最後下了個結論。

珞凝視著他，以前只覺得他像猴子一般，講話又討人厭，現在卻覺得辰紹是個相當講俠義又可靠的人。其實這些事跟他們又有什麼關係呢？他們大可以撒手不管。

經過這些事，珞已經察覺眾人遭遇的這一切乎跟自己有關？她有些難過地低下頭，把這些人牽扯進來到底該不該？

瑾安慰道：「傻徒兒，想那些做什麼呢？正道俠義之人行事自然如此，眾靈生來服從天性，妳也只需好好珍惜，就是對得起了。」

紹軒兩人不解地回望。

「心底的聲音如同夏夜裡的蟋蟀，微小但一直存在，你們要屏除雜念傾聽，任何事情方有真正的解答。」瑾又補上。

珞頓時紅了眼眶，辰紹很敏銳的注意到了：「妳幹嘛呢？真不像妳。」她難得不是回懟，而是低下了頭。

瑾這時卻說破她的心事：「傻徒兒是覺得拖累了你們，在難過呢……」

「師傅！」不可以作弊！偷聽人家的心聲還公布！

只見辰紹一愣，難得的竟然不是虧她，而是伸出他那溫暖的大手拍了拍珞的頭頂：「妳也很辛苦啊，離開熟悉的地方，被強硬召喚到這，還要面臨這麼多可怕的事。」

這時他露出的笑容跟面對澄兒時一樣，讓人感覺那麼可靠溫暖。

眼淚終於奪眶而出，珞趕忙低下頭遮掩，他的溫柔來得不是時候啊。

尚軒也點頭微笑：「珞姑娘別在意，我們也是順著本心做事罷了，生死都無怨。」

「而且妳雖然很嫩包，一路上也著實幫了不少忙，遇到危險也從不離開放棄，我們早已經是同伴了。」辰紹彎腰湊近珞的臉，露出陽光般燦爛的笑容。

同伴這兩個字像溫暖的太陽般在她心中漫開，這笑容看得珞心中一陣溫暖，終於也破涕為笑，忽略了嫩包兩個字。她點了點頭：「嗯！」

珞抹著眼淚懺悔道：「對不起，我以前總以為你是個已經進化成人型的猴子，做事又冒失，原來你這麼好！」她專注地懺悔，沒注意到忽然石化了的辰紹。

妳這女人！怎麼說話的呢！辰紹額上冒著青筋僵在原地。

所幸此時瑾笑意盈盈的主持正義：「妳這傻徒兒，人家好歹也是幫著妳的，妳還這樣說人家。」

眾人又互相取笑了一陣後繼續前行，走了良久終於到達那個清澈的湖泊。

第二十章　覺醒的原因

01

此處風景氣場極好，宛如仙境。

周圍開滿了奇花異卉，微風撫過夾帶著青草芬芳，樹蔭搖晃伴隨著沙沙聲，碧綠色清澈的寬闊湖面可一眼望見湖底悠游的魚兒。眾人在此都忍不住放鬆了下來，或伸展四肢，或坐在石上休息。

這時瑾忽然心中感應望向山巔，眾人察覺到她的異樣，也順眼望去，只見山巔盤坐著一個巨大的身影。

辰紹靠近了問：「那個是不是像之前遇到的龍首人身山主一樣？祂也是此山之主？」

瑾點了點頭。

山巔上的巨影，是一個人身龍尾的山主，看上去是個男性。祂有著鮮紅如火焰般的短髮，精碩的古銅色身軀，腰際下是片片橘紅色的龍鱗。祂望向眾人的金色眼眸無悲無喜，但似乎在訴說著什麼。

瑾凝神傾聽了一會，忽然皺眉叫道：「不好！」

眾人還沒反應過來，一把優雅磁性，充滿魔力的聲音飄來：「我等你們很久了。」

他們瞪大雙眼，看著宛如神人般俊美的夏帝屺，從數十尺外的丘陵山岩後走出。他出現的同時，綠金兩刀巫也領著黑衣精銳完成合圍之勢！屺緩緩坐到石台上俯視著辰紹一眾，身邊跟著看不出情緒的姜奕翔。明湘則抱著看似昏迷的澄兒立在一旁，而玄潔窩睡在澄兒胸口衣領內。

有人質在對方手上，而且己方被重重包圍，四人忽然間不知如何應對，只能緊惕地觀望四周！

瑾面色凝重說道：「原來我們一直都沒走出山城的領域……這整座山都是山城，應該說山城也只是這座山的一部分。」

夏帝屺垂下眼簾悠悠道：「瑾師傅，這座山受軒轅山神的庇護，是我們夏家從祖輩就供奉的山主。」天生的五彩斑斕在這湖泊仙境更添了幾分夢幻。

瑾沉著臉：「連山主都庇護他們，難怪無法察覺！」

現在的處境是空前不利，瑾拉著其餘三人退到岩石邊，望著周遭包圍的綠金刀巫與黑衣精銳，再望向高岩上的夏帝屺，都有種無法逆轉抗衡的挫敗感。

忽然，屺輕輕地問：「兄弟……你為什麼要走？」

他的眼神好哀傷，辰紹看得心中大驚，有股無法形容的恐懼與不安直覺湧上。

他強壓下這莫名的恐懼哈哈一笑：「嘿！那你又為什麼要追咧？我早有明言解決完屍妖就要離開。」講話的同時腦海飛速運轉，找尋任何一個逃脫的可能。

屺盯著他良久：「你的確說過……也信守承諾幫助我們度過難關，但我真的很希望你們能留在我身邊……」頓了頓又嘆道：「我心中並無任何傷害你們，乃至珞妹妹或瑾師傅的念頭，你信我嗎？」

他眼中漫出哀傷的濛濛霧氣，在眾人的沉默中他苦笑，深深吸了一口氣後：「可是我有個重要同伴的魂魄，被拘束在瑾師傅的手上，我無論如何必須救她。」

倏地他美麗清澈的雙眸精芒大盛，那銳利的視線像道利刃般射在辰紹一眾身上！黑衣精銳同時動手，撒出遮雲蔽日般的金絲網！但不同的是，這網上面均帶著小刺，若被纏上只要掙扎起來，必定傷痕累累。

尚軒最快動作，他衝上前跳起，銀色長劍已握在手中直劈，這網卻不似之前般脆弱，更多了幾分韌性，竟再也割不斷！當他發現不妙時已經閃避不及，眼看就要被纏上……

後方早有準備的辰紹射出一箭，正中網心將之改向。尚軒得到喘息的機會，趕忙踢腿閃避，但儘管他動作再精巧小心，還是被小刺劃過腿部。數道傷痕滲出點點殷紅，傷痕處一陣火辣接著麻痺！

他咬牙喊著：「有毒！」提醒同伴們小心。

另一張網又到，辰紹又射出一箭，將這金絲勾網釘在遠處的樹上！黑衣精銳縮小包圍圈，辰紹拉弓戒備。對方目的是要活捉他們，他們也不想傷害山城的人命，頓時形成對峙之勢。

「徒兒，快幫他解毒。」瑾招出聖夜的同時呼道，珞如夢初醒般扶著尚軒退到一旁。

綠金兩刀巫向瑾衝去，最恨她的斟伏毫不留手的瘋狂猛攻！瑾以聖夜與絕佳的身法抵禦，還不時在黑衣精銳中環繞。

高處的夏帝屺發現她踏著奇異的步伐，設下的陣法還籠罩了眾人！他心中讚嘆：「竟然能一面閃躲一面布陣？」

珞在角落幫尚軒解毒，遠方的黑衣眾將金絲勾網取回，而瑾的陣法似乎也接近完成。

夏帝屺這時掏出他的溢彩琮置於掌心，山巔的軒轅山主似乎有所感應，也立起了身體望向他。

黑衣精銳以交錯的陣行步伐混淆辰紹，並同時從左右方丟出了兩張金絲勾網。

沒時間猶豫！辰紹朝其中一張金絲勾網射去，但另一張網撲向紹珞軒三人！

瑾連同聖夜催動架設完成的陣法，瞬間周圍重力加劇！黑衣精銳被壓制倒地，綠金兩刀巫勉強站立，但再也動彈不得！

夏帝屺也在同時催動手上的溢彩琮，射出激烈的五彩光暈，山巔上的軒轅山主雙眼瞬間精芒大盛，雙方產生強烈的共鳴！

一陣強風襲來，瑾的陣法光芒隨之黯淡，辰紹一眾更被吹得倒地，落葉飛砂掃得眾人睜不開眼。狂風中，珞依稀看到姜奕翔終於舉鞭向瑾躍去。

這陣強風像有生命般盤旋在這山谷，片刻後隨著溢彩琮的光芒消退，強風也終於消失。眾人勉強睜眼，才發現自己已被黑衣精銳壓制住！

顧不得雙眼的疼痛，珞焦急地四處張望：「師傅呢？」落入眼簾的是倒在地上的瑾，姜奕翔的赤蛟鞭正緊緊纏縛著她。

瑾陷入昏迷，這還是第一次看到瑾真正的輸了！

珞急喊：「你們想對我師傅做什麼？」強忍著金絲勾網帶來的傷害劇烈地掙扎起來！

姜奕翔迴避著她的視線，將瑾抱起走向他的少主。而金刀巫口中唸唸有詞，從墨黑木盒中掏出異寶冥骨黑玉。

珞敏銳察覺到那條黑鑽項鍊傳來陣陣不祥又詭異的靈壓。隔得這麼遠，自己身上的力氣彷彿被吸乾般，而他們看來就要為瑾戴上！絕不能讓這東西碰到瑾啊！

珞急著向姜奕翔的背影伸出手大喊：「還我！」

異變忽生！

夏帝屺手中的溢彩琮，未受他的靈力催動，此時竟又現出五彩光暈！只見珞的周圍漫出一個宛如黑洞般的空間！眾人忽然覺得腳底一輕，瞬間失重被巨大的黑洞空間吞入。

那彷彿是個巨型黑洞般的圓球內，已分不清天地，處處顯示著不同的景象。有百獸奔走、荒蕪的沙漠、幽深的海底、靜謐的樹林，還有未見過衣飾的人群行走。種種從未見過的影像，不定位的浮現在空間內各處，似真似幻。而那冥骨黑玉不知何時被另一個小黑洞包覆住，它的力量在這空間中彷彿完全消失般！

眾人連同珞自己都震驚的望著這些景象，一時間都反應不過來。

夏帝屺最快恢復理智，神色凝重地望著手中的溢彩琮，又望向震驚的珞。

紀辰紹第二個回過神來，見機不可失，他彎弓搭箭喊了聲：「兄弟！」向夏帝屺射出那一箭！

箭飛快射向屺，但有個身影更快！

姜奕翔飛身擋在夏帝屺身前，他左肩中箭倒地，而昏迷的瑾在他飛身護主間同時拋下，毒性漸漸消退的尚軒趁機拋出身上的繩鉤將之奪回，瑾此時終於回到珞的懷裡。

02

這時，黑球外一群靛衣人觀望著。

「宮主，這個是？」一靛衣門人問道。

「異度空間……是異能巫師由特殊天賦召喚出來的。」靛衣神人皺眉道，但這情況已百年未見了。

「此處還飄散著瑾的陣法靈力！」他召出自己的靛色消光寶劍，催動後寶劍巨化，對著黑球一劍斬去，靛芒暴漲！

黑球受天虞劍劈崩，空間宛如粉塵般散落消失，眾人墜落地面，終於回到現世。還未從剛剛被異度空間吞噬的轉換中緩過來，但現在的情況與進入異度空間前完全不同了！

辰紹趕忙彎弓搭箭，珞抱著瑾躲在他身後，解毒後的尚軒勉強站立護在兩女身旁。姜奕翔護主中箭倒地失去戰力，綠金兩刀巫護在夏帝屺身邊，黑衣精銳與金絲勾網被沖散在附近，但他們也迅速整隊圍在夏帝屺的身前。

所幸小黑球仍包覆著冥骨黑玉，山城方觸手不得，否則珞一方可能還是只有挨打的份。靛衣神人則眉頭緊鎖看著這局勢，尤其當他看見珞懷裡昏迷的瑾時，眼中忽然射出洶湧的怒氣！只見他一躍，就已經來到珞的面前，連辰紹也來不及反應！

手上本彎好的箭已被靛衣神人打掉，這人的身法比瑾還快！眾人只看到他手影晃動，辰紹就肩部中掌被掃倒在地，瑾也同時落入了這個陌生人的懷裡！

靛衣門人緊隨其後，訓練有素且戒備森嚴的形成三方對峙。

「你想對我師傅幹嘛⁉」珞毒發身體麻痺地倒在地上，但仍伸手捉住靛衣神人衣角急喊。

這靛衣神人忽然一臉震驚地望向她！

他細細看了看珞的手弩，又看向腰間繫著的次元袋，又看向腳上的羽型腳環，視線回到印著璿曜洞天圖騰的次元袋上，又不可置信地望向珞的親民臉。

珞見他也不回話，就是上下來回打量，目光之震驚又無理！她終於也忍不住吼道：「看什麼看！你誰啊⁉幹嘛搶我師傅⁉」

只見這靛衣神人聞言一愣，又奇怪地紅了紅臉，忽然背過身去，輕輕地道：「妳該稱我為師丈……」

「蛤？師丈？」她不可置信地重複了一遍，什麼師丈？從沒聽瑾說過啊？

旁邊的辰紹卻忽然插上一腳！

「師丈！這些壞人要打我們，還把我們師傅打成這樣！」他手指向綠金兩刀巫，臉上表情超委屈！

珞瞪大眼望向辰紹，什麼時候瑾變成你的師傅了？而且你背著瑾這樣亂認師丈，她知道不剝了你的皮才怪！

誰知這靛衣神人聞言雙眼放光喝道：「誰敢欺負瑾的徒兒就是跟我過不去！」

師丈這兩個字像咒語一般，完全洗掉了他的智商！

你都不懷疑一下的嗎？珞忍不住疑問。

失智歸失智，這神人暴喝時釋放出驚人的靈壓！山城一眾無法像辰紹他們般輕鬆，眾人都感到那如利刃寒冰般恐怖的殺意！

「靛衣眾不是簡單貨色……」夏帝屺與雙刀巫更是面色凝重。因與神器同步化的關係，他們更能體會到對手的厲害，更何況現在冥骨黑玉被那個奇怪的空間封印著。

靛衣神人眼光瞟向珞：「妳說呢？」

珞望向中箭倒地，仍迴避自己目光的姜奕翔，又望向屺，然後視線回到昏迷的瑾，眼眶紅著回道：「總之現在師傅最重要，得快找地方安置照護才對。」師傅最重要，而且她現在只想離開這裡……

靛衣神人點了點頭，將瑾交回珞的手中，又喚了一個靛衣門人幫她解毒醫治，隨後卻邁步走向山城一眾，似乎仍是要為瑾報仇！

靛衣神人眼神犀利地望向夏帝屺，看到那封印在黑球中的冥骨黑玉後，更是毫不掩飾他冰冷的殺氣。「這邪物又是哪來的漏網之魚？我還以為師傅當年已經全毀掉了。」他暗暗思索著，外表看不出他的震驚。

山城一眾隨著對方的靠近，感到靈壓逐漸加重，都舉起武器準備反擊。

不是不能一拚，但若真的一戰，很可能耗損軒轅山主與己方所有的靈力，而且輸贏機率頂多五五波，若再遇到強敵，夙夏山城必會受到難以挽回的打擊！

夏帝屺的心中已精確的衡量了一切，眉頭深鎖。

辰紹望著為難的屺，想起了同伴情誼，與山城庇護人民的種種……

他飛身擋在靛衣神人面前：「師丈，他們人多，若真下殺手，怕會後患無窮，到時更麻煩！而且現在最重要的是趕快救治師傅，請容晚輩去跟他們談談！」他恭敬地雙揖道。

靛衣神人先是皺了皺眉頭，思索片刻才緩緩點頭，轉身回到瑾的身邊。

此時包圍冥骨黑玉的小黑球似乎正在轉淡，它與生俱來的邪氣溢了出來，在場有靈力底子的都感到不適起來。靛衣神人更是皺眉，他忽然凝聚手上消光寶劍靈力。即便是在軒轅山主的看顧下，此劍仍是無有阻礙的擷取天地間的靈能，靈能如同旋風般在祂周邊捲動著。

片刻神人見聚力已足，在空間黑球快消失時，一劍就朝黑球中的冥骨黑玉刺去。

冥骨黑玉隨著破碎的黑球而破碎，最終化為煙塵飄飛落地消失。

這是用了什麼手法？竟然斬掉了異度空間，連同那淬鍊而出的冥骨黑玉也一並消滅？山城一眾看得心驚，尤其金綠兩刀巫與夏帝屺，知道此舉多麼困難，至少自問自己是辦不到的。

此時辰紹走到距離夏帝屺數十尺後停下，兩人對視，回想著經歷過的一切而思緒複雜。

「兄弟！只要你答應以後再不糾纏，雙方都可以平安回家。」辰紹雙眼明亮。

夏帝屺聞言緩緩垂下眼簾默不作聲，領會到辰紹是顧及昔日情誼，片刻後終於紅著眼眶，做了個雙揖：「任兄弟自由離去，三位師傅，兄弟我仍會對待如初。」隨即對身邊的明湘示意。

明湘將昏睡中的澄兒交到辰紹手中，她深望了眼辰紹便轉身回到夏帝屺的身邊。

紹屺兩人又對視了一會。

屺率先轉身往山道回程，姜奕翔被黑衣精銳攙扶著跟隨其後，山城眾終於退去。辰紹目送山城眾走遠，往事歷歷在目而百感交集，才抱著澄兒轉身回到靛衣眾身邊。

「好了，走吧。」靛衣神人說著就抽出了另一把劍，往虛空一擲。劍隨即騰空漂浮，他從珞的手中抱過瑾隨即躍上，動作自然優美，一回首卻發現珞一行人還愣在原地。

他皺了皺眉訝然道：「你們不會御空術？」語氣像珞一行人竟不會自己喝水一般！

說得這麼容易？除了你以外最好有人會啦？珞一行人心底都忍不住嘀咕。

可是一轉頭卻發現，靛衣門人都站在自己的飛劍上驚訝地望著他們。

抱歉！是我們拉低了平均值……珞一行人羞愧地低下了頭。

靛衣神人皺眉凝視著紅臉垂首的珞一行人，他嘆了口氣，心中不禁問道：「瑾……妳都收了些什麼樣的徒兒啊？」隨後捏了手訣，唸了口訣，腳下飛劍瞬間巨化，他使個眼神招呼眾人。

不能再丟臉下去了！身手矯健的辰紹趕忙協助眾人登上。

確認幾人就位，靛衣神人領頭，飛向山的彼端，天空中靛衣眾的身影離諸夏越來越遠。

夜幕降臨，繁星點點的軒轅山湖泊空無一人，忽然一隻墨黑色的人面蛾由草間飛出，那即是化為粉塵的冥骨黑玉鍊所幻化。

軒轅山主發現後，用手點出數點，隨著他的手指點化處，數點光波追著那隻人面蛾！

這隻墨黑色的人面蛾靈巧的閃過多個光波，一個不注意，終於還是被一顆光波邊緣沾到，牠的翅膀瞬間被燒掉大半。

山主以為已經順利淨化，又閉上了祂的金色雙眸，但那人面蛾卻搧滅了翅膀上的火焰，神不知鬼不覺地振翅飛去……

第二十一章 真・璿曜洞天

01

在群山環抱雲霧繚繞間，奇禽異獸自在地生活，遠處流雲般的瀑布傾瀉而下，一個巨大的飛劍劃破雲霧。這巨劍身後跟著數十個小飛劍，上方均承載著人影。

穿過層層雲霧，前方出現了一個建在崇山峻嶺間的空中樓閣。宮殿樓閣也是靛白相參，且巧妙的用巨形白堅木作梁柱，搭在相隔甚遠的巨岩上，雄偉瑰奇，遠遠一看還以為是騰空的。

巨劍率先降落在宮殿前庭的寬闊露台上，已有數個守衛的靛衣門人等候在此，其他靛衣門人陸續到達。站到地面上後，辰紹、尚軒與已經清醒的澄兒忍不住雙目放光地四處觀看。

唯有珞焦急追在靛衣神人身後說道：「其實師傅之前也說過，我們該往白樺森林去的。」這個古怪的靛衣人實在讓她不放心，總覺得他有很多祕密沒說。

話還沒說完，靛衣神人用眼角餘光犀利的掃向珞。

珞愣了一會，這才百般不情願地小聲補上：「師丈……」要是被瑾知道自己亂認師丈，後果不堪設想啊！

這神人背過身說道：「哼！爺爺年事已高，怕是護不住，之前那些人都不是簡單貨色，瑾處境堪憂，我怎會讓她去那犯險？」

俊逸無雙的臉龐從背後望去，隱隱泛起些許潮紅，講得很理所當然，但珞總覺得哪裡怪怪的。不過他知道白樺森林是睿昊爺爺的呀！神人逕自抱著瑾往宮殿走去……

看他之前跟夏帝屺對峙的氣勢，打又不可能打得過他，而且跟瑾似乎真的認識？

路無奈，只好連同其餘三人跟著他。意外的是，這神人穿過宮殿並不停留，左彎右拐來到宮殿後，山壁處一個布滿奇花異卉的岩穴。

珞四周張望，頓時有種回到璿曜洞天的錯覺！

再往內走去，看著這些布置，不就跟璿曜洞天一模一樣嗎!?

靛衣神人走向瑾的房間，將瑾溫柔地放在鋪著柔軟羽絨的床鋪上，隨即在旁邊坐下，深情凝視著昏睡中的瑾，周圍的人瞬間都變成了空氣。

這傢伙好像電視裡演的變態跟蹤狂啊！珞不自禁的提高了警覺……

這時瑾呻吟起來，猛然睜開雙眼，看到眼前的人時，竟一把抱住了他！

「我來了，別怕。」靛衣神人撫著在懷裡顫抖的瑾安慰道。

一旁的珞一行人卻看呆了！

「這傢伙不會真的是自己的師丈吧？原來他不是變態跟蹤狂啊？」珞心中驚喊！

瑾一下子又陷入昏睡，靛衣神人輕輕將瑾放下，擦去她眼角晶瑩的淚珠，手輕握著瑾的柔荑，又凝視了良久……陽光灑入，微風輕撫，這一幕好像一幅畫，眾人忍不住都臉紅著看呆了！

僅僅是握手凝視，這之間瀰漫的異樣氣息是怎麼回事？傳說中大人間的曖昧嗎？

神人忽然轉頭，瞥見珞一行人仍在原處呆盯著自己，他疑惑問：「你們怎麼還在這？」

不然我們能在哪？珞一行人臉上都掛著三條黑線，面面相覷。

靛衣神人微微皺眉，想起的確還沒安置他們，他呼叫門外的靛衣侍從。

這靛衣侍從跟其他門人服飾略有不同，外貌也出類拔萃。只見他仙風道骨，靈息俊逸，身形挺拔，雙目清澈迥然有靈，跟辰紹、尚軒是同一個檔次。

他入內後雙手抱拳：「宮主。」講話的聲音也好聽。

「倚麟，你領這些人歇息去吧。」神人隨手一揮，又將目光凝在瑾的身上。

珞這次真的生氣了！

「我不！我要陪在師傅身邊！」

眾人驚駭地望向她，這還是首次有人敢這樣反抗這靛衣神人！只見那神人面無表情回眸望向珞，一股靈壓襲來。但珞硬撐著回視，空中瀰漫的氣息彷彿忽然化為看不見的龍爭虎鬥！

靛衣神人心中思緒翻騰：「讓你們這些俗人待在這，豈不汙了瑾的乾淨？」但又轉念一想：「這些俗人好歹也是瑾的徒兒，若瑾醒來看到她的徒兒們無恙，或許會更安心些？」

靛衣神人主意已定而垂下眼簾，他收回靈壓道了句：「好吧！」

不知為何，珞感覺這傢伙腦裡想的是不禮貌的事。但她做不得聲，因為全身的力氣，都用在穩定她那發軟顫抖的雙腿。

神人回望著瑾：「這裡布置跟妳們那的璿曜洞天無異，帶著妳的師弟妹們分配去吧。」

隨後手一揮，再不搭理眾人。

喂！憑什麼認定我就是大師姊啊？外表嗎？珞在心中吶喊正要發飆！

「謝師丈！」辰紹搶在珞說話前拉住她，領著眾人就往剛剛經過的廳堂走去。

「幹嘛拉我啦！」珞被拉到廳堂後忍不住怒道，但旋即被辰紹捂住了嘴巴。

他笑道：「大師姊，人在屋簷下不得不低頭啊！」食指在嘴邊比了個噓的姿勢。

被捂著嘴叫不出來的珞瞪大雙眼，發音不清地問道：「你叫我什麼？」

「珞姐姐，還有人呢！」澄兒提醒珞。那個叫倚麟的靛衣門人還跟在身邊。

尚軒微笑雙揖問道：「請問這位兄弟還有什麼事嗎？」

這個叫倚麟的靛衣門人微笑回應：「宮主命在下應接各位，原來各位是宮主夫人的高徒，算起來我們是一家，各位千萬別客氣，稍等在下會送來所需物資，想請教各位還有什麼需要的物事嗎？」

他說話條理清晰分明，又親切和善，眾人忽然好感度大增。

紀辰紹隨意挑了幾樣打發倚麟，後者收到清單也沒拖沓就去置辦了。

尚軒問道：「接下來怎麼辦？」

「請大師姊分配我們啊！」辰紹笑嘻嘻地望向珞。

珞努力壓下冒出的青筋，咬著牙還是分配了眾人……（淚）

璿曜洞天房間不多，辰紹與尚軒分到一間靠近瀑布的房間，自己與澄兒就住在她以前看得到天空與露台的房間。向眾人演示了如何使用洞天內的設備後，倚麟來了。

他身後還有兩個靛衣門人，捧著生活用品物資分發給了眾人，再說明此地的一些規則生活注意事項後，眾人謝過就各自分別了。

珞這時仔細巡了巡這璿曜洞天的完美複刻，發現這裡不僅廳堂房間配置一模一樣，連觀看到的景色都與原璿曜洞天如此雷同。此時即便是珞也忍不住在心中讚嘆，這個可能真的是師丈的靛衣神人，對瑾的用心之深，實在非常人能比。

但更讓她百思不得其解的是，洞天外，一個長滿奇花異卉的小庭院裡，赫然發現立著數座墓碑，墓碑上皆為女希姓，其中一座竟然刻著女希璿的名字！

等等！這什麼情況？為什麼這個複刻洞天竟然有女希族的墓碑？女希璿才是璿曜洞天真正的創始者不是嗎!?疑問充斥在腦海裡，不過要知道恐怕也只能等瑾醒來了。

她又晃了晃，才回到洞天大廳內，坐在離瑾房間最近的窗台，而又難被發現的一角，此刻的她不想離瑾太遠，又不想被人看到。

望向窗外，想起了中箭倒地的姜奕翔，她心中不禁難過了起來……

山城內，姜奕翔的房中，他剛被城醫治療包紮過。夏帝屺靜坐在桌邊看著城醫與從人忙碌，綠金兩刀巫立在他的身後。斟伏對著姜奕翔咬牙切齒。

夏帝屺做了個手勢，房內眾人撤出只剩下姜屺兩人，他坐到床沿，兩人對視無言。

「奕翔，你是故意放過瑾師傅的吧？」他平靜地開門見山直白問道。

姜奕翔驚訝望向他，靜默沒持續多久，他低下頭算是默認了。

「辰紹在射箭前已經出言提醒，就是為了使我閃避，並引你救護，而你為我擋了一箭，也同時放開瑾師傅的束縛……」夏帝屺緩緩搖了搖頭，而姜奕翔則雙拳緊握。

「別人不了解你，但我們從小一起長大，依你的身手，如果是以前的你，會選擇為我擋下那支箭，然後不計代價地把瑾師傅收到我手裡。」

屺踱步到窗前，將目光投向窗外，他緩緩回過頭：「珞與瑾師傅多次救你，你這是在報恩哪！」

姜奕翔此時已垂首單膝跪在身後。
屺深深地望著姜奕翔，良久才又續道：「奕翔，你可知道這樣做後果會多嚴重嗎？」
他知道……所以才沒有任何的辯解。
夏帝屺往門口走去：「奕翔，這陣子去照顧瓏妹吧，你暫時不用跟著我了。」便頭也不回的離開。
姜奕翔維持單膝跪地的姿勢，良久後，他仰望窗外。
就這樣吧……她們已經離開，欠她的就當全還了。至少，他終於有了一段人生中難忘的回憶……
眼眶溼潤中，胸口卻灼熱起來！

02

午後的陽光灑入。
「大師姊～～我們肚子餓啊！」辰紹見珞坐在窗台上發呆又來添堵。
「什麼啦!?」珞趕忙抹了抹控制不住的眼淚才回頭怒瞪，可是紅著的眼眶是抹不去的。
辰紹看到這副神情瞬間愣住了！
珞趕忙起身繞到他身後：「知道了啦！我去想辦法……」
他卻一把拉住她！
「幹嘛啦!?你們不是肚子餓？」她紅著臉撇開頭，狼狽的模樣被看見了……辰紹難得不是回懟，
而是把她拉回窗台，壓著她坐好。他雙手搭在她的肩上，正色地盯著她好一會，盯到珞都開始真正生

起氣來了！

「再慢你們就準備餓一整天的肚子！」她怒懟以掩飾自己的狼狽。

辰紹忽然陽光燦爛地笑了起來，手指著珞：「對！這才像妳！」

蛤？你這猴子演哪齣？「你到底想說什麼？」珞沉下了臉。

這傢伙一屁股在她身邊坐下，翹起二郎腿虧說：「唉唷！還不就是為了我們的姜兄弟嘛！」

他雙手枕著頭，說破珞的心事。珞頓時滿臉通紅：「誰……我……我才沒為了他而哭！你……你亂說什麼？」她的結巴印證辰紹的推測！

「喔！也是，那傢伙竟然背叛同伴情誼，還對我們的瑾師傅出手，真是狼心狗肺可惡至極！下次見到他，我一定把他挫骨揚灰！半分情面都不留！」辰紹順著珞的話頭罵了起來。

珞聞言反駁也不是，不反駁也不是，一下子語塞。

看著珞滿臉通紅又不知所措的模樣，辰紹忍不住好笑。

實在玩不過這猴子……「我不跟你說了！」珞起身就要逃離現場。

「欸！大師姊！」辰紹故意又喊了一聲。

珞當然又氣得停下腳步，正要回懟，可是印入眼簾的是他認真無比的神情。

「我跟他交手這麼多次，為了救屺而鬆開捆住瑾師傅的鎖鏈？呵呵！那是不可能的！」他枕著頭搖了搖食指。

珞疑惑地望著他。

「他是故意放過瑾師傅的。」辰紹說出了他心中的答案。

「咦!?」她盯著辰紹好久，然後心底輕鬆感到如蒸潤的雲氣般充盈，為什麼這個答案會讓她如釋重負呢？

見到珞臉上掩不住的釋懷神情，辰紹笑著走過來又拍了拍珞的肩，他無比認真地說：「大師姊，我們真的好餓了……」

眾人望著桌上剛擺出的奇花異卉……

「大……大師姊……我們就吃這些草啊？」辰紹瞪大眼睛，忍不住抱怨。

珞怒懟：「什麼草？我在璿曜洞天就吃的這些，而且這也不是草，是這邊的藥草田採擷的五色花，少囉嗦！快吃！」忙得半死還要被嫌棄！不過這邊連藥草田都能複刻，強啊！師丈！珞撒上丹木玉膏，把為瑾準備好的五色花盤拿起，送進瑾房裡。

那個靛衣神人還是維持同樣姿勢望著瑾……

你是人體塑膠模型嗎？珞望著沒移動過的靛衣神人，忍不住懷疑眼前這傢伙是不是氣球人變的？但那靛衣神人察覺有人進來，回頭一望。

確認是活著的了！

他看到珞手上那盤五色花皺眉問道：「那是什麼？」

「秉師丈，我怕師傅醒來會餓，所以先準備了五色花。」看過這邊的種種，她現在相信靛衣神人是她師丈了。

誰知這靛衣神人皺眉：「那東西要給瑾吃？去去！」

去什麼去!?辰紹他們嫌棄就算了!又不是給你吃,你是嫌個鬼喔!人家辛苦做的欸!

「可……可是師傅要是醒來……」她壓下冒出的青筋,裝出恭敬的模樣回道。

「瑾醒來我自然料理,天都快暗了,妳怎麼還沒點燈?快去!」他瞟了珞一眼,又回頭繼續凝視著瑾。

「是……」珞轉身後翻了個華麗的白眼。不爽歸不爽,她還是乖乖去點燈了……

趁著太陽下山前總算是完成點燈任務,她感到自己又變回那個打雜小妹。

等等!望著廳堂內,那個吃光五色花還敲著碗筷喊餓的辰紹,她淚眼。

不!她現在除了是打雜小妹外,還是個奶媽!

這時,那靛衣神人總算是走了出來,邊走還邊皺眉唸叨:「這燈是怎麼點的?暗成這樣?還不如別點了。」

「……」珞開始懷念,原來瑾對自己是這麼溫柔啊!

為了掩飾額上的青筋,她做了個深揖回道:「秉師丈,晚輩修為尚淺,已是竭盡所能了。」

冷靜!冷靜!他是師丈啊!

靛衣神人哼了一聲:「瑾也太寵妳們了,我現在要去處理些宮內之事,瑾就先交給妳們了。」

「是,恭送師丈。」快走快走!別來了!

他走出了幾步,又忽然眼神犀利地回頭盯著珞,珞被他盯得渾身寒毛直豎!只見他冷冷地說道:「妳需得謹記,絕對不可將聚光術用在瑾的身上,只能待她自己醒來。」

為什麼不行?不過這眼神看得珞心底發寒,她連忙答應:「是。」

他走了沒多久，辰紹又煩著她喊餓，珞正含著淚，不知該如何填滿他黑洞般的胃，就要多去摘些五色花，倚麟這時卻來了。他身後飄著數個籃子，打開一看裡面裝盛著看來清淡的飯菜。

「好兄弟！我就盼著你來呢！」辰紹忍不住熱情擁抱他。

望著其他人眼中彷彿看到救世主般的光芒，珞忍住了滿眼的淚水，這的確比五色花還像人吃的東西。夾了一口倚麟送來的飯菜入嘴，還真的挺香的……

夏帝屺坐在庭院中望向天空，回憶在軒轅山谷時，溢彩琮發生的異象。

「這難道是一種共鳴？」慌忙起身，逕自來到那個重重鎖鏈的巨門前，猛一發現，門上的鎖鏈出現了斑斑裂痕！他睜大雙眼：「共鳴的靈力竟然傳到了這裡？」

再次祭起了溢彩琮，巨門緩緩開啟，已達到一個人可以勉強側身通過的寬度，夏帝屺側身想試著越過鎖鏈進入，但一個不注意觸碰到了鎖鏈，頓時空間上下劇烈震盪，四個角落緩緩冒出巨大的陶俑頭部！

「可惡！」他又祭起溢彩琮，漫出的五彩斑斕中，四角比人高數倍的巨俑已經在地面上顯立全身。

這些巨俑被塑造得如此栩栩如生，那健壯精實的肌肉紋理如同真人般，他們待立定後猛然睜開雙眼！那眼中鑲嵌著青、紅、黃、藍流光閃爍的寶石，手上拿著弓、劍、槍、錘四種不同的武器。

他們在看到祭著溢彩琮的夏帝屺後，又緩緩閉上了眼，由原處陷落埋回了土裡。

回到地面，夏帝屺走到無人的地方，忽然跪倒在草地上，挫敗的雙手捶打！

「為什麼⁉為什麼還是不行？」這個父親口中的禮物到底是什麼？

他腦海裡浮現珞的臉孔：「難道……還是一定得那樣嗎？」

這幾天姜奕翔一直跟在神智不清的祝姿瓏身邊……

他看著以往靈巧聰慧的祝姿瓏變成現在這樣，心中更感沉重。現在的祝姿瓏失去了往日的美麗，雖然會動會呼吸，但是無法言語，衣食起居均需要他人幫手。

在他的心中，祝姿瓏跟其他人不同的是，不僅是從小一起長大的同伴，還是同族的親人……

這讓姜奕翔更是難過！是他做錯了嗎？如果沒有故意放過瑾師傅，如果把珞留下，如果照著計劃完成布局，一切都會順利！

姒夏山城就不會面臨之前遭遇靛衣人那樣的危機！祝姿瓏也會康復如初……

這時祝姿瓏閒晃著忽然跌了一跤，他趕忙飛身攙扶，卻聞到一股異味。尋味望去，只見祝姿瓏後裙又是一攤汙穢。望著祝姿瓏本來美麗靈氣的臉龐，現在卻呆滯又灰暗，他感到前所未有的自責！

將祝姿瓏交回侍女手中後，他轉身走向夏帝屺的房間。

這一次他滿臉寒霜，眼神無比的堅定！

一大早珞就做了個陶俑去整理藥草田。最近忙著照顧昏睡中的瑾（10%）與宛如猴子般的辰紹（90%），真真累壞了她！還好澄兒跟尚軒是得力的幫手，總在她忙得翻天覆地的時候，把一旁搗亂的辰紹帶走。

她流著淚整理藥草田，那個靛衣神人由遠處走來，他手裡還捧著一籃物事。

「媽呀！又來了！最麻煩的就是你！」珞心中暗暗叫苦。

「這個怪模怪樣的泥玩意兒是什麼？」靛衣神人眼神冰冷，盯著在田裡工作的陶俑皺眉問道。

「秉師丈，這是晚輩今早才製出，幫忙照顧農務的耕俑。」你才怪！你全家都怪！

靛衣神人也不回話，嫌棄地嘖了一聲就逕自向內走去，珞在原地無語凝咽……

「最近老掉髮，一定都是這傢伙害得自己壓力過大！師傅，您快醒啊！珞真的好想您！」她在心中吶喊。可偏偏瑾這次睡了一周都沒醒，這傢伙天天來！早中晚來！一來還都待一兩個時辰！再這樣下去，她怕就要未老先禿頭了。

「珞姊姊，澄兒跟師兄也想來幫忙。」澄兒甜美的聲音在身後響起。

珞一轉身，看到澄兒跟尚軒兩人，她眼中泛起感激的淚水。

你看看！這就叫懂事！這就叫善良！珞拼命點頭，尚軒忍不住笑出聲，眾人隨即開始農作。

「對不起，珞姐姐，紀大哥總偷摘花兒吃，才讓這邊光禿禿一片……」澄兒愧疚地代替辰紹道歉。

珞笑著安慰：「哎呀！沒什麼啦！再種就有了，還好這邊有不少種子。」

才怪！像他那種吃法！有十噸的種子都不夠他吃啊！

「不過那個五色花跟丹木玉膏，真是越吃越感神清氣爽，透體舒暢呢。」尚軒忍不住讚美。

「咦？有那麼好嗎？喜歡我再多做些吧。」就是說啊！你內行的！那個倚麟的飯菜會有我做的香嗎？

「澄兒也喜歡吃珞姐姐的五色花！」澄兒衷心地讚道。

珞總算有種努力得到回報的成就感，欣慰笑了笑。

但……等等……

「欸？不對！你們都在這，那個搗蛋鬼紀辰紹呢？」珞忽然臉色大變！

「啊！剛剛倚麟哥哥來這送東西，紀大哥說悶，就跟著倚麟哥哥去宮內遊玩了。」澄兒想說把辰紹支開了也好做事。

「咦⁉」把他放出去沒問題嗎？珞瞬間心裡七上八下的，尚軒則無奈地在一旁苦笑。

這時屋內傳來靛衣神人召喚的聲音，珞認命起身向內走去，眼角含淚自問：「為什麼老是我……」

午後的陽光灑入屋內，這是一個非常簡陋老舊的木屋，跟其他美麗瑰奇的宮殿屋舍格格不入。屋內簡單的桌椅床具，並一旁的灶台與炊具，幾樣用舊了的起居用品，之後再無其他。那個俊美如神人般的夏帝屺坐在窗台邊，望向屋外的落日。

「我想你也該來了……」夏帝屺背對著門彷彿對空氣說道。

門口不知何時站了個人，那人背著光默然不語。夏帝屺轉過身直勾勾盯著臉如寒霜的姜奕翔……兩人相視良久，他忽然站起身緩步走向他，將手扶在他的肩上。

屺點了點頭，微微一笑，垂下有著修長睫毛的眼簾：「奕翔，你還是我的……」

第二十二章　天虞劍神器使

01

倚麟帶著辰紹在天虞山的碧璿宮四處晃悠。

宮殿規劃非常工整，四角各一殿，中央為主宮，連接的通道與基底架構均是白堅木架成。

「欸！兄弟，你們這邊的建築方式我從未見過，僅憑這些木頭就可以支撐整個宮殿啊？」辰紹忍不住讚嘆。

「是，這宮殿不僅是靠多位能人巧匠設計，這基底的白堅木，據說本是刀槍斧都難入，還是得由宮主帶同師傅們才順利取得，不過這也不是單靠白堅木就足夠穩固，需搭配山勢的岩盤堅石才能建成。」倚麟解釋道。

紀辰紹回憶起那個巨化的飛劍，又忽然問道：「你們這……是不是真的每個人都會御空術啊？」

這個問題讓倚麟有些驚訝，不過他還是回答：「是的，天虞山高聳，四周又多是深壑急流，一般人難以進入攀登，為了方便上下山，傳遞物事，我們這邊入門第一件事就是得學會御空術。」

原來真的跟喝水一樣理所當然啊！辰紹歪頭思索，又問：「那……你是多大就學會御空術啊？」

「在下不才，舞勺之年才學會御空術，但現在還常被師傅訓斥呢。」他臉紅了紅。

舞勺!?看你年紀跟我相仿，真是人不可貌相啊！不過本少是誰?改明兒個我也學得會！

「嘿嘿！小弟今年二十有三，兄弟你呢？」辰紹試探性地問著。

「再過兩年就也和大哥一樣了。」倚麟和善答道。

「嘿！那你還小我兩歲！」比自己小就已習得御空術，這讓辰紹汗顏起來，他忍不住讚道：「你們師傅真厲害。」

「四位師傅都各有所長，我輩難以企及，不過在下得機緣巧合，得以直接拜屬宮主門下。」倚麟又答。

「四位師傅？」辰紹驚道，他以為靛衣神人就是這裡的師傅了。

「是的，四位師傅分居四殿，分別以南烈炎、北巨魚、東神木、西虎鉞為圖騰，而統領此處的宮主也就是我師傅，位居中宮。」倚麟又道。

辰紹思索著難怪剛剛看到四殿入口處皆有烈炎、巨魚、神木、虎鉞的雕刻。

「哎呀！」他一個不小心踢到白堅木梯上的缺角而慘叫一聲。

「紀大哥，你沒事吧⁉」倚麟趕忙扶著他。

「沒事沒事！這木梯壞了一角，還好是我這皮肉厚的踢到，換成其他人豈不痛歪了？」他尷尬一笑，但疼痛仍讓他齜牙裂嘴的。

倚麟歉然道：「唉！碧璿宮建成已有三百年，總有這些小坑小角，修都修不完，讓大哥見笑了，等會我就叫人修理。」

「等等……這個宮由你們宮主建成，而這個宮又已有三百年歷史……那你們經歷了幾代宮主啊？」辰紹忽然驚覺這語句內容的不合理處。

可是倚麟更是一臉不解：「我們碧璿宮歷來只有一位宮主啊！」

「蛤⁉」辰紹忍不住瞪大雙眼。

看到辰紹震驚的樣子，倚麟也面帶訝色地回答：「大哥不知嗎？我們宮主已與神器天虞劍合而為一，受神器庇護，所以常青不衰，宮主夫人也因宮主的關係，與宮主同壽。」

紀辰紹聽完愣了一會，片刻後深深吸了一口氣，抱歉！是自己見識淺薄了！

姒夏城外，數個身披黑袍的人在隱密的遠處觀望，黑袍上的圖騰皆現有獸角型。

有個農戶打扮的人趕著牛車，往這而來。

「黎斗有佳氣，龍殘困淺灘。」陰暗處飄來這句話。

「三巫失一，禹王受困，時機大好！」農戶回答，隨後遠去。

暗處的黑袍人莫不激動地緊握拳頭，扭轉一切的機會到了！忍辱負重這麼多年！該是覡王禹償還一切的時候了！而樹梢一隻墨黑色的人面蛾靜靜觀看著這一切。

送走了那個瘟神……呃！不！是送走了師丈，珞靜靜坐在瑾的床邊看著她。

「這樣睡下去會變胖的喔。」這當然是假話，不過多數女人聽到這句，都會被刺激到坐立不安。

「師傅，珞真的好想您……您睡了好久了，我做了好多五色花，澄兒跟尚軒都說好吃呢！您起來嚐嚐？」珞牽上了她的手。

望著窗外的落日餘輝，珞皺眉想起了靛衣神人的話，為什麼不行使用聚光術？這不是最快的方法嗎？她反骨地走向窗邊：「你不讓我用，我就偏要用！」

她凝聚了餘暉陽光，正要放到瑾的胸口，忽然心中警鈴大作！

「奇怪！怎麼會有如此不祥的感覺？」她趕忙搧滅了手上的陽光，有些無力的癱坐到椅上，靜坐片刻後深吸了一口氣。

「不行！不能拿瑾當發洩怒氣的對象，但到底為何不能對瑾使用聚光術呢？」她正在困惑，外面傳來吵雜的聲音，是那隻猴子回來了。

珞忍不住沉下臉衝了出去：「喂！安靜點！師傅還在休息呢！」

誰知辰紹反手一把就勾上她的肩：「欸！大師姊，問妳啊，妳知道瑾師傅到底多大年紀啊⁉」

珞被問得莫名其妙：「誰會沒事做死去問這個啊？」

不知道問女人的年齡是大忌嗎？而且你只會得到標準答案──永遠的18歲……

「我今天啊……聽那個倚麟說喔，原來那個碧璿宮主已經超過三百歲了！而且他還是神器天虞劍的繼承者耶！」辰紹神祕兮兮地說，像極了街邊說人長短的阿婆。

珞皺眉問道：「嗄？所以？」然後忽然像想到了什麼睜大眼睛：「你！你是說……？」

她驚呼的同時，尚軒跟澄兒也將嘴都圈成了O字型。

珞斷然搖頭：「不！不太可能啊！我璿曜洞天第一條門規就是順天應時，隨其自然……」尤其瑾多次提到追求永生是邪道。

「不是啊！那個倚麟說宮主夫人受宮主影響，所以也能長青不衰，意思或許就是其實並不是我們的瑾師傅想要長生。」辰紹說出他的猜測，然後開啟八卦模式：「妳想喔！他們如果真的已經成親，為什麼還會分隔兩地？而瑾師傅又不肯提起師丈？其中一定有什麼貓膩！」

這時連平常清心寡慾的尚軒也自動加入八卦陣營：「會不會是……宮主本身受神器庇護，可以與天地同壽，但他希望瑾師傅跟他一樣，所以用了什麼手法，未經同意就使得瑾師傅也能同享永壽？」

「那個宮主，對瑾師傅真的很好啊～」澄兒撫胸說出她的想法，八卦陣又加入一員。

「可是師傅對這種事一定會很生氣！」珞說出她對瑾的了解，那可是瑾的大忌！

至此八卦陣全員到齊。

辰紹雙目放光：「所以我們的師丈，到底對我們的瑾師傅做了些什麼咧？」他對八卦的熱愛當居首冠！

眾人忙著八卦時，沒注意到身後那個神色冰冷的靛衣神人，正靜靜看著這一坨八卦團夥。

在額上青筋暴開前，靛衣神人終於忍不住咳了一聲。

「啊！」看清來人後，眾人驚嚇地站成一排，像極了翹課被抓包的學生們。

他語氣冰冷地緩步走向四人：「你們沒事幹了？」犀利冰冷的眼神無有遺漏，四人被掃過都有股從腳底冒到頭頂的涼意。他身後跟著低著頭的倚麟……

「師……師丈，您怎麼又來了？」珞硬著頭皮發問，不是才剛走沒多久嗎？

他站定在珞的面前，冷冷盯著她：「怎麼？我不能來？」

珞感到自己的頭髮又飄落了幾根……好想哭……

她趕忙陪笑臉：「行！當然行！師丈是不是還有什麼要交代的？」

為什麼老感覺自己被針對啦？八卦的明明是紀辰紹耶！

這時瑾的房裡傳來動靜，眾人一驚都想去看看是不是瑾甦醒了！

靛衣神人卻擋住眾人：「妳，妳！跟我來，其他人在外候著。」他領著珞澄兩人趕忙進房，其他人也忍不住在外偷窺。

只見瑾緩緩抬起手，半睜她那美麗的雙眸，睡了那麼久，看到任何光線都很刺眼。

「師傅！您真的醒了！」珞情不自禁地衝上前去握住瑾的手！

瑾努力掀開眼簾，看到熟悉的景象：「徒兒，我們什麼時候回的洞天啊？」她慵懶地問道。

「瑾師傅，我們現在不是在洞天啊！」澄兒在她身邊也開心地笑道。

「嗯？」瑾皺著眉頭，眼還沒完全睜開。

珞眼角含淚道：「是師丈救下我們的！這是他的碧璿宮。」

「師丈？」瑾強撐著想睜開眼睛。

「是啊！就是……」珞轉身指著靛衣神人剛剛站的位置，卻發現空無一人！

「咦？師……師丈？」她左右環顧，終於在門邊的辰紹身後發現他。幹嘛跑那麼遠？表情還這麼怪？躲在紀辰紹的身後幹嘛？剛剛還那麼恐怖又嚴肅，像訓導主任的傢伙，現在怎麼像隻瑟瑟發抖的小貓一般？

這時瑾撐著身體坐了起來，珞趕忙攙扶。瑾終於睜開雙眼，看到門邊的那個靛衣神人後，忽然震驚地靜止所有動作！

眾人這時也察覺到異樣不敢吭聲，頗有那種父母吵架的前夕，風暴前的寧靜。

然後，瑾忽然紅著眼眶咬著嘴唇，她撇過頭皺起了眉頭。

塊陶啊啊啊啊啊！

珞心中警鈴大作，迅速將枕頭塞在瑾的身後，趕忙拉著還搞不清楚狀況的澄兒逃命！把靛衣神人推進房內，眾人飛快地退出房間，拉上了門簾，然後蹲在門邊偷看。偷看的人裡，赫然還有那個看似清心寡慾的倚麟！

室內兩人久久都沒說話，窗外已明月高掛，微風輕撫。

「瑾……」他鼓起勇氣輕輕喚著，瑾紅著眼眶直直地盯著他，兩人都沒移開視線。瑾的表情好複雜，連珞都無法解讀，靛衣神人也是。

這時倚麟貼心地傳送準備好的蜜瓜，眾人拿到後目不轉睛啃了起來。

「瑾……」他鼓起勇氣向前走去，才幾步又停了下來，瑾低下頭咬了咬下唇。

到底該不該走上前去？她還在生氣嗎？會不會就這樣把我轟出去？門外的吃瓜群眾這樣解讀他的神情。

「瑾……」他伸出手，似乎想上前，又躊躇不定，瑾的淚水忽然像斷線珍珠般滴滴落下。

看到瑾的淚水，他顧不得一切，終於忍不住衝上去抱住了瑾！

門外的吃瓜群眾，男的在擔心中隱含期待：「師丈不會真的被轟出去吧⁉」女的卻雙拳緊握大讚：「這樣才對嘛！」

瑾將整個臉都埋進了他的胸膛，雙手緊緊捉著他的衣角輕輕地顫抖著。

溫柔的聲音飄來：「對不起，我來遲了……」他輕撫著瑾的秀髮，而她在他懷裡無聲哭泣著。

眾人此時知趣的退出複刻洞天，深呼吸了幾口氣，吃瓜群眾忍不住內心歡呼：「終於嗑到了！」

仰望著星空，回想剛剛那美麗的一幕。珞眼中更是閃著淚光微笑著，她實在替瑾感到開心！

此刻眷屬終是有情人，比世界上的一切，更讓人感到無比歡欣啊！

姒夏山城內的夏帝屺聽著巡視守衛的彙報，這樣的午後，並沒有任何悠閒的氣氛，最近發生的怪事，讓他非常煩惱。

「巡邏的守衛與城郊的人民竟憑空消失？且再無蹤跡……太奇怪了！」他神色凝重，轉頭對身後的兩人說道：「明湘，斟伏，這件事交給妳們，妳們領一隊去暗中探查，千萬小心。」

斟湘兩人離開後夏帝屺站起身：「奕翔，君堂，你們跟我來。」他直覺不對勁，有股詭異的氣息在城外遊蕩。隨後領著姜奕翔與姚君堂往屋外走去。

為了這揮之不去的異樣感，他想前往軒轅山主的湖泊問事，或許祂知道些什麼？

這時卻有侍衛來報：「秉少主，有位東夷族的姑娘說有要事求見！」他遞上一個朱紅色的鳳鳥型精緻項鍊，與赤昊鳳主的愛女——妍妍送他的一模一樣。

夏帝屺皺了皺眉：「快請！」

片刻後，侍衛領著紅衣俏麗嬌豔的妍妍來到議事殿的會客廳。

她一見到夏帝屺，喚了他一聲後，忍不住飛身擁抱上去！

她在哭著……

屺把其他事先放下，輕輕撫著她的肩膀安慰著：「妍妍，怎麼了？妳怎麼孤身一人前來？」

「召喚蠻蛭的人，我知道是誰了！」她抽噎地說著，眾人交換了一個眼神。

「可是赤昊鳳主出了什麼事!?」夏帝屺雙手搭在妍妍肩上凝視著她。

妍妍卻搖了搖頭：「父親沒事，族裡也沒事，但我發現那些人目標是你們！所以……所以瞞著父親特地前來通知你！」

眾人緊鎖眉頭，最近的侍衛城民接連消失，會跟這些人有關係嗎？

「妍妍姑娘……請妳說得更詳細點。」夏帝屺牽引著她坐好後，神情嚴肅地詢問，眾人聚神聆聽。

02

珞捉緊身邊的藤蔓，緊趴在岩壁上瑟瑟發抖。

不遠處的澄兒哭著斷斷續續的說：「珞……珞姊姊，澄兒還不想死……」

「我……我們一定會活下來的！妳捉好，別鬆手啊！」珞眼角含淚哆嗦著安慰她。

另一端的辰紹全身懸空，只剩雙手捉著藤蔓吼道：「不成功便成仁！我們要相信自己！別讓那老妖怪看笑話！」

「師兄，我好懷念以前……」尚軒在另一端岩壁上緊抓著藤蔓佯裝鎮定，但眼角的淚珠出賣了他。

他們被丟下這懸崖，攀在這已經一個時辰了！這是碧瑢宮的修練場，地勢險峻，懸崖峭壁，加上山谷間不停呼嘯迴盪的狂風，眾人就像小草般在這飽受摧折。

「今天一定要學會御空術，不然妳們就乾脆掉下去算了！」崖上一個背著光的黑影從高處望著他們，冷冰冰的聲音迴盪在山谷間。

「這……這樣最好就會啦！你根本就是想我們死吧！老妖怪！」紀辰紹怒罵！

彷彿沒聽到那句「老妖怪」，他皺眉問：「口訣手訣不是都交給你們了嗎？到底是哪裡不懂？」說得好像杯子都給你們了，怎麼還不會喝水一樣。

「老妖怪！想我們死你就直說！玩什麼花樣！」辰紹在狂風肆虐的山谷間，邊搖晃邊怒吼！

崖上的人取出飛劍往虛空一擲，隨即動作優雅自然地躍上，飛劍飄到辰紹碰觸不到的地方。

靛衣神人冷冷盯著他：「你這劣徒，你們如此虛弱無能，也會害瑾被嘲笑，收了你們這些連御空術都不會的俗人！」

「如……如果我們死了，誰來照顧師傅啊？求師丈開恩！」珞忍不住搬出瑾求饒。

靛衣神人不屑回首：「妳這個連燈都點不好的劣徒，還大師姊呢？沒妳有差嗎？」

身而為人，我很抱歉……珞飆淚……

「澄……澄兒還小，人家還不想死啊！」澄兒飆淚！

「真正的敵人不會因為妳年紀小就手軟，長進點！」靛衣神人明顯的語氣軟了些。

「求師丈循序漸進，否則揠苗助長！」尚軒也告饒。

「沒有驚嚇，沒有突破！出息呢⁉」靛衣神人皺眉。（沒聽過這句話啦！）

忽然一陣強風襲來，眾人這時力盡，終於慘叫著摔了下去！

「老妖怪！我做鬼也不會放過你啊！」辰紹的哀號迴盪在山谷間。

他們腦海閃過各種人生跑馬燈後陷入昏迷。

靛衣神人立在飛劍上，緩緩搖了搖頭才道：「倚麟，去把他們撈上來吧。」

「是！」倚麟雙揖後，領著數門人，動作飛快地將眾人撈回崖頂。

等他們從昏迷中一一甦醒，又被踹了下去……如此連續數天，反覆無數次……

有天尚軒眼中含淚地大叫：「行！行了！」

他的飛劍像根羽毛般飄在空中！乘載著他飄回涯頂，成了八卦團夥中第一個學會御空術的人。
「可惡！還真的行⁉」辰紹被激起了求勝意志！抱著壯士斷腕的決心，擲出飛劍一躍而下！
「絕不能讓那個老妖怪看笑話！」他因此成了第二個學會御空術的人。
澄兒與珞分別在之後的三天內學會御空術。
雖然學會了……但眾人皆有股劫後餘生的感覺，癱在複刻版璿曜洞天的大廳，體會著生命的可貴。
「妳身為大師姊，竟然是最後一個領悟御空術的？」靛衣神人嘖了一聲，神色冰冷地走了。
珞顫抖地望著她滿手的落髮，淚眼讚嘆自己的新陳代謝是如此生生不息。
根本惡魔級霸道宮主！師丈……真的好可怕啊！

「是九黎部落！」妍妍正色說道，夏帝屺聞言眉頭深鎖……那真的會很麻煩！
黃帝的華夏族在太古時期與炎帝部落多次戰爭，涿鹿之戰炎帝部落的太昊少昊族戰敗後，部落瓦解，曾經的炎帝部落少昊戰神被硬是冠上蚩尤這樣侮辱性的稱呼，連同戰敗的同盟也被荊面刺眼成為奴隸，稱為九黎黎民。
「九黎部落累世與諸夏族交戰，後又有禹王征三苗之役，累積的仇恨深厚，非一朝一夕能化解，戰敗後一直以為他們安分，原來只是在累積力量，但為何會挑這個時機？」夏帝屺皺眉思索著……
如果他們是因為知道三聖刀巫失一，而趁機起事，也太有勇無謀了！
先別說他諸夏十二部仍是磐石之固，與周圍族群部落也是維持一定的和平，難道有什麼自己不知道的事？會是跟父親那邊有關嗎？

妍妍還道：「而且，之前的蠻蛭，只是他們其中一團召喚出來的魔獸，他們已在其他地方集結了勢力，不知何時會真正發難！」

夏帝屺忙對身邊的姜奕翔令道：「快把明湘與斟伏叫回來！」姜奕翔一揖，即刻出發執行。

過了片刻，夏帝屺開口問道：「妍妍，我還有一事尚不明白。」

妍妍的雙眼沒離開過夏帝屺，眼中含情地回：「嗯？」

「妳是從何知道這件事的？」他用彷彿能吸進魂魄的清澈雙眸，深深凝視著妍妍。

妍妍聞言好像驚醒般垂下了頭，瞟了一眼旁邊的金刀巫。

夏帝屺會意，舉手示意金刀巫退下，室內只剩他們兩人。

「是……我父親……」妍妍頓了頓又說道：「我們本也是炎帝族裔之一，九黎使者找到東夷各族族長，意圖說服他們加入陣營。」

「我跟著父親所以得知此事……」她紅著臉望向夏帝屺。而且我想見你……這是她沒說出口的話。

可是看見他一臉震驚凝重，趕忙搖手寬慰道：「不過父親知道害死我們不少族人的就是他們，而且聽說他們要攻擊的是你們，又顧念與你們的舊情，所以並未答應。」

但是九黎部落若真的成功聯合東夷部落，那他諸夏族將有滅族之禍！想到這點，夏帝屺臉色鐵青，忍不住支額苦惱。

忽然感到一陣香風襲來，自己已在妍妍的軟玉溫香內……

她輕輕地道：「現在不管發生什麼事，我都會留在這陪著你。」

枕著那溫軟飽滿的棉團，聽著那激烈的心跳！夏帝屺有點驚訝地抬頭望向她，猝不及防的，一個柔軟熱辣的香唇印上了他的！他順勢躺倒……接下來，滿室旖旎，閃著溫柔的火光……

瑾終於恢復得差不多了，開始起來走動。

珞扶著瑾在花園散步，打從心底開心的說：「師傅，您能康復真的太好了！」

終於可以遠離那個惡魔霸道師丈！

「澄兒也很高興！」另一邊扶著瑾的澄兒表示+1，她一直很喜歡溫柔的瑾。

瑾好笑地看著兩人：「瞧妳們就這麼點出息，這幾天妳們不是也進步迅速嗎？是沒錯啦……但頭髮掉得也很迅速！珞皺眉想著，惹得瑾一陣銀鈴般的笑聲。

瑾微笑著道：「徒兒，師傅聽說了，在我昏迷之際妳覺醒了異能，自己展開異度空間？」

珞回答：「師傅指的是那個奇怪的像黑洞的地方嗎？」

她頓了頓又道：「我也不知道……之後我也嘗試著再使出那招，但就是無法……」

瑾望著天空沉思了一會，才道：「徒兒，我猜想……那才是妳真正被召喚來這的原因。」

「咦？」珞驚訝地望向瑾。

瑾坐在花叢間的石台上：「我們巫界，大體是順應天地，溝通精靈的媒介，但有少數特殊天賦的巫師，我們稱為異能巫。」

珞與澄兒坐在她跟前，瑾又續道：「這些異能巫能使用天地之外的力量，徒兒……妳會被召喚到這來，是因為妳的天賦本能就跟異度空間有關，所以才能與三刀巫與三神器使的力量產生共鳴，這是我的猜測。」珞靜靜地聽著，她還在消化這些資訊。

瑾凝視著她：「妳的天賦已經覺醒，只是還不知道如何使用，如果真能完全掌握妳的異能天賦，將會成為開啟任何異度空間的鑰匙！」

她頓了頓又續道：「到時，妳想回到原本的世界或到更遙遠的時空異界，都將易如反掌！」

珞雙眼放光！想起當時看到種種景象的黑暗空間，然後又望了望自己的手，疑惑著自己這麼嫩包，卻有著好像很厲害的能力嗎？

瑾微笑道：「傻徒兒，當妳拜入我門下，開始使用第一層巫力時，就代表妳有超乎常人的機緣與天賦了。」

「師傅……」珞紅了眼眶就要擁抱上去，對比那個惡魔霸道師丈，瑾溫柔得像個女神！

但瑾馬上舉起食指正色道：「可是……如果無法完全掌握妳的異能天賦，還是不行喔！明天開始，由我親自指導，即便空間的異能在我能力之外，但機會難得，趁著妳天賦覺醒，最好突破的時機，務必讓妳異能覺醒的同時也達到第三層巫境！」

媽呀！珞震驚得張大嘴，有種從這個火坑跳到另一個火坑的感覺。

旁邊的澄兒默默低下頭，珞發現她紅著眼眶：「澄兒，妳怎麼了？」

「澄兒也想念師傅了……」不知道鏡使現在在姒夏山城過得如何……

瑾微笑道：「澄兒，妳原本的法門我雖然不是那麼熟悉，但我可就我所能，助妳突破。」

澄兒聞言開心的喊道：「瑾師傅，謝謝妳！」

重點不是會不會突破，而是這種也被關注的溫暖讓澄兒開心。玄潔此時也興奮的飛在眾人天空盤旋，三女微笑的看著她。

遠處靛衣神人領著倚麟，捧著一籃物事，快步走近，他看到瑾開心的微笑，難得沒有刁難珞與澄兒。

露出平常根本不可能出現的溫柔笑臉盯著瑾：「太陽大了，怎麼還在外面晒著？」他輕輕拉起她的纖手，旁邊的人此刻像忽然隱形了一般。

瑾微微低下頭：「躺太久了，我就想出來走走……」她氣色好了不少，除恢復昔日的靈氣美麗之外，又多了點憔悴的楚楚可憐。

他皺了下眉：「晚點我再陪妳出來走吧。」說完一個公主抱將瑾摟在懷中。

「我親自做了些九瓊丹木靈玉膏，回去用點吧？」他用比蜂蜜還甜的聲音輕哄著。

見瑾輕輕點了點頭，這靛衣神人露出溫柔的笑容……

俊美無雙！！！連高掛天空的陽光都彷彿瞬間黯淡了下來。

眾人已習慣在他們兩人面前變成空氣，認分地跟在他們身後。

到了複刻洞天，遠遠就看到辰紹與尚軒癱軟在走道邊。

靛衣神人皺眉冷冷斥道：「你們這是什麼樣子？真不像話！」兩人聞言趕忙撐起身子立在一旁。

珞與澄兒見狀卻心中大驚！學會御空術後，這惡魔命珞與澄兒陪著瑾，自己卻帶上辰紹與尚軒說要另外訓練。

才一周不見，怎麼現在變得像被不化骨吸乾精氣的骷髏般，似乎隨時會被風吹走！

她們驚駭地望向倚麟，後者無奈點了點頭，示意等等再說。

瑾看著隨即會意勸道：「他們還只是孩子，你若過於急躁，就壞了順其自然的道理呢。」

對著瑾，這靛衣神人馬上換了張臉，溫柔笑道：「好，妳說什麼都好……我只怕他們虛弱無能，壞了妳的名號。」

這變臉之快無人能及！

眾人這時卻緊張得停止呼吸，要是亂認師丈的事情被戳破，還因此學了人家門派的法門，他們會不會被當場格殺啊!?

誰知瑾只是笑笑，望了眾人一眼說餓了，想吃那個九瓊丹木靈玉膏，靛衣神人隨即扶著她進入房內。他們倆進房後，眾人待在洞外鬆了一口氣。這個惡魔級霸道寵妻奴宮主，性格陰晴不定，本事又太大，實在可怕！還好有瑾在，他會把眾人當成空氣。

「你們是經歷了什麼修行？怎麼變得像被不化骨吸乾精氣一般啊？」珞看著他們的氣色，忍不住擔憂問道。

可是辰紹與尚軒忽然雙手抱頭，面露驚恐顫抖的回：「別問！」

旁邊的倚麟無奈解釋：「宮主師傅訓練門人，向來是嚴厲過甚，常被其他四殿的師傅們勸阻。」

珞與澄兒對看一眼，忽然都開始同情紹軒兩人。

第二十三章　殘忍的月光

01

窗外陽光輕灑，微風吹動了窗紗，撫著兩個躺在榻席上交織纏綿後的身影。

夏帝屺的披掛鋪陳在塌上，而青底繡金絲墨蘭天蠶紗衣則披在兩人身上，露出他精實的上身。

他懷中的妍妍，深情迷戀地望著還熟睡的他……

這俊美無雙的人兒長長的睫毛微微跳動，天神雕刻而成的五官連睡著都是這麼完美無瑕！她往他的胸膛鑽去，感受到前所未有的幸福！

被所愛之人擁抱，即使是初次破身的痛苦，也轉為甜蜜的印記。她不想吵醒他，覺得這一刻就該變成永恆……但這幸福的永恆時刻卻忽然被無情打破！

有一黃衫人影急速地闖入：「少主，為何要忽然急召我們回來？」

明湘受召回城，毫無心理準備地就直衝夏帝屺的議事殿。

她看到床榻上的兩人，頓時如被五雷轟頂般愣在當下！她身旁的姜斟兩人震驚之色稍縱即逝。

妍妍羞紅了臉，驚叫一聲，趕忙躲進那寬大的天蠶紗中。夏帝屺則睡眼惺忪地起身：「嗯？你們回來了？」

明湘忽覺天旋地轉，倒抽一口氣後往外奔去！

姜斟兩人此時知趣地退出門外……片刻後，夏帝屺才緩步走出，身後跟著羞紅著臉的妍妍。

他召來四個侍女，派了住處給妍妍，並告知晚點再去看她。妍妍乖巧又依依不捨地跟隨侍女而去。

梳洗後，聚集了綠金雙刀巫與城內長老仕族們，夏帝屺說明了從妍妍處得知的消息。

眾人驚駭之餘也暗自慶幸，得到消息算早，還來得及戒備。

眾人隨即討論應對策略，分配事務，直忙到深夜，總算告個段落……

待眾人一一散去，夏帝屺卻還支額端坐原處。

看他疲累的樣子，斟伏還是不得不提醒他：「少主，明湘她……」親近的人不是不知道他與明湘間異於常人的關係，她見到屺與其他女子如此，會發生什麼事太難預料。

夏帝屺支著額的手沒放下，舉起另一隻手示意：「她的事我自會處理……」隨即起身：「你們今天都累了，去歇息吧。」眾人欠身退下。

他來到庭院，支退了跟隨的姜奕翔，緩步登上庭院最高的小丘陵。

不用問也知道她去了哪……那個她最愛和自己靜靜看著月亮的小亭。

身後的腳步聲傳來，凝視月光的明湘回頭望去，眼前身影正是讓她覺得世界崩塌的那個人！但此刻她卻無法從他身上移開視線……「他來了！」明湘眼中漫出霧氣，感到既哀傷又歡喜。

這兩種情感在她心中猛烈衝擊，幾乎要使她的心炸裂開來！

「明湘……妍妍冒著危險而來，事關諸夏族的存亡……」夏帝屺溫柔磁性的聲音，好像化成輕撫著明湘臉龐的微風，她側過臉低下頭，等著他說下去。

「諸夏族面臨九黎諸部落圍攻的凶險，為了守護諸夏，我必須得到更多諸夏族以外的部落支持。」他坐到了她的身邊，傳來陣陣醉人的香氣，仍是這樣讓她迷戀！

但明湘太聰慧，她已猜到接下來屺會說什麼，不自覺地顫抖著……

「明湘，我準備迎娶姸姸。」

早知是這個答案，明湘聞言望向了他，那眼中的心碎已不用任何言語表述。

她終於還是忍不住：「少主！你為什麼對我如此殘忍!?」她失去了一貫的謹慎冷靜，捶著夏帝屺的胸膛哭喊，落下顆顆晶瑩的淚珠。

屺任由她的捶打，等明湘停下，雙手再輕輕將她溫柔的擁入懷中。

明湘終於克制不住，緊緊抱著他痛哭起來！

「如果諸夏族能順利度過此滅族大難，明湘……妳就是我的側夫人。」他在她耳邊輕輕許下承諾……

明湘驚訝地望著他！見那清澈又深邃的眼神裡寫滿認真，她終於轉悲為喜，將頭重新埋進屺寬闊的胸膛，雙手緊抓著他的青底天蠶衣……

「只要能跟你在一起……」她也輕輕地回應，瀅瀅的淚珠滴下，卻幸福地笑著。

夫不夫人的都無所謂，只要我知道你心中有我……沒說出口的告白在她心中迴盪。

夏帝屺抱著她望向星空，神色又凝重了起來。

三巫失一，父親那狀況不明，對方抓準了時機，到底有多少內奸？

在瑾的教導下，除了聚光術可順利招出二階五彩之外，珞還學了瑾的陣法運用，連造出來的耕俑也更像人型。今天她終於突破第三層金巫巫境，開心地跳來跳去！一個不小心竟躍出了數十尺之高！

「啊啊啊啊啊啊啊！」她慘叫著落下，卻發現自己竟平安輕盈地落地，唯一出問題的是她因驚嚇過度而發軟的雙腿。

瑾與澄兒看著都發出銀鈴般的笑聲。

「師傅！」不來給我秀秀就算了還笑人家！

「傻徒兒，依照巫力的高低，會使璿曜洞天的器物有更多的用法喔。」瑾示範了起來，穿戴著璿曜洞天羽型腳環的她輕輕一躍，竟從這邊的岩盤，跳到對面十尺外的岩盤！

「依照巫力的高低，會有更多種不同的效果呢。」她回首巧笑倩兮地補充道，並將手弩對準岩石牆面：「你可搭配天地間各種元素，而改變招式的本質。」隨即演練了九元素搭配手弩銀針發射造成的效果。

「師傅，怎麼我覺得您發出的是箭，可我發出的是銀針呢？」大小也差太多了吧？珞皺眉問道。

瑾回答：「傻徒兒，手弩發射的其實並非實物，而是妳的靈力，只是通過手弩而具象化罷了，靈力越是高強，透過手弩射出的靈力甚至可碎石破山。」

「師傅！我想看！」珞雙眼發光央求。

瑾卻搖了搖頭：「妳這孩子，擁有力量就不顧後果了？山本來是山，水本來是水，石本來是石，他們原本的樣貌就是最好的，妳若隨意將之破壞摧毀，它們就真的死去了。」

珞皺眉：「石頭也有生命嗎？」

瑾微笑著輕點了珞的額頭：「傻徒兒，萬物皆有它的靈性，只在於妳是否能發現體會罷了。」

珞有點不服：「那活著豈不造孽？我吃了多少雞鴨魚肉，踢碎了多少石頭……」

瑾耐心說道：「天地萬物皆有靈性，生命既存在這天地間，就必須好好珍惜，是以萬物間相生相剋，各司其職，若想延續生命，只須記得切勿貪求，並隨時對天地萬物心存感謝珍惜，為求取生存以外的利益，而妄自殺害無辜，那才是不可原諒的。」

珞、澄兒與不知何時到來的靛衣神人，望著瑾的眼中都射出傾慕的光芒。

「咦⁉師……師丈⁉」珞驚呼！這傢伙什麼時候來的啊？

靛衣神人面向珞馬上換了一張冰冷的臉：「剛剛聽到殺豬般的慘叫，我特來查看。」

珞聞言馬上低下頭以掩飾額上冒出的青筋，瑾與澄兒見狀又發出銀鈴般的笑聲。

瑾接著說：「徒兒，妳在這好好練習，我先帶澄兒去另一邊了。」

靛衣神人面對瑾溫柔地說道：「瑾，妳去吧！這邊我幫妳顧著。」

瑾甜甜一笑回應，牽著澄兒轉身而去，珞聞言卻心中一驚！

腦海裡浮現紹軒兩人特訓後彷彿被吸乾精血的模樣，看見靛衣神人緩緩轉過頭，滿面寒霜的神情……她冒出眼淚，撫著自己的頭髮，心中不自覺地喊救命啊！

02

姜奕翔與明湘連同黑衣精銳從城外探查回來，急速地來到議事殿，殿內的夏帝屺領著綠金雙刀巫與數位重臣等候多時。

「少主，在山城西南、正南、東南方皆有發現九黎部落的蹤跡。」姜奕翔報。

「看來他們已確實達成聯盟，只是不知多少東夷部落加入。」明湘道。

最近山城不著痕跡的加強防禦工事，但這樣看來遠遠不夠。

夏帝屺支著額眉頭緊鎖，在心中思索著：「如果只有九黎東夷聯盟，或許還有一拚之力，最怕的就是諸夏族中出現有異心之人……」

「不知道父親那情況如何？」他垂下眼簾說道。

「還有……」明湘補上：「我們亦在城外偏僻處發現多個生人祭壇，死去的是我們姒夏城郊的農民。」

「而且，都有物事從陣中生出的痕跡。」姜奕翔補上。

夏帝屺的手重重地拍在桌上，咬著牙：「我姒夏山城今日竟要遭此劫難？難道是因果循環!?」

絕境中卻更激發出了與生俱來的領導本能，他思緒快速翻轉，漸漸冷靜下來。

「奕翔，你帶上我的手卷，避開九黎與東夷的包圍，務必交到我父親手上。」夏帝屺將早已備好的皮卷遞給姜奕翔，後者接過並謹慎地揣在懷中。

這時妍妍慌張地跑進殿內，肩上多了隻俊美的黑鴉。她入殿後發現眾人神色凝重，一時間不敢說話。夏帝屺知道她不會胡亂闖殿，定是有急事相告，遂屏退了眾人。

明湘走出時垂頭暗想：「該來的還是來了……」她心中悲苦，但表面無恙。

兩女交會時，妍妍忍不住對明湘多看了兩眼。

「妍妍，怎麼了？」那磁性的聲音喚回了她的視線，她將注意力轉到夏帝屺的身上。

落入眼簾的他勉力微笑，看在妍妍的眼中更是心疼。

她掏出一個赤紅色的皮卷：「是父親！」夏帝屺接過查看，上面繪滿東夷符號。

「父親已來到山城的近郊。」姸姸憂慮地說道。

夏帝屺聞言一驚：「他加入了九黎部落嗎⁉」

「不是的，他是來找我的！」姸姸深怕他誤會趕忙解釋，聽到答案後才重重舒了一口氣。

她進一步安慰道：「父親恨透了九黎部落拿我們的族人犧牲，絕不會幫他們的！而且……東夷各部族與九黎族也不是一直和平。」夏帝屺受此話題吸引，專注地凝視著姸姸。

她領會繼續說道：「其實東夷與九黎邊境處一直都有爭奪物資的零星衝突，所以東夷族也未必全數支持九黎族。」

「那麼，赤昊鳳主必是來領妳回族的？」夏帝屺困擾地閉上了眼。

她望著緊閉雙眼的夏帝屺，隨後垂下了頭：「是的……」她不想離開他啊！

夏帝屺垂下頭開始深思起來。邊境飽受爭鬥之苦的東夷族散部，與恨透了九黎部落的赤昊鳳主，或許是個九死一生的轉機？可是赤昊鳳主要領回自己的女兒，他憑什麼阻止？

兩人就這樣對坐無言，夏帝屺緩緩睜開眼，落入眼簾的是滿臉期待的姸姸……

他凝視著她片刻，知道自己該做些什麼了。

「姸姸。」屺扯著姸姸的衣角，讓她坐在對面。忽然單膝跪在她面前，雙手覆在她的手上，能吸納靈魂的清澈深邃雙眸，深深地望著姸姸。

她頓覺腦內一片空白！

「姸姸，妳曾說過會一直待在這陪我？可是真心的嗎？」那充滿魔力的聲音輕柔飄來，姸姸眼中含著淚光堅定地點了點頭。

他會要她走？還是要她留？她現在柔腸百轉，期盼與恐懼交織，他的一個答案會送她進入天堂或是地獄？她的心臟不受控制地狂跳起來……

從第一眼見到他，她就愛上他了！又共同經歷過蠻蛭事件，那朝夕相處的日子雖短，卻是她人生中最燦爛美麗的回憶。

等來的是她滿心期待的要求，而回答他的是一個帶著香風的擁抱……

「妍妍，妳願意……做我的妻子嗎？」

珞癱倒在複刻洞天的窗台上，雙眼無神，彷彿靈魂被抽去一般放空……

這到底是從哪層地獄冒出的魔王啊!?

她淚眼回憶著今天差點死過好幾回的修行，深刻瞭解到為何紹軒兩人會抱著頭，驚恐得不肯回憶。

「唉……瑾……妳的眼光是怎麼了？竟收這種資質的人當徒兒？」這個靛衣神人說話真是半點餘地都不留，一下子得罪她倆師徒！

你才是憑實力單身的代表吧？不然氣得我師傅跟你分居兩地？珞忍不住腹誹！

瑾一陣銀鈴般的笑聲嗔道：「你那種訓練法，有多少人挺得住？這可是我的寶貝徒兒，你別給我玩壞了！」她沖著茶，旁邊的澄兒也精神奕奕地幫忙。連澄兒看起來都有所成長……

寶貝徒兒這幾個字確實讓靛衣神人收斂了點，僅是瞥了珞一眼，又哼了一聲後就不再責罵。無所謂，還有辰紹跟尚軒那兩個，等等回來還不是大家一起當骷髏？珞期盼著。

這時紹軒兩人結束今天的訓練，由倚麟帶回到洞天。珞與澄兒都驚訝望著他們，這兩個精神奕奕，精實飽滿的傢伙是怎麼回事!?

「你……你們!?」說好的有福同享，有難同當！大家一起當骷髏呢!?（人家根本沒答應妳！）

紹軒兩人竟忽然一反常態，異常地恭敬：「都托賴師丈的教導，使我們小有突破。」

欸！不是啊！你之前不是滿嘴老妖怪地喊嗎？你的堅持呢!?你的原則呢!?看到珞呆瞪著他們的神情，瑾噗哧一笑，靛衣神人得意地瞟了珞一眼，低下頭品著瑾的茶。

珞忍不住哀嚎一聲，仰首倒在窗台上，首次感到孤立無援！

「徒兒啊，妳別忘了，修練若更精進，精氣神不同了，是會變美的唷。」瑾哄著她。

珞立馬睜大雙眼，握拳從窗台坐了起來！

對喔！為了變美！遠離路人甲！拋棄親民臉！我要努力修行啊！

澄兒也在旁幫腔：「澄兒覺得珞姊姊最近又更美了呢！原來是修練又更精進啊！」

「哈哈，還好啦！」珞不好意思地搖手笑道。

靛衣神人此時用茶杯遮住了臉，不然被發現鄙夷的神色，會摧毀瑾的努力。

辰紹卻忍不住皺眉直言：「可是妳現在像風乾的骷髏……」珞回敬一個哀怨的白眼。

尚軒和倚麟在旁掩嘴偷笑，眾人在複刻洞天裡，都有種回到家的感覺。

03

夕陽餘暉下，夏帝屺不顧山城眾人的勸阻，執意帶著妍妍孤身出城去見赤昊鳳主。

「你們別跟著，只管好好守著城。」夏帝屺騎上他的五色馬鵬駒，把妍妍保護在懷裡，疾奔而出，頭也不回地瞬間遠去，心中明白這件事他必須獨自完成！

送行的綠金兩刀巫無奈，他們知道諸夏族遭遇空前的危機，自己的少主正在進行一場豪賭。姚君堂嘆了一口氣，他們現在能做的只有加強城內巡邏，守好山城。

城外五色馬鵬駒如一道流星急奔中，照著紅卷上的記號與空中黑鴞的指引，越來越接近目標了！可是天空中忽然出現數個黑影襲向黑鴞。

只見襲向黑鴞的是比之身型還大一倍，有著雀的外型，卻長著白色的頭，兩隻爪子如老虎般巨大銳利的異鳥。

夏帝屺皺眉：「魮雀!?」對方到底還有多少魔獸？

黑鴞加急速度飛向前方，魮雀緊追在旁，不時用利爪尖喙攻擊黑鴞！

血點灑落，黑鴞狀況的危急不言可喻，夏帝屺正擔憂著，身旁又傳來轟隆聲！

往後方望去，數十頭體型如牛般巨大卻通身白毫，頭頂四角的野獸群奔而至！

「傲徆！」他已無暇擔憂天上被圍攻的黑鴞，陸地上漸漸形成合圍之勢的惡獸逼近，夏帝屺驅使懷內的溢彩琮靈能，五色馬鵬駒受靈能共鳴而疾奔如飛！

距離終於拉開，但還沒奔出多久鵬駒就忽然陷落！

夏帝屺憑藉絕佳的反應與身法，抱著姸姸先一步躍離馬背！馬兒掉落坑洞卻沒能再爬起來，只在原處掙扎。還未現蹤的敵方看來已在周圍埋好陷阱，下方布置了尖錐之類的物事？

此時丘陵上忽然冒出數十黑影往這射箭！

屺用他的白金長錐架開，趕忙拉著姸姸，往剛剛黑鴞飛行的方向急奔，姸姸在慌忙中指路。越奔周圍的敵人就越多，他心中大喊不妙！

敵方並不知道他是誰，只是看他身手不俗，必須攔截住，而且獻祭還缺活祭品！身形最高大的領頭者發出手勢，數十支箭同時往夏帝屺射來！

屺見無法躲避，將姸姸護在懷裡……

忽然一個巨大的黑影飛身而出，立在兩人身前宛如一座高山！

只見他運轉長棍，一棍掃去了大半飛箭！數支散箭刺在他宛如崇山峻嶺般的高大身軀上，卻彷彿被護甲擋住般，他輕輕一撥，箭矢便如碎石般掉落。

「父親！」姸姸看清來人後開心喊道。東夷族赤夷部的勇士們隨後趕到，並圍在兩人周圍保護起來。

敵方看到來人是赤昊鳳主，啐了聲，發了個撤退的訊號。

赤昊鳳主待敵方退去，緩緩回頭，滿臉殺氣地盯著夏帝屺，後者也無懼回視。

赤昊鳳主坐在營火前背光面向夏帝屺：「諸夏族的屺，你好大的膽子！竟敢拐騙我的姸姸！」

他宛如一座山似地擋住了所有光線，更顯得他的壯碩，周圍侍衛聞言將武器都對準後者。

「父親！不是這樣的……」妍妍正想解釋，卻被夏夏帝屺一舉手制止。

他對赤昊鳳主行了個晚輩禮，用彷彿能吸進靈魂的清徹雙眸直盯著赤昊鳳主，恭敬回道：「妍妍姑娘重情重義，知道我諸夏族有大難，顧念曾經的情誼特來通知，晚輩心中對妍妍姑娘只有感激敬重，並無任何欺騙的意思。」

妍妍眼中含淚地望著屺，知道自己付出的感情與努力並沒有白費。赤昊鳳主只哼了一聲。

屺續道：「而且晚輩也知道赤昊鳳主您俠義正道，顧念舊情，並未加入意圖對我族不軌的九黎東夷聯盟。」

赤昊鳳主咬著牙：「九黎部落為了召喚邪物，竟殺害我無辜的族人，我並不是為了你們，而是那些人讓我痛恨。」他毫不掩飾對九黎部落的厭惡。

屺沉著臉回道：「我能體會……因為近期我們這也發現多起邪物召喚事件，被犧牲的是我諸夏的無辜百姓。」

赤昊鳳主聞言後凝重地望著夏帝屺，對視良久才沉聲道：「諸夏族有此遭遇，我深感遺憾。但我絕不能讓我族被捲進這場紛爭！我要帶走我的女兒，願天地諸神庇護你們諸夏族逃此大難吧。」

「父親！我不走！」妍妍紅著眼眶哭道：「他已經是我的丈夫了！我要跟他同生共死！」

赤昊鳳主瞪大了他的雙眼望著妍妍，屺則緩緩低下了頭，眉頭緊鎖……

半晌，赤昊鳳主眼中泛起從未見過的冰冷殺意。

妍妍擋在屺的身前：「父親，我愛他，如同您一直深愛著母親一般，請您不要奪去我丈夫的生命！」她知道赤昊鳳主脾性，這個表情是他下定決心要殺一個人的時候。

赤昊鳳主沉下了他的臉：「諸夏族的屺，跟我來……」

隨後舉起他的長棍，往樹林深處走去，屺深深吸了一口氣，就舉步正要跟隨。

妍妍見狀忙拉住他的衣袖，美麗的琥珀色雙眸射出恐懼的目光，滴落顆顆晶瑩的淚珠。

他給了她一個信心滿滿的微笑，輕聲說道：「如果過不了這關，我也沒資格跟妳在一起。」

隨後拍了拍她的手，然後頭也不回地向樹林深處走去，留下原地震驚擔憂又感動的妍妍。

樹林深處。

「諸夏族的屺，你好本事，能讓我的女兒如此死心踏地跟著你。」赤昊鳳主背著身，握緊了他的鋼棍。

屺沒回答，只是在他身後數尺站定。

他回過頭，定定的看著屺：「大家都是一族之主，你在玩什麼把戲我很清楚，我給你個機會，你要是能接下我三棍，我就答應你真正的要求。」屺聞言凝神皺眉……

鳳主將手中長棍一轉冷笑道：「這是我的夥伴—炙羽，祂說想嘗嘗你血的味道。」

赤昊鳳主的蠻力在蠶蛭事件已經有所領教，自己難以與之匹敵，但完成這件事的決心亦無比堅定！

他必須在此時此刻就收服赤昊鳳主！

他堅定地點了點頭，雙方擺出架式，夜風吹過傳來樹林的沙沙聲，兩人卻動也不動……

良久，赤昊鳳主忽然暴喝一聲！他轉動手上的炙羽先出擊，沉重的鋼棍在他手上如同羽毛般靈活！

屺此時暗自祭起自己懷內的溢彩琮，溢彩琮受祭後漫出五彩靈光籠罩住全身。而赤昊鳳主恍若未視，他疾衝向屺，轉動的長棍受力加速，高舉過頭，順勢砸下！

屺抽出他的白金長錐聚力，雙腳長弓步橫式格擋，但尚未接觸就已覺得層層重力壓下，咬牙運力，雙器交擊，交擊聲如洪鐘般響徹樹林！

衝擊有如受千重瀑布般襲來！他受不住力，悶哼一聲整個趴倒在地面，半晌爬不起來。

好不容易緩了過來，屺強撐著爬起，感到胸口一陣悶痛，而後喉裡一陣腥甜，劇烈咳嗽起來，他下意識用手接住，攤開一看果然是像梅花般點點殷紅的鮮血。

看來內臟已經受到衝擊，屺又一看手中的白金長錐，已然變形彎曲……

赤昊鳳主冷笑一聲！這次他祭起特屬的部落守護神之力，那鳳鳥似的靈威夾雜著火焰層層包覆在炙羽上。「小子，想偷雞？小心點！老子要來真的了！」

剛剛交手時，赤昊鳳主已察覺夏帝屺受某種力量守護，但這種行為對他而言並不光明磊落，心中怒氣漸生，被惹怒的他同樣祭起東夷族赤夷部的守護神之力。

屺抹去嘴角邊的血漬，勉力站了起來，臉上的表情雖然痛苦卻毫不退縮。

赤昊鳳主再次轉動手上的炙羽，這次夾帶著炙熱的旋風並鳳鳥靈壓。他向前疾衝縱身一躍，忽見夏帝屺也學他一樣向前疾衝縱身一躍。

「小子你找死！」赤昊鳳主毫不留情地一棍砸下。

雙器交集之聲尖銳，旋風與鳳鳥靈壓化成風刃射向周圍的樹木花草！瞬間樹木枝葉脫落摧折，彷彿被無形的暴雨沖刷過一樣！

夏帝屺從半空重重落下，周身地面現出一圈印壓，重力如浩瀚江海的波濤般不斷衝擊！所幸落下前他已竭盡所能卸去大部分重力，但赤昊鳳主的棍壓他如何抵擋得住？落地的同時，白金長錐終於折斷，成了代替他死去的犧牲品。

這次重力壓得他趴在地上半晌，還不停咳血，花了更久的時間才爬起身來。起身時夏帝屺的衣服已經被剛剛的靈壓割得寸寸斷裂，滿身血汙傷痕，連手都舉不起來，看上去狼狽不堪。

赤昊鳳主失去了臉上的冷笑，沉重地道：「諸夏族的屺，念在之前的情誼上，我給你個活命的機會，你的武器被折斷，五臟六腑都受了重傷，把我的女兒還我，我還可保你安全離去。」

屺終於站直了身，咬著牙搖了搖頭，那壯士斷腕的神情，讓赤昊鳳主也不禁升起幾分敬佩。

他看著血流不止的夏帝屺，皺眉惋惜的嘆了聲：「你自己找死，就不要怨我！」

他將炙羽拉在身後，開始聚力並祭起了守護神鳳鳥靈威。有如暴風中心般，火焰靈威隨旋風環繞著他的周身，速度越轉越快，發出鬼哭神嚎般的恐怖聲音。他大喝一聲向前疾衝！這一棍無任何花假，夾帶著旋風與靈壓當頭直劈夏帝屺的腦門！

一個人影卻忽然衝出擋在夏帝屺的身前！場上眾人震驚！

定眼一看，不正是他的愛女妍妍嗎!?

原來妍妍實在太擔憂心愛之人的安危，而溜了出來一直在旁偷看。直到父親使出真正的殺招，終於再坐立不住，飛奔而出，捨命只求保住心愛之人！

赤昊鳳主震驚之餘收力已是不及，眼見將要貫穿的是自己愛女的腦門！他將勢頭往下壓，拼命改變炙羽的力道方向。

異變忽起！夏帝屺一個環抱，將妍妍護在懷裡，硬是用後背去接了這一棍！棍勢雖偏，但仍是結結實實砸在夏帝屺的側腹，懷裡的溢彩琮在此時迸發出耀眼光芒，卻也同時發出破裂之聲！

鳳鳥靈壓衝擊下的兩人，如斷線風箏般拋飛了數尺之遠。

赤昊鳳主倉促收力，自己也受不住那逆轉的靈壓，胸口如遭重擊的吐出一口血，立在原地半晌動彈不得。

夏帝屺終於傷重失去意識，倒在滿地的鮮血中。妍妍在旁哭喊著……赤昊鳳主凝視著兩人，久久無法從兩人身上移開視線。

在旁呆立片刻後他忽然仰望夜空，重重嘆了口氣，此刻才真正折服了。

第二十四章　試煉的千機洞

01

「妳是異能巫？」靛衣神人冷冰冰地盯著珞。

珞低著頭雙揖：「是……師丈，師傅是這樣說的。」為什麼現在會變成這傢伙來訓練她啊？救命啊！

「耍幾招來看看。」他鄙夷地說。跩屁跩！你說看就看喔？能使得出來我也想啊！腹誹歸腹誹，珞還是表面恭敬地回答：「秉師丈，晚輩也不知是怎麼使出來的……」

靛衣神人哼了一聲冷道：「跟我來。」珞心中七上八下兼極度不情願的跟隨著。

今天靛衣神人要珞全副裝備地受訓，珞就知道麻煩大了。

兩人來到一個洞窟前，周圍遍布晶石類的礦物。跟複刻洞天不同，這邊奇木爬藤滿布，卻少見花卉之類的。這個洞窟給珞怪異的感覺，說不出好壞，但滿溢的靈能爆棚！

她有些怯懦疑惑地望向靛衣神人。

他冷冷地盯著珞：「這是我們碧瑠宮修練突破的千機洞，好了，進去吧！」

什？什麼⁉我就這樣進去⁉你不給點法寶指引什麼的嗎？怎麼當ＮＰＣ的⁉

她震驚之下瘋狂腹誹，發著抖努力擠出笑容後問：「求師丈指點，進入千機洞有何該注意的地方嗎？」

神人冷冷地道：「千機洞是個能引導修行者突破的地方，只是裡面會出現各種幻象，如果失敗，運氣好點就不過是死了吧，運氣差點即是終生精神失常。」

等等！你這兩樣是不是顛倒了？而且為什麼要送我來這裡啊⁉失敗了不是死就是瘋耶！

「師丈，晚輩修為尚淺，怕是有去無回，師傅會傷心的！」珞趕忙搬出瑾的名號求救。

神人又冷冷瞪了一眼：「你那兩個師弟都能順利通過，沒理由妳這個大師姊不行！」

我就不是什麼大師姊啊！但她如果供出實情，等同故意害死其他同伴，看師丈這號表情不進去是不行了……珞兩腿發軟打顫中。

但提到瑾，神人終於想起她說的寶貝徒兒四個字。無奈地從懷中掏出一柄手掌大的靛色小劍說道：「這個或可助妳一臂之力。」珞趕忙當寶一樣繫在腰間。

還在動作中，靛衣神人忽然無預警用力一推，珞整個人就被吸進了洞窟裡！

慘叫聲中隱隱聽到靛衣神人說：「妳要注意千機洞主會化形試煉，妳只須記得@＃＄%……」聲音隨著距離迅速消失。

「你好歹講完再推啊！」墜落中的珞淚眼。

緩緩睜開眼，印入眼簾的是滿臉擔憂的妍妍。

「你醒了！」見到屺醒了，妍妍眼中閃著淚光笑了開來。

他正要起身就立馬遭到妍妍的制止，動作的同時腹部傳來一陣劇痛，又躺回原處……

緩了緩後他看到身上被包紮好的傷口，濃重的藥味瀰漫室內，自己的手上還抓著自己的溢彩琮。

溢彩琮此刻看來碎裂了好幾角，但外表的灰白已經脫落，竟露出內在美麗的花紋！

「這是……？」本來在懷裡的溢彩琮，為什麼會在昏迷時還抓在手上？而且還變得如此截然不同？

妍妍滿臉擔憂地解釋道：「父親說，這塊石頭散發出一種能量，在守護你的生命，絕不可離開你的手。」

赤昊鳳主……救了自己嗎？屺望向妍妍，後者含情脈脈滿眼淚花的直盯著他。

「那……我們……」才說了這幾個字，妍妍就激動地點頭，然後一個軟玉溫香滿懷！

「父親已經認同我們了！」她激動地道，渾身輕輕顫抖，腦海裡是她被屺抱在懷裡，對方以死相護得如此堅定！

夏帝屺這時才舒了口氣，緩緩閉上深邃清澈的雙眸，終於反手也環抱住了妍妍。

珞被推入洞中，洞內晶礦縱橫交錯，這樣的墜落讓她很快地失去方向感。

「不能再這樣掉下去了，會摔成肉餅的！」她唸起變身訣，順利在空中化身成一隻橘紅色飛鳥，選定其中一個礦柱後落下。

先站定後她四周張望，為避免耗損巫力，先恢復了人身坐在礦柱上苦思。

我該往哪走啊？進洞的目標又是什麼？師丈你這NPC有夠不負責！

「師丈一定等在洞口，我要是往外走，搞不好下次就是被踹進來了……」

想起師丈給的小劍，她趕忙掏出來置於掌心，盯著半晌都沒動靜。她開始對著小劍說起話來：

「你倒是動啊！說好的一臂之力呢？」

還是一陣安靜……

這是不良品吧……師丈！珞淚眼無奈地收在腰間，接著使用御空術架起飛劍，緩緩往內飄去。

忽然一陣耀眼的光芒刺得珞睜不開眼。光芒消退，睜開眼見到的是自己小的時候，然後上了小學，跟朋友們胡鬧，開心無憂無慮的童年，努力唸書還得一面忙著八卦，一面煩惱愛情的高中大學，出了社會後總是被老闆前輩們欺壓的社畜生活……

場景忽然轉換到一個青草香花遍布，溪水潺潺夜風輕拂，皓月皎潔又異常巨大的地方——不就是初次來到此世的場景嘛！

珞想起師丈提起的幻象……千機洞主的試煉終於開始了嗎？她收起飛劍，戰戰兢兢地往前走去。

得知夏帝屺已經清醒，赤昊鳳主走入帳內，示意妍妍出去。她搖頭拒絕，就怕又有什麼事。

赤昊鳳主沉聲道：「我不會傷害妳丈夫的，我找他是有事要談。」這句話分量相當的重！言詞中顯示他已接受夏帝屺的身分。

屺寬慰妍妍說道：「我們不會有事的。」妍妍又遲疑了一會，這才勉強答應出帳。

帳內兩人對坐良久。

還是赤昊鳳主先開了口：「諸夏的屺，你的確是個有膽量有本事的男人，為了你的族人敢孤身出城，為了我的女兒……你捨命相救……」

夏帝屺凝視著鳳主回答：「妍妍也是為了我不顧危險，不辭千里地孤身來到姒夏山城報信，對這份深情，我也只是盡力相報罷了，至於為族人的付出，換成是您，我相信您也會不惜一切代價挺身而出。」

這句話信息量極大，不僅表明妍妍的重情重義，自己對此深情的珍惜，也將赤昊鳳主與屺的位置拉到同等立場，使得對方同自己有了情感與責任上的共鳴。

果然赤昊鳳主聞言沉默，兩人又這樣相視良久。

夏帝屺忽然硬撐著起身，跪倒在赤昊鳳主面前，他雙手作揖：「晚輩已向妍妍姑娘求親，還請赤昊鳳主成全！」

赤昊鳳主凝視了他片刻，才終於回道：「你們雙方既然有情，我這做父親沒有不允的。」

隨後將他扶起，巨掌扶著夏帝屺的雙肩：「成親的賀禮，就是東夷族與你諸夏的聯盟，我將聯合不服九黎的東夷部落與你諸夏一同反抗！」

夏帝屺聞言雙揖低下了頭，全身因極度的歡欣而顫抖起來。

帳外久久不去的妍妍此時也流下開心的淚水。

02

姜奕翔全身裝備，往禹王的陣地疾奔。

一路上驚險萬分！他憑藉極佳的身法，高明的隱匿技術避開不少九黎族的暗哨。但越靠近禹王的陣地，敵方暗哨就越多！

他心裡驚駭對方布局的精妙與陣容的龐大，到底是誰在主使？甚至連禹王這邊也被團團包圍。

「少主的手卷務必傳到禹王手中！」他忽略遠處魔獸群的嘶吼，繼續向前疾行。忽然一個陷落，他憑藉絕佳的身法閃身避開。

「此處竟有陷阱!?」他雖避開了陷阱，卻觸發了機關，警示的哨聲驟響，引得周遭九黎勇士如蜂湧般合圍而至！

「不妙！」他不再隱藏蹤跡，而是找尋破綻以絕佳的身法突破包圍。

姜奕翔向前疾衝，但周圍九黎勇士如潮水般湧來，迅速形成合圍之勢！

迫於無奈，他以飛錐暗器逼退了數個近身的九黎勇士，但速度瞬間被拖慢。其餘勇士馬上填補空缺，其編制訓練有素，更勝夙夏山城的軍隊！

合圍之勢仍在形成。

此勢迫使他改變原行徑方向，此刻他已不辨東西，就像獵物被獵人們追趕進了死路一般！

「是諸夏族？」

姜奕翔才剛聽到聲音由後方傳至，眼前一個快到看不清的黑影就已襲來！他側身閃避，但那黑影卻更迅速的一回勾，緊緊抓住了他的脖子提了起來！

黑影是一隻手，這手的主人是一個比赤昊鳳主還高大的巨人，也是渾身刺青，眼神犀利凶狠，被抓住的姜奕翔無論如何掙扎，竟無半分效果。

他戴的角盔赤紅，角尖比任何人都巨大，這樣的巨人卻不見半分笨重，從剛剛的情況看來，其身法竟似還勝過姜奕翔！

巨人冷笑：「諸夏族的小蟲，還想飛過去!?」

姜奕翔一個踢腿，擊中他手臂的穴道！但巨人根本沒受到影響，還引來巨人與眾勇士的哈哈大笑。

他一把抓起姜奕翔就往地上砸去！

饒是姜奕翔使盡解術卸力，仍被其力道砸得五臟六腑像移了位一般！他忍不住噴出一口血，身上的裝備受此力道衝擊盡皆破碎，惟赤蛟護衣仍緊緊纏縛在他的雙肩上。

巨人緩步走來冷笑道：「我不會讓你死得太輕鬆的。」說著又把姜奕翔高高舉起，往地上一擲！

姜奕翔在地上重重一彈，骨頭碎裂的聲音伴隨著血跡撒了一地。他半晌爬不起身，眾人又是一陣嘲笑。

巨人還沒戲謔夠，向姜奕翔走近，猛力踹了一腳，周圍的九黎勇士將之踹回。這樣的凌虐持續……姜奕翔感到骨頭不知斷了幾根，五臟六腑都被揉爛似的，終於失去防禦能力。他意識開始模糊，倒在地上一動不動。

好像覺得玩夠了，巨人從後脖頸把他提了起來，想一次解決。

藉著晃動的火光，他隱隱看到姜奕翔背後的青龍紋身中，藏著不同顏色的區塊。巨人皺眉細看著這些黑中帶紅的區塊，像忽然被雷轟到！

他震驚地停止了所有動作！眾人察覺到不對勁，漸漸停止訕笑。

巨人猛把姜奕翔轉了過來！火光下，看到他的臉後更是震驚不已！

一把小刀此時無聲刺進巨人的手臂，眾人一陣驚呼！

姜奕翔抓緊機會又一踢腿，終於掙開了束縛！他忍著劇痛迅速躲進黑暗中……

九黎勇士望著他們滿臉震驚的頭目，片刻才由其中一個小頭目發訊追捕。

而這巨人臉色鐵青地站在原地，望著姜奕翔遁逃之處，久久無法移開視線。

一道赤紅鎖鏈劃過珞的臉頰，眼前一個女孩被劃破後背衣衫！一個臉戴面具的黑衣人竄出，與一個手持神木弓的少年打得難分難解。

「是我剛來的時候！」珞驚訝地望著這個場景，眾人就像她並不存在似地打成一團。

場景又換，瑾微笑著請她喝茶，她飄在睿昊爺爺的森林中，修練時打雜小妹的景象，那時好快樂啊！

然後就是她逃入天池中被姜奕翔鎖鏈纏上的那一刻。

看著姜奕翔抱著她，身上出現數道被水流劃破的血柱，然後是他為了保護自己，以後背硬接，衝撞上巨岩的那幕。

她眼眶紅了起來。場景又轉換到土螻王，不化骨……他總把她保護在身後……

「為什麼你會對我這麼好？」這一直是她心中的疑問。

珞不自覺地向前走幾步，腳下卻一個踩空瞬間滑落！一路慘叫，翻了好幾滾終於到底。她還在暈頭轉向，忽然周遭的土地變得像泥潭一般，她感到自己陷了進去，開始拚命掙扎，但濺起的泥沙像活生生的手，把她往地裡扯。

「不！救我！」珞吶喊著向上伸出手，真有隻溫暖的手抓住了她的！把她扯離了泥潭。

珞眼中含淚地咳了咳，旁邊溫暖的手撫著她的背，她終於看清楚救她的是誰……

眼前的姜奕翔露出了溫柔的微笑：「妳還好嗎？」

她再無法思考！緊緊抱住了他！

兩人相擁，過了好久，姜奕翔才把珞扶起……「你怎麼會在這？」她哽咽地問。

姜奕翔望著她停頓了一會：「為了妳啊……」又溫柔微笑起來。

珞不敢置信地盯著他，手中卻傳來真實的溫度，她緊緊地握住！

「我好想你」這句話在她的心底迴盪，呼之欲出。「你的箭傷沒事了嗎？」她眼眶微紅地問，連眨眼都捨不得。

他緩緩搖了搖頭，仍是那麼溫柔笑著：「走吧。」珞迷迷糊糊地隨著姜奕翔的牽引，往更幽深的洞內走去。

終於順利到達禹王營，此處是禹王整理河道的中繼站，周圍布滿數里營帳與工事設備。看見傷痕累累的姜奕翔，守衛們急報禹王。

姜奕翔抽出塞在赤蛟護衣裡的皮卷，遞交給禹王後終於傷重倒下，腦海裡卻浮現一副陌生的景象……珞坐在夕陽的溪邊，凝起了手上那餘暉的光芒，自己就這樣用眼角望著她。

此時胸口又像有火焰熊熊燃燒，感到生命即將燃燒殆盡……

「死前真想再見妳一面啊……」他在心底深處輕輕喚了聲：「珞……」

03

珞猛然回頭：「好像有人在叫我！」

但身後是一片漆黑……眼前的姜奕翔，逕自牽著她的手往更黑暗的洞內走去。跟他在一起，即便是往那幽黑的洞穴走去，她也覺得無所謂了。

本來這樣覺得的珞，在聽到那無聲的呼喚後，彷彿清醒般忍不住問道：「我們為什麼要一直往那走呢？」

他仍是那樣溫柔微笑的表情：「那裡有妳想要的東西。」

珞忽然睜大雙眼站定，反問道：「我想要什麼⁉」這個問題明明連她自己都不知道。

對方正面向她，眼前的「姜奕翔」外表是那樣熟悉，但珞卻忽然感到自己從未見過這個人！

查覺到異樣，她甩開了他的手，轉身就逃！

身後的那個人卻也不追，她向前跑了一會，雙腳又是一空，往下墜落……不！應該說是飄浮！

周圍變得一片黑暗，她再一次失去方向感分不清天地。

忽然光芒乍現，這裡宛如在軒轅山湖泊的黑球裡一樣，好多場景顯現在光影裡。

她觀覽著所有的光影──奔騰的獸群，幽謐的森林，人來人往的街道，然後她看到了一個無法移開視線的場景！

一群孩子在美麗的湖泊草地上玩耍！「軒轅山湖泊？」

有個美麗無雙的孩子，帶著另外三個孩子開心地追逐。其中一個是令人難忘的美麗女孩，另外兩個是男孩，珞震驚的瞪大雙眼，那是小小姜奕翔啊！

這時的他還那麼純真，笑容燦爛，身上還沒有任何傷痕，她忍不住多看了一會。

孩子們玩瘋了，全身都沾滿泥巴，他們把衣服脫下，就湖水清洗。珞忽然怔住！

姜奕翔背後，卻不是之前救他時看到的青龍紋身，而是一片赤紅的獸角型胎記……

不知何時來了幾個看不清面目的黑影，牽起小小姜奕翔的手，帶著他進到一個黑暗的門內。

小姜奕翔一步一回頭地望著原本的同伴，眼角還掛著淚滴。她知道他也不想去那裡！

「等等！別走！」珞直覺那不是好地方，伸出手想要阻止，卻只揮了個空。

影像隨著她的手揮過，像煙霧一樣飄散……周圍頓時又陷入一片漆黑。

遙遠的前方有個幾近透明的東西漂浮著，她向前方游去，終於看清這透明的漂浮物是什麼。

姜奕翔渾身血汙的躺在那，看似氣息微弱，她越靠近影像越清晰。忽然一道光團從天而降，擋在她與姜奕翔之間！光團一下是人型，一下又是獸型，各種不同的形態變換……

珞盯著這光團，意識到這就是所謂的千機洞主。

「這就是妳想要的東西嗎？」

這句話不是聲音，而是像電流般印在珞的腦海裡，她知道這是洞主與她的對話。

珞忽然間不知道該不該回答，因為根本搞不清楚眼前的影像是真是假，回答了又會有什麼後果？

「這個人的生命即將走到終點，這是你想要的東西嗎？」光團又問了一次。

什麼⁉什麼叫做生命即將走到終點？

「我就要他好好的啊！」她忍不住脫口而出，說完這句話的同時，光團綻放光芒，化為一個太陽。

這……這是什麼意思⁉

但姜奕翔的影像更清晰了，光團也移往一邊不再阻擋，她伸手向前，發現能真實觸摸到他的身體，只是極為冰冷。

「生命走到盡頭不會是真的吧？」她焦急了起來！

想起師丈的叮嚀，還在試著釐清現在是什麼情況時，眼前的姜奕翔停止了呼吸……

禹王陣營中，隨行的醫師搖了搖頭走出營帳。望著裡面失去氣息與生命的姜奕翔，在帳外等待消息的侍衛重重嘆了一口氣，轉身往禹王的營帳回報消息……

姜奕翔停止呼吸的同時，也斬斷珞的思考！

她就著化為太陽的光團，施起了聚光術，跟之前不一樣的是，這次的聚光術周圍環繞著七彩的光芒。她小心地將聚好的光緩緩放到姜奕翔的胸口，光芒接觸到他胸口的同時，所有的幻象消失！

她重重跌落到地面上，周圍恢復成之前礦柱縱橫的空間。

在地面呆坐的珞，想的不是到底通過試煉了沒，而是姜奕翔到底得救了沒？

這時靛衣神人的小飛劍忽然飛起，劇烈地左右搖晃！雖然沒有聲音，但珞能感到他正在罵人!!

它激動地在珞周圍飛來飛去，忽然就刺了一下珞的屁股！痛得她哇哇大叫！

然後小飛劍生出一股吸力將珞全身拉起，就向洞口飛去。

她邊摀著疼痛的屁股，邊淚眼……不得不說，這把小飛劍真的很師丈啊！

次日清晨禹王營忽然鼓譟起來，信使死而復生，還全身傷口痊癒的事情傳遍整個營地！

眾人輪流探望，連禹王都親臨：「奕翔，真是不可思議！昨天你明明如此傷重，今日卻完好如初！」

姜奕翔表面聚神傾聽答應：「屬下也不知……」

腦海卻浮現昨晚奇怪的夢，自己漂浮在一個黑暗的空間，身邊忽然出現了個人，他雖沒張開眼，但卻明明白白地看見珞！她將光束放在自己胸口，如同溪邊那幕一般，溫暖包覆住了全身，然後自己就醒了！

是場夢，但卻記得如此清晰……

眾人終於退去，他望向虛空，確實地感受到胸口熊熊燃燒的火焰。

他伸手捂上，嘴角無意識挽起一抹溫暖的微笑。

而已經遠離的禹王卻邊走邊思索著，姜奕翔那與眾不同的眼神，似乎才過了一晚，他卻像被洗脫淬鍊般綻放了不同的靈質？

第二十五章　因與果

01

珞一睜眼就看到瑾：「師傅！」她趕忙坐起，自己不是在千機洞嗎？

瑾一如往常掛著高人笑，又遞了杯茶給珞。

「師……師傅……我……」她還沒問出口，瑾就接著回答了。

「姜奕翔沒事，妳的試煉可以說成功，也能說不成功。」瑾微笑地盯著她。

啊？妳這句話可以說有說，也可以說沒說，要玩繞口令了是吧？不過重點是姜奕翔沒事這句話，確實讓珞安下心來。

看到呆愣的珞，瑾噗哧一笑：「本來讓妳進千機洞，是為了覺醒妳的天賦，但天賦沒覺醒，卻是巫境突破了。」

喔……懂了！

在使出七彩聚光術時，她真實地領悟瑾曾說過的，聚光與捻光之不同。

珞望著瑾認真說道：「師傅，徒兒現在真正知道您說過的兩者之不同源於本質，是什麼意思了。」瑾卻看著她半晌都沒說話，氣氛變得好奇怪，但瑾應該是要說什麼重要的事情才會這樣。

「徒兒啊……」瑾輕輕開口。

「是！」珞正襟危坐。

瑾正色說道：「妳為姜奕翔續命，已使用三次的聚光術，妳得謹記，再無下次機會。」

「咦？」珞呆盯著瑾，她不知道原來聚光術還有使用限制的，點燈時就沒這規矩啊！

「生命本來就是有限的，生老病死，順應自然，聚光術本質中即有擷取天地間的力量，進而喚起體內生生不息的原力……」

瑾凝視著她嘆道：「徒兒妳三次施放聚光術在姜奕翔身上，均是生死關頭，但若是第四次，只能說此人命本該絕，聚光術續命，第四次反而會吸附體內那生生不息的原力，並將之燃燒殆盡，回歸天地，因此不僅不會促生，反而會助死。」

珞凝重地點了點頭：「師傅，徒兒知道了。」她忽然想起師丈曾交代過，不可為瑾施展聚光術……難道跟這個規則有關嗎？

瑾喝了一口茶後又微笑續道：「另外如果妳還想精進修行，有個關卡妳一定得先過，不然可能終生都無法真正突破了。」

恢復原本的瑾了，珞舒了一口氣：「求師傅指點。」

「妳得回姒夏山城一趟，了結妳和姜奕翔乃至諸夏族之間的種種……」瑾支著美麗的臉龐道。

了結!?

珞遲疑片刻後，還是鼓起勇氣對瑾說：「師傅，其實那天您在軒轅山湖泊昏迷後，是姜奕翔刻意放過您的，如果真讓那條項鍊戴在您身上，那後果真不堪設想！」

她想幫姜奕翔洗白，不僅是因為勁敵紀辰紹的解析，更因為她自己願意相信這個可能。

瑾聽了卻是出乎意料之外的平靜，她垂下眼簾輕輕道：「我想也是……」

連師傅也是這樣認為啊？這個回答讓珞忍不住露出鬆了一口氣的笑容。

瑾隨後又說：「我每每都能感到那孩子心中的溫暖與善意，所以我也喜歡那孩子……」

這答案讓珞笑瞇了眼，對對！他就是那樣的好！

「不過那孩子的靈魂，好像受到重重束縛。」

「咦？」束縛？這到底是怎麼回事？

瑾看到滿眼放光的珞，忍不住噗哧一笑續道：「那是一種咒縛，看來是很久以前就施加在他身上的……最有可能為他施加這咒縛的，就是妳口中的那個好人夏帝屺。」

珞感到有些震驚而皺眉，但隨後滿眼熱切期待著瑾說下去。

瑾恢復以往的微笑：「徒兒，聚光術不僅是天地間的生之力，同時也有燒毀咒縛邪祟的能力，雖不是甚麼都能解，但妳為他施了三次聚光術，我猜他如今已解除重重咒縛，但仍有最後一項最難辦。」

珞急問：「是什麼呢？」

「那個最後的咒縛乃有關生死相縛，操縱在他現在的主人手裡，妳必須使他心甘情願的破解咒縛……」

02

休息了一日後，禹王命姜奕翔先行回城通報，自己待部屬完成後會再遣信使回報山城。

有了之前的經驗，姜奕翔這次成功避開所有的九黎部落暗哨。

疾奔多時，總算脫離那個龐大的部屬陣營，進入密林匿蹤後他才放鬆了警戒心。

他在一處瀑布邊休息，脫下了面罩，將冰冷的溪水潑在臉上身上。離九黎陣營這麼遠，危險也遠離了吧？他脫下了沾滿汗水的外衣，躍入瀑布潭水中並潛入了水底，久久不願起身，因為在水底他腦海總會浮現一些景象。

他抱著珞在水底的景象。

為什麼會抱著她？姜奕翔不知道，只覺得回憶這些能讓他打從心底開心起來。

不能耽擱太久，他還是得回報姒夏山城任務完成。他從水底起身正要走回放置物品的地方，赫然發現有個像山似的巨人坐在那！

定睛一看，不正是那晚差點把他殺死的九黎頭目嗎？姜奕翔震驚地望向他，隨即抽出身上的赤蛟鞭！

陽光下，他總算看清九黎頭目的容貌……

除了高大壯碩如岩山般的身型，紋滿全身的朱紅色刺青外，最引人注目的是他臉上的紋面，由鼻梁向兩側耳朵延伸的黑紅條紋交錯，額間也有個雙獸角首刺青。

「你竟然還活著？」巨人若有所思地盯著他道。

什麼時候被他盯上的？自己竟一無所覺!?姜奕翔一時間冷汗直冒。

兩人對峙地相望，奇怪的是這次他從巨人身上，察覺不出一絲殺意？

「你叫什麼名字？」巨人先開了口。

姜奕翔皺眉，不理解這恐怖的敵人為何問這問題，但還是保持沉默與警戒。

「你知道自己是誰嗎？」

見巨人站了起來，姜奕翔警戒地後退了一步。卻又聽巨人開口：「你姓姜？」

一矢中的！姜奕翔頓時雙眼圓睜！

巨人望著他片刻，忽然仰天大笑：「哈哈哈！諸夏族！好手段啊！」笑聲中卻帶著滿滿的不甘與憤恨。

「姓姜的！你本是我太昊少昊炎帝部族戰神之血脈，我族戰敗，戰神被羞辱後殘忍殺害，族人不論男女老少均被荊面刺眼淪為奴隸，諸夏族征伐後還將你們這些遺族搶走，使你們忘卻先祖而歸順他們，仇人變恩人！敵人變主人！真是高明！」

巨人用悲憤的語氣長嘆，脫口而出的真相更是如五雷轟頂，劈得姜奕翔呆愣當場！

「你的身上還有我族的圖騰印記，就在你背後的側腹！舉凡我戰神遺族，都有這種赤紅色的獸角胎記。」巨人說著，卸下了他沉重的護肩，肩上露出一個奇特的赤紅獸型印記。

「我沒有這個東西！」姜奕翔否決，但看著這印記卻有種說不出的熟悉感。

「諸夏族將他們的圖騰龍印覆蓋在你的印記上，連你自己也遺忘了嗎？」巨人悲憤沉痛地說著。

姜奕翔此時不禁動搖，自己總是有些想不起又想不通的事物，但從小就被洗腦的他，怎麼可能單憑幾句立馬清醒？

巨人仰天重重嘆了一口氣：「你若不信，我這有瓶藥水可以洗去被紋身的顏料，接下來，就看你自己的抉擇了。」

巨人將一壺物事與一個獸角木刻放在他的衣服邊，深深望了他一眼後，轉頭就走。

「我是姜黎炎主，你記住了。」他邊走邊說，身影不久後消失在樹林深處。

留下呆立原地的姜奕翔，望著那壺藥久久無法動彈……

珞感到最近師丈對自己態度溫和多了！真是太神奇了！

她試煉失敗還以為會遭到一頓臭罵，畢竟那時他氣得刺了珞屁股一個洞，結果怎麼反而變得這麼溫和？連平常嫌棄的「嘖」都消失啦？害她超不習慣！

珞這天實在沒忍住，小聲問身旁泡著茶的瑾：「師丈最近是不是吃錯了什麼？」

當然又惹來瑾的噗哧一笑。

瑾一樣小小聲地回答，好像很享受這種悄悄話模式：「妳師丈個性就是這樣。」

珞聽得一臉矇。

「他欣賞有情之人……」瑾下了個總結。

蛤？瑾！拜託妳說中文啊！

瑾搖了搖頭笑著回：「妳在千機洞裡發生的一切，經由贈妳的護身飛劍，他可以一覽無遺。」

喔，原來那不是不良品喔？

但……等等！珞領悟過來忽然滿臉通紅：「那……那段也被看光光了!?」

她指的是與姜奕翔重逢的那段。瑾看她慌亂的樣子忍不住呵呵直笑，點了點頭。

「千機洞內發生的一切半真半假，更因為本質而存在於現世與彼世之間，洞主更會化為不同型態迷惑修行者，若稍起邪念，輕則精神錯亂，重則身亡。」她緩了緩又道。

「尚軒靈質寡欲，因此能輕鬆通過，辰紹天性純良，所以也能順利脫出迷惑。」

「但徒兒妳塵世情緣太重，在千機洞中竟然忘記所有的修行，為了救妳心愛的人直接放棄試煉，所以妳師丈初時生氣，之後又思及妳重情重義，心底反而喜歡。」瑾耐心解說。

心愛的人這幾個字讓珞滿臉通紅：「我……我哪有！」

瑾看著這表情，卻笑著搖了搖頭：「徒兒，這關妳若真過不了，那離真正的突破，將會遙遙無期。」還不都怪妳那麼愛嗑我跟姜奕翔的CP，也不想想是誰把我們送作堆的？珞淚眼無語。

茶點都準備好了，珞受命召集洞天內的眾人。

眾人在白玉茶台邊坐定，師丈則坐在遠處的窗台望向遠方。

「諸夏族近日將有大難。」瑾的這一開場白就驚得聒噪的眾人瞬間安靜！

她也沒廢話：「各位近日修為精進，要不要去，有沒有機緣化解，就看各位了。」

辰紹想到的是昔日同伴們，尚軒想到的是三位師傅，澄兒想到的是鏡使與師姊們，珞就想著再見姜奕翔一面。當然不能丟著不管啊！四人互相張望都不約而同地點了點頭。

見四人都答應了，瑾掏出一個繡著咒紋的皮袋子，還有一個長木盒。

這袋子裡面好像有什麼在掙扎，還隱約傳來女人的哭聲……

眾人震驚地望著她，想起夏帝杞當日說過的同伴魂魄。

瑾表情毫無波瀾地說道：「當日諸夏族帶人闖我的洞天，還處處破壞，逼迫我們遠離家園，我因緣際會拘了諸夏族龍刀巫的魂魄，咒封了她的龍琗刀，今日也算他們償還夠了，徒兒，妳就幫我送還吧。」說著便將兩樣東西都交給了珞，又交代了復魂訣、破封訣後，讓眾人各自收拾去了。

正午前眾人聚集在碧璿宮露台上，瑾囑咐：「孩子們，萬事小心。」

紹澄軒珞均點頭應諾，之後架起飛劍，騰空往姒夏山城的方向而去。

靛衣神人扶著瑾的肩，看著眾人在虛空中越飛越遠，直到消失在視線內……

—巫女珞：珞珞如石　完—

釀奇幻85　PG3108

巫女珞：珞珞如石

作　　者　幻晨夜
責任編輯　邱意珺
圖文排版　黃莉珊
封面設計　王嵩賀

出版策劃　釀出版
製作發行　秀威資訊科技股份有限公司
114 台北市內湖區瑞光路76巷65號1樓
電話：+886-2-2796-3638　傳真：+886-2-2796-1377
服務信箱：service@showwe.com.tw
http://www.showwe.com.tw
郵政劃撥　19563868　戶名：秀威資訊科技股份有限公司
展售門市　國家書店【松江門市】
104 台北市中山區松江路209號1樓
電話：+886-2-2518-0207　傳真：+886-2-2518-0778
網路訂購　秀威網路書店：https://store.showwe.tw
國家網路書店：https://www.govbooks.com.tw
法律顧問　毛國樑　律師
總 經 銷　聯合發行股份有限公司
231新北市新店區寶橋路235巷6弄6號4F
電話：+886-2-2917-8022　傳真：+886-2-2915-6275

出版日期　2025年6月　BOD一版
定　　價　450元

版權所有・翻印必究（本書如有缺頁、破損或裝訂錯誤，請寄回更換）
Copyright © 2025 by Showwe Information Co., Ltd.
All Rights Reserved

讀者回函卡

Printed in Taiwan

國家圖書館出版品預行編目

巫女珞：珞珞如石 / 幻晨夜著. -- 一版. -- 臺
北市：釀出版, 2025.06
面；　公分. -- (釀奇幻；85)
BOD版
ISBN 978-626-412-086-9(平裝)

863.57　　114002865